LORENA LENN

I0677866

POVEȘTI DE DRAGOSTE

Timișoara, 2018

Descrierea CIP a Bibliotecii Naţionale a României
LENN, LORENA
   Poveşti de dragoste / Lorena Lenn.
Timişoara : Stylished, 2018
   ISBN 978-606-94670-6-0

821.135.1

Editura STYLISHED
Timişoara, Judeţul Timiş
Calea Martirilor 1989, nr. 51/27
Tel.: (+40)727.07.49.48
www.stylishedbooks.ro

Povești
De
Dragoste

Pentru cei care răspândesc dragoste,
sensibilitate și frumos în jurul lor...

Deasupra norilor

Samantha Anderson şi-a privit cu nerăbdare ceasul de la mână. Mai avea doar câteva minute până urma să se îmbarce la bordul avionului de pasageri cu numărul LON 915 cu destinaţia Paris. În Londra ploua la ora aceea, un lucru obişnuit de altfel pentru acel oraş atât de drag ei. Ea şi-a aranjat din nou eşarfa şi a verificat dacă fusta şi taiorul erau netede, fără cute. Şi-a trecut printr-o mişcare rapidă limba peste buze, simţind emoţia care o cuprindea într-un mod subtil: avea să fie primul ei zbor ca şi copilot.

Abia aştepta să fie la manşa avionului şi să simtă cum visul ei prinde viaţă. Şi-a dorit încă de mică să piloteze avioane şi a muncit enorm pentru a-şi îndeplini această dorinţă arzătoare. Ştia că încă mai are de muncit până va ajunge să fie pilot în adevăratul sens al cuvântului, dar era pregătită.

S-a privit pentru ultima dată în micuţa oglindă pe care a luat-o din geantă, iar rezultatul a satisfăcut-o: părul ei, roşcat natural era bine prins, astfel încât să nu existe vreo şuviţă rebelă care să o încurce. Buzele ei erau într-o nuanţă transparentă, iar pentru machiajul ochilor a optat doar în ceea ce priveşte rimelul, nefiind atrasă de machiaj în mod special.

Cu inima strânsă, a intrat în cabina avionului, acolo unde se afla pilotul, care în acel moment

era întors cu spatele la ea, verificând ultimele re-tușuri.

— Bună ziua, sunt Samantha Anderson, copi-lotul dumneavoastră. Mă bucur să vă cunosc, a spus ea întinzând mâna spre superiorul său.

— Bună ziua, domnișoară Anderson. Eu sunt Brandon Terrance, pilotul. Mă bucur să te cunosc. Bun venit la bord, sau mai bine zis în cabină, i-a spus bărbatul întorcându-se spre ea și întinzân-du-i mâna, în timp ce zâmbetul îi dezvăluia gropi-țele din obraji.

Samantha a fost aproape izbită de frumusețea pilotului. Era brunet, cu ochi căprui și avea o sta-tură atletică, din câte a reușit ea să vadă. În timp ce dădea mâna cu el, realiza că aproape își ține respirația, deși ea nu era o fire ușor impresionabi-lă, mai ales în materie de bărbați.

— Mulțumesc, domnule Terrance, și eu mă bu-cur să vă cunosc, i-a răspuns ea cu o voce aproape străină, pe care nu și-o recunoștea. Pot să iau loc?

— Sigur, a invitat-o Brandon, privind-o cu atenție. Mai avem zece minute până decolăm, iar vremea este excelentă pentru zbor, a adăugat el, întinzându-se pe scaun.

— Așa e, a aprobat ea, privind spre cerul senin, încercând în același timp să-și liniștească bătăile inimii.

— Vrei să bei ceva: apă, suc? a întrebat-o el amabil, întorcându-se din nou spre ea.

— Nu, mulțumesc, domnule Terrance, e bine

aşa, i-a zis Samantha, privindu-l cu emoţie.

— Oh, încetează cu domnule Terrance, nu am o sută de ani, a glumit el izbucnind în râs. Şi presupun că pot să-ţi spun Samantha, nu-i aşa? Hai să lăsăm formalismele, nu sunt adeptul lor.

— Bine, d... Brandon. E bine aşa? l-a întrebat ea zâmbind.

— E foarte bine, Samantha, i-a răspuns el zâmbindu-i.

Era incredibil: se afla de câteva minute în cabină cu Brandon, iar faptul că el era fermecător şi amuzant îi plăcea foarte mult. Se aşteptase la o cu totul altă atitudine din partea lui, având în vedere că ea era o femeie copilot.

— Nu mă aşteptam să fiu primită astfel, având în vedere faptul că sunt o femeie copilot. Acest lucru atrage de obicei tot felul de ironii şi comentarii din partea bărbaţilor, iar culoarea părului meu este încă un element de amuzament pentru ei, i-a explicat Samantha, simţindu-se în largul ei. El avea acel ceva care o atrăgea şi o putea face să comunice, iar asta o ajuta să se simtă bine.

— Înseamnă că acei bărbaţi nu prea au minte. Astea sunt nişte prejudecăţi infantile pe care nu le agreez, a asigurat-o el cu un surâs adorabil în colţul buzelor. Dacă te afli aici înseamnă că eşti pregătită pentru asta. Deci, spune-mi, vrei să-mi iei locul cât de curând, nu-i aşa?

— Eu... e chiar atât de evident? l-a întrebat ea cu timiditate. Şi nu, nu vreau neapărat locul tău, ci

un loc al meu, printre căpitanii de zbor. Ochii i-au alunecau fără voie pe chipul, corpul şi mâinile lui, acolo unde a observat că nu are verighetă.

— Mi se pare normal să vrei asta, şi îţi doresc mult succes! i-a urat Brandon cu sinceritate.

E primul tău zbor ca şi copilot, am dreptate?

— Mulţumesc. Da, e primul meu zbor... voi face tot posibilul să-ţi fiu de ajutor, i-a mărturisit Samantha privindu-l cu seriozitate.

— Sunt convins de asta, deşi ne cunoaştem de câteva minute. Dacă mai ai unele lucruri de făcut, acum e momentul, căci în curând vom decola, a anunţat-o Brandon privind-o, după care şi-a pus ochelarii de soare, fiindcă lumina era prea puternică şi şi-a îndreptat privirea asupra sticlei de apă pe care o avea lângă el.

Samantha a ieşit pentru ultima dată afară, inspirând aerul ploios al Londrei. Spera ca totul să se termine cu bine şi să ajungă la timp la destinaţie. Era conştientă de faptul că erau atâţia oameni care depindeau de abilităţile ei şi de cele ale lui Brandon pentru a ajunge la Paris, un oraş minunat, un loc al întâlnirilor de afaceri pentru unii, sau al iubirii, în cazul altora.   Ea personal, îşi dorea să vadă acel oraş despre care auzise atâtea lucruri frumoase. S-a întors apoi în cabina piloţilor, şi s-a aşezat pe scaunul ei, aşteptând instrucţiunile lui Brandon, care şi-a întins uşor braţele înainte de a le vorbi pasagerilor.

— Bună ziua! Sunt Brandon Terrance, căpita-

nul acestui avion. Vă doresc un zbor plăcut tuturor, iar dacă aveți nevoie de ceva, colegele noastre stewardese vă stau la dispoziție.

Samantha l-a ascultat vorbind şi nu şi-a ascuns zâmbetul. Brandon avea o voce liniştitoare, menită să-i aducă pe ceilalţi în direcţia dorită de el, iar acest lucru conta enorm în ceea ce făceau ei. Era foarte important să îşi poată controla pasagerii, chiar şi în momente mai tensionate.

Ea şi-a pus căştile, în timp ce Brandon transmitea informaţiile zborului turnului de control.

— Totul e pregătit acum. Putem decola, i-a spus el privind-o cu un zâmbet care îi oferea siguranţă, dar nu numai...

— Bine, i-a zis Samantha, zâmbindu-i la rândul ei, după care şi-a îndreptat atenţia asupra aparaturii de bord şi făcând manevrele necesare decolării, împreună cu el.

Avionul s-a ridicat încet încet de la sol, iar Samantha şi-a simţit inima tot mai mică. Respira puţin mai dificil din cauza presiunii, dar şi a adrenalinei pe care o simţea în tot corpul.

— Vezi, e ca atunci când faci dragoste. Te simţi ca şi cum ai pluti, i-a spus el, sesizând amuzat culoarea din obrajii ei.

— Întotdeauna glumeşti aşa? l-a întrebat ea, evitând să-l privească, concentrându-se asupra peisajului minunat din faţa ei. Norii erau ca un pasaj pufos prin care avionul înainta cu uşurinţă.

— Nu glumesc, i-a zis Brandon zâmbind.

— Am vrut să spun: vorbeşti mereu aşa cu cei care îţi sunt copiloţi?

— Nu chiar aşa, dar de fiecare dată când zbor îmi place să destind atmosfera. Nu-mi place să fie o tensiune oarecare în cabina mea, i-a explicat el cu un zâmbet în colţul buzelor.

— Şi nu ţi s-a spus vreodată că ai un simţ al umorului mult prea dezvoltat? i-a spus ea simţin-du-se degajată, în ciuda glumei lui.

— Nu, nu am avut vreo plângere în sensul ăsta. Deci, Samantha, despre ce putem vorbi pe parcur-sul zborului?

Ea l-a privit încruntată, spunându-i pe un ton care se voia a fi cât mai sever.

— Despre cât mai puţine lucruri şi, în mod si-gur, nu despre ceea ce ai menţionat mai devreme.

— Doar nu-ţi imaginezi că voi tăcea timp de aproximativ două ore cât durează zborul? a tachi-nat-o el, neputându-se abţine.

— Nu, cred că ai dreptate, asta ar fi imposibil... a concluzionat ea, ironizându-l.

— Deci: politică, religie, ştiinţe, alege tu un su-biect, şi-a exprimat el dorinţa, ignorându-i protes-tele.

— Cred că... niciunul. Mai bine mi-ai spune dacă sunt prima femeie copilot alăuri de care zbori, i-a spus ea curioasă, încercând să-i distragă atenţia de la alte subiecte...

— Da, eşti.

— Şi cu ceilalţi bărbaţi despre ce vorbeşti?

— Despre toate subiectele enumerate mai înainte şi poate încă unul în plus... a lămurit-o el zâmbitor, întorcându-şi privirea spre ea.

— Lasă-mă să ghicesc... sau mai bine nu, a respins ea ideea râzând.

— Nu e mare lucru. Bărbaţii mai vorbesc şi despre asta, Samantha. Ar fi culmea să vorbim mai mult despre alţi bărbaţi decât despre, hai să spun subiectul ăsta delicat: femeile.

Ea a înghiţit cu greu, crezând că el va spune altceva, şi s-a uitat din nou la norii aceia frumoşi care îi înconjurau din toate părţile.

— Şi... presupun că vorbiţi tot felul de lucruri despre noi, femeile, nu-i aşa? l-a chestionat ea privind numai în faţă, spre amuzamentul lui.

— Nu chiar. De exemplu, data trecută când am vorbit despre asta cu un coleg, îmi spunea lucruri legate de familia lui în general. Nu am intrat în amănunte legate de subiectul despre care nu vrei să vorbeşti, i-a zis el zâmbind, observând că ea s-a întors să-l privească, surprinsă din nou de replica lui.

În acel moment s-a auzit o bătaie în uşa cabinei lor. Uşa s-a deschis, iar o femeie a intrat, oprindu-se în prag.

— Căpitane? Sunt Lucy, însoţitoarea de zbor. Doriţi să vă servesc cu ceva? i-a întrebat ea pe amândoi, privirea rămânându-i aţintită asupra lui Brandon.

— Eu nu am nevoie de nimic, i-a zis el zâmbin-

11

du-i amabil. Poate colega mea doreşte ceva, a adăugat Brandon cu subînţeles, spre iritarea Samanthei, care roşise din nou.

— Nu, mulţumesc, şi eu sunt bine aşa, i-a spus ea femeii, care a ieşit apoi, nu înainte de a-l privi lung pe căpitanul de zbor. Pariez că nu e singura care are reacţia asta, a adăugat Samantha zâmbind.

— Ai dreptate, sunt multe tentaţii pe lumea asta, dar trebuie să fii destul de puternic încât să faci ceea ce consideri că e corect, i-a răspuns el serios.

Samantha a ridicat uşor din sprâncene. Nu s-a aşteptat la răspunsul lui categoric.

— Să înţeleg că ai avut mult de luptat cu astfel de tentaţii în timp ce te aflai la comanda unui avion, i-a zis ea făcându-şi de lucru privind stelele care începeau să apară pe cerul care se întuneca.

— Prefer să mă las tentat pe pământ, nu aici, în timp ce sunt responsabil pentru viaţa atâtor oameni. Oricum, nu sunt adeptul unor aventuri cu personalul, a lămurit-o el pe acelaşi ton.

Samantha şi-a făcut curaj şi l-a privit: Brandon a devenit dintr-odată serios şi nu era sigură că latura aceasta a lui o făcea să reacţioneze la fel ca cealaltă latură, amuzantă.

— Ştii, te prinde mai bine atunci când zâmbeşti, i-a spus ea, încercând să-l readucă la starea de dinainte.

— Ai grijă ce spui, m-aş putea folosi de asta, i-a

promis el zâmbind, urmându-i sfatul fără să realizeze.

Samantha şi-a privit ceasul. Trecuse aproximativ jumătate de oră de când se afla la bordul avionului împreună cu unul dintre cei mai frumoşi piloţi din câţi văzuse, trebuia să recunoască asta, dar numai într-un loc bine ascuns al minţii.

— Abia aştepţi să ieşi de aici, aşa e? a întrebat-o el în timp ce observa aparatura de bord. Mereu i-a plăcut să fie la bordul unui avion modern, care putea asigura atât protecţia lui, cât şi a celorlalţi membri ai echipajului, şi nu în ultimul rând a pasagerilor care îşi puneau încrederea în el, ca de fiecare dată.

— Adevărul e că abia aştept să văd Parisul, chiar dacă nu pot sta mult acolo, fiindcă trebuie să ne întoarcem la Londra. Am auzit că francezii nu au un umor atât de bogat ca al nostru, i-a zis ea surâzând.

Brandon i-a observat tinerei sclipirea fascinată din privire atunci când a menţionat numele capitalei Franţei.

— Asta îmi acordă încă un punct în plus la categoria asta, i-a zis el, punând timp de câteva secunde pilotul automat în funcţiune. S-a ridicat apoi în picioare şi şi-a desfăcut o nouă sticlă cu apă, sorbind cu poftă. Vrei şi tu? a întrebat-o apoi, întinzându-i o sticlă sigilată.

— Mulţumesc, i-a spus ea, întorcându-se spre el pentru a lua sticla. Era atât de înalt pentru acel

spațiu atât de mic cum era cabina avionului, iar statura lui impunătoare o făcea să simtă brusc nevoia de apă. I-a luat sticla din mână și a băut, după care a așezat-o în locul special destinat.

— Revin imediat, bine? i-a zis el, după care a deschis ușa și a ieșit.

Samantha s-a concentrat apoi asupra zborului. Era atât de plăcut să facă asta, adică ceea ce și-a dorit încă de mică, atunci când și-a promis că va face acest lucru. Și-a amintit și reacția dezamăgitoare a părinților ei atunci când le-a spus ce vrea să devină, dar și tristețea resimțită în momentul acela. Singurii care au susținut-o au fost cei doi frați ai ei, Sloan și Lawrence, doi băieți frumoși și puternici care au fost protectorii ei de fiecare dată când cineva o necăjea, atât pe vremea când era la școală, cât și mai târziu. De asemenea, prietena ei din copilărie, Melissa Cutler, a fost alături de ea, astfel că, în final, a reușit ceea ce și-a propus.

Samantha a fost distrasă din gândurile ei de ușa cabinei care se deschise brusc.

— M-am întors, a spus cel căruia deja îi recunoștea vocea. Vreo problemă? a întrebat-o el în timp ce își ocupa locul pe scaun cu lejeritatea aceea pe care ea aproape că o invidia.

Și Samantha ar fi vrut să se simtă atât de sigură pe ea, precum dădea el impresia. Sigur că de-a lungul anilor evoluase în sensul acesta, însă nu atât cât și-ar fi dorit.

— Nu, totul e bine, l-a asigurat ea sperând că

nu îi tremură vocea. Mereu i se întâmpla aşa când îşi aducea aminte de copilărie şi de familia ei.

— Din câte ştiu, atunci când o femeie spune că totul e bine, de fapt nu e chiar aşa. S-a întâmplat ceva? a întrebat-o el, dându-şi seama că ea se retrage din nou în carapacea aceea pe care o folosea de câte ori voia să disimuleze stăpânirea de sine.

— Nu. Toate aparatele funcţionează la parametri optimi, i-a zis ea, eschivându-se.

— Văd asta, dar ştii că nu la ele mă refeream. Noi suntem oameni, nu maşinării, şi e normal să mai avem momente de slăbiciune, să le spun aşa.

— Ştiu... bine, îţi voi spune, dar să nu îndrăzneşti să râzi de mine, i-a cerut ea pe un ton autoritar în aparenţă.

— Nu aş râde de un membru al echipajului meu. Spune, despre ce e vorba, a îndemnat-o Brandon, în timp ce a luat din nou manşa în mâinile lui pentru a direcţiona avionul spre traseul prestabilit.

— Am devenit puţin nostalgică, atât. Mi-am amintit de cei doi fraţi ai mei şi de prietena mea, Melissa. Nu i-am mai văzut de câteva zile şi mi-e dor de ei, a recunoscut ea, privindu-l pe furiş să vadă dacă râde de ea.

— Ştiu cum e. Şi eu am o soră mai mică ce se bucură când vin acasă dintr-o călătorie, ca şi când nu m-ar mai fi văzut de nu ştiu cât timp, i-a mărturisit el surâzând, amintindu-şi cu drag felul în care era înlănţuit de braţele surorii lui, care nu i-ar mai

15

fi dat drumul din strânsoare.

— Asta e drăguţ. Cum se numeşte sora ta? l-a întrebat ea curioasă.

— Denise. Ştii, cred că am descoperit subiectul tău preferat, i-a spus el redevenind vesel.

— Serios? Care ar fi acela? l-a întrebat ea cu ironie.

— Conversaţiile personale despre familie, călătorii şi altele.

— Ai fost vreodată la Paris? i-a zis Samantha oprindu-l din vorbit.

— De mai multe ori, i-a răspuns el, văzând cu satisfacţie cum ochii ei îl fixau cu atenţie.

— Şi... cum ţi s-a părut?

— Elegant, fascinant şi diferit de Londra, desigur, a rezumat Brandon, simţind că vor urma şi alte întrebări.

— Ai vrea... atunci când ajungem acolo să fii ghidul meu? Poate ţi se pare exagerat ceea ce îţi cer, dar vreau atât de mult să văd cât mai multe din oraşul pe care îmi doresc să-l vizitez încă de când eram mică, i-a spus ea entuziasmată.

Brandon a privit-o, fascinat de pasiunea pe care o avea ea vorbind despre oraşul acela. Ochii ei contrastau în acele momente şi mai mult cu părul ei roşcat ca focul.

— Bine, voi face asta, i-a promis el râzând, văzând bucuria din ochii ei. Dar totul va trebui să fie foarte rapid, fiindcă trebuie să ne întoarcem la aeroport.

— De acord, ştiu asta. Mulţumesc, chiar nu voiam să merg singură într-un astfel de loc.   Îţi rămân îndatorată, spuse ea fericită. Aproape că îi venea să-l îmbrăţişeze, dar s-a abţinut cu stoicism.

— Nu spune asta, stai liniştită. Şi pentru mine va fi ceva nou, nu am mai fost ghid pentru cineva până acum. Vei avea ce vedea, îţi garantez asta, a asigurat-o Brandon, molipsit de entuziasmul ei. E ceva ce vrei să vezi în mod deosebit?

— Turnul Eiffel, i-a răspuns Samantha fără să clipească. Dar sigur că îmi doresc să văd cât mai multe obiective turistice, a adăugat ea încântată, simţindu-se mai nerăbdătoare ca niciodată.

— Ei bine, în trei ore nu avem cum să vedem foarte multe, dar voi încerca să îţi arăt unele dintre cele mai importante şi frumoase locuri atât de apreciate de turiştii din întreaga lume, i-a zis el privind-o. Apropo, şi tu arăţi foarte bine mai ales când eşti fericită, a adăugat Brandon, neputându-se abţine.

— Numai pentru ce mi-ai zis mai devreme mă abţin să nu mă încrunt foarte mult la tine, i-a spus ea zâmbitoare. Era prea fericită ca să stea să se gândească prea mult la complimentul făcut de el. Şi la felul în care i-au strălucit ochii atunci când i l-a spus.

Amândoi şi-au îndreptat atenţia spre ceea ce se vedea în faţa lor. Urmau să treacă printr-o furtună însoţită de fulgere şi tunete, un lucru care putea deveni periculos dacă situaţia nu era gesti-

onată așa cum trebuie.

S-au uitat apoi câteva secunde unul la celălalt, după care Brandon și-a anunțat pasagerii despre turbulențele prin care urmau să treacă, sfătuindu-i să-și pună centurile de siguranță și să nu-și facă griji, fiindcă totul va trece foarte repede.

Brandon a analizat apoi informațiile apărute pe radar, în timp ce înaintau spre furtună. Fiindcă avionul a început să piardă ușor din altitudine, el a încercat să îl redreseze, ceea ce a reușit în doar câteva minute.

— Ai reușit, Brandon, l-a felicitat Samantha răsuflând ușurată, în timp ce înaintau prin furtună.

— Curând vor începe turbulențele, Samantha. Vreau să rămâi cât se poate de calmă, ai înțeles?

— Da, i-a spus ea, simțindu-și bătăile inimii tot mai accentuate.

— Ai mai trecut prin așa ceva? o întrebă el curios, bănuind deja răspunsul, după paloarea pe care a văzut-o pe chipul ei.

— Nu, i-a răspuns ea scurt, privind furtuna agitată care părea să înghită avionul cu totul. Era un sentiment de teamă acela care o cuprinse, fără să îl poată stăpâni.

— Va fi bine, Samantha, ai încredere în mine. În câteva minute vom ajunge la Paris și îți vei îndeplini visul, îți promit, a încurajat-o el, mângâindu-i ușor mâna, după care a prins din nou mânșa avionului, pregătindu-se pentru ceea ce venea spre ei.

Momentul turbulențelor a venit cu rapiditate,

iar felul în care avionul se mişca semăna cu felul în care Samantha tremura la rândul ei.

Brandon s-a ocupat de manevrarea avionului, în timp ce ea îl ajuta aşa cum se pricepea mai bine. Totul nu a durat mai mult de douăzeci de secunde, însă trăirea fusese intensă, atât pentru ei doi, cât şi pentru pasageri, dar şi pentru ceilalţi membri ai echipajului.

Toată lumea era teafără, spre satisfacţia lui Brandon, care le-a vorbit apoi din nou pasagerilor.

Avionul a parcurs cu bine zona aceea, păstrându-şi apoi cursul obişnuit spre Paris.

— Samantha, poţi respira liniştită. Uite, acolo poţi vedea luminile aeroportului din Paris, i-a spus el simţindu-i neliniştea.

— Le văd. Sunt bine, i-a zis Samantha privindu-l pentru a-l asigura de adevărul vorbelor ei.

— Foarte bine, s-a bucurat Brandon strângând-o uşor de umăr, neputându-se abţine. Hai să facem aterizarea asta perfectă, a adăugat el zâmbitor, răsuflând uşurat la rândul lui.

Samantha l-a privit cu seriozitate, simţind încă senzaţia dată de atingerea lui. L-a privit timp de câteva secunde, moment în care Brandon le-a transmis pasagerilor că vor ateriza.

Aterizarea a fost aşa cum şi-a dorit el: perfectă, iar uralele pasagerilor confirmau asta.

Brandon şi Samantha s-au privit apoi cu încântare timp de câteva secunde.

— Am reuşit! Brandon, am reuşit! i-a spus ea

fericită, ridicându-se de pe scaun şi îmbrăţişându-l.

— Am reuşit împreună, Samantha, i-a zis el ridicându-se la rândul lui în picioare şi cuprinzând-o în braţele lui puternice şi protectoare.

Samantha s-a retras după câteva secunde din braţele lui, conştientizând abia atunci ce a făcut.

— Ar trebui să coborâm pe pământ... i-a spus ea deschizând uşa cabinei, după care a ieşit.

Brandon a urmat-o, având pe chip o expresie de mulţumire. A văzut-o apoi pe frumoasa roşcată stând pe treptele avionului, aşteptându-l. Părea atât de liniştită, de mulţumită, de frumoasă...

Când ajunse în dreptul ei a luat-o de braţ, simţindu-i uşoara tresărire, iar apoi au înaintat grăbiţi spre staţia de taxi.

— Spre Turnul Eiffel, i-a cerut Brandon taximetristului pe un ton hotărât, observând că Samantha abia mai putea să vorbească din cauza emoţiei.

În scurt timp, cei doi au ajuns în faţa monumentului pe care ea a visat de atâtea ori să-l vadă. Şi-a imaginat de nenumărate ori cum va fi şi cum va reacţiona în acele momente, dar ceea ce vedea îi întrecea aşteptările. Turnul Eiffel se înfăţişa înaintea ei în toată splendoarea. Fiind întuneric, era luminat de zecile de mii de beculeţe care îl încadrau.

Oamenii treceau pe lângă ei ca şi când turnul ar fi fost ceva comun, iar Samantha îi privise încruntată pentru o clipă. În ceea ce o privea, universul se oprise pentru câteva secunde, în momentul în care se apropiase de construcţia impresionantă şi îi atinse o parte a scheletului.

Deşi sperase că nu va face asta, începuse să lăcrimeze, fiind conştientă de importanţa momentului.

Brandon era mai în spate, privind-o. Simţea că ea era copleşită de momentul acela şi voia să o lase să se bucure de asta. Putea fi atât de stăpână pe ea uneori şi atât de copleşită de situaţie în alte momente... a văzut-o apoi înaintând spre el, spunându-i cu emoţie în glas:

— Mulţumesc, Brandon. Toate astea... înseamnă foarte mult pentru mine. Nu mă aştept ca tu să înţelegi asta, dar aşa e.

— Cu plăcere, Samantha... şi înţeleg, să ştii. Acum, în mod normal te-aş fi dus să luăm cina la unul dintre etajele turnului, dar fiindcă ne grăbim aş propune să mergem să vedem şi alte obiective, i-a propus el zâmbitor.

— Bine, i-a spus ea înaintând spre el. Spune-mi că mergem la Muzeul Louvre, a adăugat Samantha tot mai entuziasmată. Tot ce trăiesc acum e minunat, nu se compară cu nimic...

— Nici măcar cu ce ţi-am spus că asociez eu decolarea? a întrebat-o el zâmbind, tachinându-o din nou.

— Taci, Brandon, nu mă face să regret că te-am făcut ghidul meu pentru câteva ore, i-a cerut ea

21

râzând, mergând la braţul lui.

Au vizitat apoi împreună într-un ritm alert Muzeul Louvre, catedrala Notre Dame, Opera Garnier, ajungând apoi şi la celebrul Pont des Arts, locul în care îndrăgostiţii îşi manifestau iubirea prinzând lacăte în structura podului.

Samantha vedea toate acele lucruri minunate, şi simţea o bucurie fără margini, ştiind că visul ei din copilărie se îndeplinea în noaptea aceea.

— Brandon, totul e minunat, perfect... e la fel ca aterizarea pe care am făcut-o împreună.

— Aşa e, şi felul în care ai spus-o sună atât de bine... a aprobat-o Brandon, privind-o într-un mod indescifrabil, încrucişându-şi braţele.

— Vrei să încetezi? i-a spus ea pe un ton sever, dar neputându-şi reţine zâmbetul. Avea acea masculinitate plăcută care făcea ca o femeie să aibă încredere în el şi să i se abandoneze. Gândul acesta a înfiorat-o doar pentru câteva secunde însă. Se afla la Paris şi nu avea de gând să lase ca ceva sau cineva să-i strice seara.

— Stai, i-a cerut el deodată, oprindu-se pe marginea podului, inspirând aerul răcoros al nopţii.

— Ce e? l-a întrebat ea curioasă, văzându-l atât de încordat.

— Vreau... vreau ca tu să îţi desprinzi părul, i-a spus el fixând-o din priviri cu o asemenea intensitate, încât Samantha s-a simţit hipnotizată.

Brandon s-a apropiat tot mai mult şi a privit-o fascinat, în timp ce ea şi-a desprins părul, lăsându-l să cadă într-o cascadă roşcată pe umerii ei. Vederea acelei imagini l-a surprins într-un mod neaşteptat. Privirea i-a coborât pe trupul ei, simţind dorinţa care urca în corpul lui cu o forţă mistuitoare. Fără ca vreunul din ei să-şi adreseze vreun cuvânt timp de câteva secunde, s-au privit conştienţi de revelaţia care i-a cuprins pe amândoi.

Din câţiva paşi, Brandon a ajuns lângă ea şi a luat în braţe, fascinat de puterea pe care Samantha o emana, fără ca ea însăşi să fie conştientă de asta.

În momentul acela nu mai erau decât ei doi pe acel pod al îndrăgostiţilor. Ei doi şi dorinţa care răzbătea puternic în fiecare nerv al corpurilor lor.

Brandon i-a ridicat chipul spre el şi, după ce i-a mângâiat buzele cu degetul mare, a sărutat-o absorbit de vraja ei. Dacă la început i-a atins uşor buzele, a continuat apoi să o sărute mai intens, mai dornic, mai tulburător, gustându-i moliciunea suavă, de fiecare dată când o săruta din nou. Nu i se mai întâmplase să simtă asta cu vreo altă femeie, iar intensitatea acelui moment îl impresiona mai mult ca oricând.

A desprins-o de el doar atunci când a simţit că nu mai putea respira normal, ţinând-o încă în braţe, lipită de corpul său puternic.

— Brandon, ai spus că... i-a zis ea năucită de ceea ce tocmai trăise, făcând referire la ceea ce îi spuse el în legătură cu legăturile cu relaţiile între colegi.

— Ştiu ce am spus. Am spus că nu vreau să am o aventură cu vreo colegă, nu-mi întoarce vorba. Tu, însă... nu poţi fi o aventură pentru mine. Tu eşti singura membră a echipajului meu care mi-a făcut asta... a adăugat el, mângâindu-i chipul şi părul lung, roşcat, care îl fascinase încă de la început. Vreau să decolez şi să aterizez cu tine cât se poate de mult în timp, i-a mărturisit Brandon, privind-o cu o intensitate care aproape că o speria.

— Asta este cea mai surprinzătoare cerere pe care am auzit-o vreodată. Dar... nici măcar nu ne cunoaştem prea bine, i-a zis ea privindu-l surprinsă.

— Pentru ca doi oameni să fie împreună, nu trebuie să se cunoască în detaliu încă de la început. Vom avea timp suficient pentru asta, i-a promis Brandon ţinând-o aproape de el, ca şi când i-ar fi fost teamă să nu dispară.

Samantha l-a privit câteva secunde fără să poată reacţiona în vreun fel. Nu i se mai întâmplase vreodată aşa ceva, nimeni nu îi mai vorbise astfel, darămite să o sărute în felul acela, pe neaşteptate.

— Samantha... aştept... i-a spus Brandon privind-o cu o afecţiune căreia îi era practic imposibil să-i reziste.

— Ştii că... asta... e o nebunie, nu-i aşa? l-a întrebat ea. Aproape că nu îşi mai simţea corpul, într-atât de moale îl făcea el să pară.

— Ştiu. Dar foarte multe lucruri frumoase au apărut astfel: dintr-o nebunie, i-a spus el privind-o magnetizat. Hai să facem asta împreună şi să vedem ce va ieşi din nebunia asta.

— Nu pot decât să spun că... da, voi încerca, îi zise ea, predându-se din nou asaltului tulburător al buzelor lui.

După ce a sărutat-o timp de câteva minute bune, Brandon a ridicat-o în braţele lui, învârtind-o deasupra lui plin de entuziasm. Rareori îşi amintea să mai fi fost atât de fericit în viaţa lui, iar ziua aceea i-a readus speranţa în inima lui.

— Bine, mă poţi lăsa jos acum, i-a cerut Samantha zâmbitoare. Nu-i venea să creadă ce i se întâmplă: se simţea ca şi cum ar fi vizionat un film, în care personajele trăiau ceea ce ea îşi dorise mereu.

— Ce e, doar nu ţi-e frică de înălţime, i-a zis el zâmbitor, lăsând-o pe pământ, la nivelul în care putea ajunge mai uşor la buzele ei.

— În unele cazuri mi se întâmplă asta, i-a spus ea zâmbindu-i misterios. Ştii, Brandon... mereu m-am considerat o persoană raţională, pe deplin raţională, până azi...

— Crede-mă că nici eu nu fac lucruri de genul ăsta în general. Chiar şi eu sunt surprins, i-a destăinuit Brandon, după care a sărutat-o din nou, neputându-se abţine.

Câteva minute mai târziu, Brandon a condus-o din nou la avion, având mai mereu zâmbetul pe buze, lucru pe care i-l transmitea şi ei.

— Brandon... vreau să îţi mulţumesc din nou

pentru ziua de azi. A fost minunat să trăiesc toate astea, i-a zis Samantha emoționată, privindu-l cu recunoștință, începând să își strângă părul.

— Nu trebuie să-mi mulțumești, a fost o reală plăcere să-mi petrec ziua cu tine, i-a spus Brandon oprind-o. Nu îl prinde, arăți minunat așa, a adăugat el mângâindu-i părul roșcat.

— Bine... mulțumesc, spuse ea zâmbind.

— Dacă te mai aud spunând cuvântul ăla, te sărut din nou, a amenințat-o el în aparență, zâmbindu-i cu drag.

— Aici... în avion? Acum?

— Da. Aici și acum, i-a spus el, gândindu-se că e doar o mică parte din ceea ce își dorea.

Brandon a izbucnit în râs când i-a văzut expresia femeii de lângă el: Samantha era roșie la față, lucru adorabil în opinia lui și groaznic în opinia ei.

— Acum pot să îți spun cu ce asociez eu aterizarea? a întrebat-o el făcându-i cu ochiul în timp ce se pregăteau împreună din nou de decolare.

— Spune-mi. Știu că o vei face oricum, așa că nu pot decât să te ascult, i-a răspuns ea, fiind sigură că el va spune din nou ceva care o va face să roșească puternic.

— Deci... pentru mine, aterizarea e ca atunci când, după ce faci dragoste, stai în brațele persoanei iubite pentru încă zeci de minute, contemplând-o și realizând cât de bine e să o ai acolo, aproape.

Așa cum s-a așteptat, Samantha l-a privit cu uimire, după care s-a întors, privind spre bordul avionului. Sinceritatea lui era dezarmantă, adorabilă şi atrăgătoare în acelaşi timp.

— Vrei să îţi spun cu ce seamănă turbulenţele, în viziunea mea? a întrebat-o el pe un ton provocator.

— Nu! i-a răspuns Samantha repede. Cred că am o oarecare idee despre ceea ce vrei să spui, a adăugat ea, privindu-l intimidată.

— Bine, bine, i-a răspuns Brandon, amuzat de reacţiile ei inocente. Hai să ne pregătim de decolare, Samantha, a adăugat el zâmbitor.

Samantha a făcut întocmai, privindu-l încă o dată înainte de momentul decolării. Într-un timp atât de scurt, Brandon a cucerit-o cu umorul lui, dar şi cu seriozitatea de care dădea dovadă în diverse situaţii.

În timp ce decolau, ea şi-a îndreptat privirea spre locul în care a început totul într-un mod atât de neobişnuit: deasupra norilor.

Destinația iubirii

— Capitolul 1 —

Caitlyn Dorman era în acel moment în culmea fericirii. Urma să fie ghid turistic pe parcursul unui sejur de zece zile în orașul Barcelona, unul dintre cele mai mari orașe ale Spaniei, al doilea mai exact, după Madrid. Așteptase oportunitatea aceea de mai bine de patru ani, încă din perioada ultimului an de liceu, pe care îl absolvise în cadrul profilului de turism.

Își continuase studiile în aceeași linie, terminând o facultate în domeniul acesta, în Florida, orașul ei natal. Era fascinată de călătorii și de tot ceea ce însemna descoperirea unor țări, orașe sau culturi noi. Și-a pus în bagaj haine potrivite pentru o astfel de excursie, entuziasmată la gândul că era momentul prielnic pentru o asemenea călătorie. Citise undeva că luna mai era una dintre cele mai bune perioade pentru a vizita acel oraș misterios și minunat, în opinia ei, însă era sigură că milioanele de turiști care au avut ocazia de a-l explora, gândeau la fel.

Știa că vor fi zece zile în care va trebui să își dovedească abilitățile de ghid turistic în fața unui grup de zece persoane, printre care erau și două cupluri, trei surori triplete adolescente, un om de afaceri, un sportiv, dar și o pensionară. Nu putea decât să spere că se va achita cu bine de toate obli-

gaţiile care îi reveneau, dar că îşi va găsi timp şi pentru relaxare, bronzându-se pe una dintre cele mai apropiate plaje de lângă Barcelona.

Caitlyn şi-a privit telefonul, fixându-l să sune la ora matinală a plecării din ziua următoare. Urma să preia grupul la aeroport şi să pornească apoi într-un zbor lung de aproximativ zece ore până la destinaţia finală. Abia aştepta să bifeze toate obiectivele turistice pe care şi le-a propus, însă nu a uitat că aceasta era şansa ei de a fi acceptată să lucreze în cadrul uneia dintre cele mai recunoscute agenţii de turism din Florida, cu alte cuvinte, visul ei de o viaţă. Astfel, călătoria era atât pentru job, cât şi pentru relaxare, lucru care o încânta în egală măsură.

La cei douăzeci şi unu de ani pe care îi avea, se considera o norocoasă în ceea ce privea unele dintre cele mai importante aspecte ale vieţii sale: era pe punctul de a avea un job stabil şi plăcut, prin intermediul căruia putea să călătorească şi să vadă locuri minunate. Toate aceste nu puteau decât să reprezinte nişte experienţe din care cu siguranţă va învăţa multe lucruri, dar se va bucura pe de altă parte de ceea ce va întâlni în calea ei, sau, cel puţin, ştia că va încerca. Cei din familia ei îi spuneau deseori că are un simţ practic dezvoltat, iar ea era de acord cu acest lucru, însă ştia că putea să dea dovadă şi de emoţie. Zâmbise ironic, amintindu-şi de momentul în care i-a turnat în capul fostului ei iubit un pahar cu vin, surprinzându-l în pat cu una dintre cele pe care a considerat-o prietenă până în acel moment.

A savurat reacția de uimire pe care a zărit-o pe chipul lui Oliver în acel moment, ascunzându-și cu succes trăirile interioare, fiindcă nu a vrut să-i ofere acestuia satisfacția de a o vedea dezamăgită și tristă din cauza lui. El era un nemernic ce nu merita atenția ei, asta a înțeles din toată povestea aceea.

A oftat, consolându-se cu ideea că poate, la un moment dat, va avea norocul să întâlnească un bărbat adevărat, unul care să nu cedeze oricărei tentații ce îi apăreau în cale, atât timp cât se afla într-o relație cu ea. Oricum, fiindcă nu era momentul să piardă timpul gândindu-se la bărbați, a hotărât că era timpul să cineze alături de părinți și de Jayden, un adevărat protector în ceea ce o privea, luându-și rolul de frate mai mare în serios, chiar dacă diferența dintre ei era de doar doi ani. Îl iubea foarte mult pe Jayden, chiar dacă uneori considera că era un cicălitor, care nu avea altceva mai bun de făcut decât să o enerveze cu atitudinea lui protectoare.

— Uite cine s-a gândit să apară la cină... chiar surioara mea adorabilă... i-a zis Jayden, având un zâmbet în colțul buzelor, zâmbet care ademenise multe femei.

— Jayden... să vedem cât de adorabilă îți voi părea când am să te întreb despre ultima ta cucerire. Lisa, parcă așa o cheamă... se pare că ești de o

lună în mrejele ei, iar ăsta e un record pentru tine, adorabilul meu frăţior... i-a spus Caitlyn, la fel de zâmbitoare, în timp ce se aşezase pe scaun.

— Voi doi, încetaţi cu prostiile. Nu mai sunteţi copii, să vă necăjiţi unul pe celălalt, li s-a adresat Meredith, privindu-i cu indulgenţă.

— Draga mea, dar lor le place treaba asta. Dacă nu s-au îndreptat până acum, nici de azi înainte nu o vor face... a prevăzut Frank, aşezându-se la masă, aşteptând ca cina să fie servită de Mary, cea care se ocupa de acest lucru.

— Mulţumesc, Mary, e de ajuns pentru mine... i-a spus Caitlyn, privind cu atenţie cantitatea de mâncare din farfurie.

— Dacă nu mai pui ceva kilograme pe tine, niciun bărbat nu se va uita la tine, surioară dragă...

— Lasă-mă pe mine să-mi fac griji pentru asta, Jayden... i-a răspuns Caitlyn, privindu-şi fratele cu reproş.

— De fapt, aici trebuie să fiu de acord cu Jayden. Ar trebui să mănânci mai mult, eşti cam slăbuţă... a intervenit Meredith grijulie.

— Lăsaţi fata în pace. Ştie ea ce are de făcut, i-a oprit Frank zâmbitor, privindu-şi complice fiica.

— Frank... mereu ai răsfăţat-o, nu vei înceta să o faci, nu-i aşa? l-a întrebat Meredith, având un surâs întipărit pe chip.

— Nu... i-a răspuns Frank zâmbind, stârnind zâmbete în jurul său.

— Spune-mi, draga mea, cum se face că nu ştii

cine e şeful tău? Nu am mai auzit aşa ceva, i-a zis Meredith curioasă.

— Asta e realitatea. Nu îi ştiu nici măcar numele, dar nici nu l-am văzut. Nu am avut ocazia.

— Ciudată chestie... a conchis Jayden surprins.

— Da... am susţinut interviul cu secretara acestuia. Tot ea mi-a transmis că această excursie va reprezenta un fel de test pentru angajare. Nu pot decât să sper că îl voi trece cu bine... a mărturisit Caitlyn uşor neliniştită.

— Te-ai descurcat cu brio în orice situaţie, draga mea. Nu văd de ce nu ai face-o acum, i-a spus Frank, încurajând-o.

— Mulţumesc, tată.

Mai târziu, Caitlyn şi-a luat rămas-bun de la Jayden, care urma să plece acasă la Lisa, în timp ce părinţii lor urcau scările pentru a merge să se odihnească.

— Serios, Jayden, să o aduci pe Lisa mai des pe aici, mi-e foarte simpatică. Transmite-i salutările mele, te rog.

— Aşa voi face. Hei, surioară, să ai grijă de tine. Sigur că mă bucur că lipseşti zece zile şi îţi voi invada camera, redecorând-o cu tot felul de postere, însă am o vagă idee că, la un moment dat, mă voi gândi la tine.

— O, Jayden... dacă aşa îmi spui că îţi va fi dor de mine, nu pot decât să te asigur că mă voi gândi serios dacă să îţi aduc şi ţie un suvenir din Barcelona... vino aici, frăţiorul meu agasant... l-a îndem-

nat ea, îmbrăţişându-l cu putere.

— Surioara mea rătăcitoare... să faci bine să te întorci cu bine acasă, ai auzit? Să nu te gândeşti să rămâi acolo, chiar dacă ştiu că îţi doreai de mult să vizitezi oraşul ăla, i-a cerut el, strângând-o în braţe.

— Nu-ţi face griji, nu vreau să-mi las camera pe mâinile tale... l-a asigurat ea, râzând.

— Am plecat, mă dau bătut. Ai o limbă atât de ascuţită încât îl voi admira pe cel care va reuşi să te cucerească... asta, desigur dacă va trece cu bine de probele la care îl vom supune eu şi tata...

— Vezi? Tocmai de aceea, voi veţi fi ultimii care îl veţi cunoaşte... i-a promis ea, zâmbind.

— Hmm... nu uita că sunt mai mare decât tine şi dacă nu aveam expoziţia de pictură veneam cu tine acolo. Am plecat, mă aşteaptă Lisa... te las. Ne vedem peste zece zile, Caitlyn, i-a zis Jayden la fel de zâmbitor.

— Succes cu expoziţia, Jayden. Data viitoare sper să pot fi alături de tine, să le zâmbesc oamenilor şi să îi conving să îţi cumpere tablourile... du-te mai repede... l-a zorit ea, ieşind din îmbrăţişare.

— Data viitoare îţi voi face un tablou care să te reprezinte, te asigur...

Jayden a mai privit-o încă o dată, după care a plecat, lăsând-o singură şi zâmbitoare. Ea se simţea norocoasă să aibă un astfel de frate, iar legătura lor s-a menţinut strânsă şi frumoasă de-a lungul timpului.

Caitlyn a urcat apoi scările, îndreptându-se spre camera ei. Își dorea să adoarmă cât mai repede, însă era convinsă că nu prea va reuși, din cauza gândurilor legate de ziua următoare. În sfârșit, una dintre dorințele ei urma să devină realitate, și se simțea recunoscătoare.

Era conștientă de cât de puțini oameni reușeau să își îndeplinească dorințele, iar faptul că făcea parte din categoria aceea norocoasă, o făcea să înțeleagă cât de importante erau lucrurile care îi aduceau fericire. S-a întins în pat, privind pentru câteva secunde lumina transmisă de luna care trecuse de perdeaua ferestrei sale. Noaptea era una senină și liniștită, iar ei îi plăceau atributele acelea. În mod sigur avea nevoie de liniște și echilibru în viața ei, mai ales acum, după eșecul relației trecute.

— Capitolul 2 —

În dimineața următoare, Caitlyn a fost condusă la aeroport de Frank. Acesta a ajutat-o și cu bagajele și i-a ținut companie timp de câteva minute.

— Abia aștept să te întorci, draga mea. Deși știu cât de mult îți dorești asta, îmi va fi dor de tine. Să ai grijă de tine, a rugat-o el, luând-o de mână.

— Și mie îmi va fi dor, dar nu e ca și când aș rămâne acolo... voi fi bine, stai liniștit. În plus, câteva zile departe de voi îmi vor aduce un răsfăț binemeritat când mă voi întoarce acasă. Să nu mai spun de Jayden, care de-abia așteaptă să îmi ocupe camera... te rog să ai grijă să nu se întâmple asta... l-a rugat Caitlyn zâmbind, încercând să îl liniștească, făcând același lucru și cu sine însăși. Era pentru prima dată când urma să stea atâtea zile departe de familia ei, iar asta reprezenta ceva cu totul nou.

— Așa e Jayden, mai glumeț din fire... de când aștepta el ocazia asta... oricum, știi că te iubește mult, nu-i așa? La fel cum o facem și eu și mama ta... să ne anunți când ajungi. Îți doresc să ai o călătorie plăcută și să te mai și distrezi, meriți asta. Ne vedem curând. Pa, Caitlyn!

— Așa am să fac. Ai să vezi că timpul va trece repede și mă voi întoarce cu bine acasă. Pa, tată! i-a spus ea, îmbrățișându-l, bucurându-se încă un minut de senzația de bine pe care o avea în preajma tatălui ei, sentiment pe care îl avusese mereu când venea vorba de el, dar și de ceilalți membri ai familiei sale.

Caitlyn a rămas apoi pe loc câteva secunde, având inima strânsă, privindu-și tatăl, care se îndepărta, plecând din aeroport. În marea aceea de oameni care o înconjura, era atât de important să aibă persoane care să îi ofere sprijin și iubire necondiționată. A inspirat adânc, întorcându-se spre intrarea în aeroport. Și-a luat bagajul și a înaintat printre ceilalți pasageri care așteptau același lucru ca și ea: un avion care să îi ducă la destinaţie. A zâmbit văzând în mulţime nişte copii care se agitau de zor în jurul părinţilor, un cuplu care aştepta la câţiva metri de ea, dar şi o adolescentă care ţinea în mână un carton pe care scria numele ei. Lângă aceasta se mai aflau două tinere identice din punct de vedere fizic, dar şi alte persoane. Cu siguranţă acela era grupul ei, cum îi plăcea să spună.

Caitlyn s-a apropiat de grup, făcând cunoştinţă cu membri acestuia. Toţi au primit-o cu acea căldură specifică celor care cunosc de curând o persoană.

— O femeie ghid?

Caitlyn s-a întors. În spatele ei, un bărbat i s-a adresat astfel, făcând-o să reacţioneze, fără să stea prea mult pe gânduri.

— Da. E vreo problemă? l-a întrebat ea, în timp ce îi analiza trăsăturile. Era tânăr, brunet, cu o statură impunătoare, şi cu nişte ochi căprui îndrăzneţi, care nu prevesteau nimic bun.

— Nu... am crezut doar că ghidul va fi un bărbat, eventual unul în vârstă şi cu un aer plictisit. Când am văzut afişul fetelor, am crezut că e o păcăleală, însă se pare că m-am înşelat, i-a răspuns bărbatul, fixând-o cu privirea.

— Caitlyn Dorman, ghidul acestui grup, s-a prezentat ea pe un ton serios, înghiţindu-şi replicile usturătoare care îi treceau prin minte. Se simţea provocată şi nu reacţiona prea bine când nu avea impresia că deţine controlul situaţiei.

— Cole Darden, i-a răspuns bărbatul zâmbind, întinzând mâna spre ea într-un gest protocolar.

Caitlyn i-a strâns mâna, surâzând mai mult din bun simț, după care o retrase repede. Era ca și cum nu voia să aibă prea mult de-a face cu un astfel de bărbat.

— Hei, ce vrei să spui cu asta? Nu știu tu, dar eu în mod sigur o prefer pe ea ca ghid, a spus amuzat un alt bărbat tânăr, blond și cu un aer la fel de cuceritor ca al brunetului. Acesta purta un tricou mulat, care îi punea în evidență trupul, și o pereche de blugi care completa ținuta.

Caitlyn i-a identificat în minte: Cole era omul de afaceri, care purta blugi și cămașă ce îi armonizau trăsăturile feței, iar celălalt era sportivul, care avea un aer relaxat și nepăsător. Intuiția ei era o latură care nu se înșela decât rareori, iar pentru asta era mândră.

— Din moment ce a sosit avionul, eu propun să ne ocupăm locurile și să considerăm această discuție încheiată, a spus Caitlyn pe un ton care se voia a fi formal.

— Bine zici, i-a spus pensionara grupului, după care a intrat în avion prima, fiind lăsată de ceilalți membri ai grupului, printr-un gest politicos.

Caitlyn a rămas ultima, privindu-i pe ceilalți cum își ocupau locurile, grupându-se după preferințe. A răsuflat ușurată constatând că urma să stea singură, având loc chiar lângă geam, putând astfel să privească în voie peisajul. S-a așezat pe scaun, privind din nou către ceilalţi. Era responsabilitatea ei să facă asta şi voia ca totul să decurgă conform planului, aşa cum s-a întâmplat şi în cadrul vieţii sale. În fiecare perioadă de timp a ştiut ce avea să facă şi s-a conformat fără probleme. Era o persoană organizată şi meticuloasă, iar asta a ajutat-o în nenumărate situaţii. A inspirat adânc, privind cu încântare pe geam, abia aşteptând ca avionul să decoleze, dar mai ales să ajungă la destinaţie. Şi-a scos o carte din geantă şi a început să citească, în timp ce asculta indicaţiile căpitanului de zbor.

A simţit o uşoară stare de încordare văzând că locul de lângă ea s-a ocupat între timp de către bărbatul brunet care i-a reţinut atenţia mai devreme, într-un mod total neinspirat.

— Stewardesa m-a trimis aici, s-a scuzat el, aşezându-se. Se pare că mi-au greşit locul, aşa mi-au spus, i-a explicat el cu un aer aparent nevinovat, dezvăluindu-şi gropiţele din obraji când a zâmbit.

Caitlyn l-a privit ca pe un intrus în primele secunde, dar apoi şi-a amintit că nu putea să se opună acelui fapt.

— Bine... i-a spus ea, privind apoi din nou în carte, încercând să se lase absorbită de aceasta. Se simţea de parcă i se invadase spaţiul personal, deşi el stătea într-un mod cuviincios, pe locul său.

— Citeşti un roman de dragoste, nu-i aşa?

Caitlyn nu i-a răspuns, arătându-i pentru câte-

va secunde coperta, sperând să fie lăsată în pace. Nu suporta să fie întreruptă când citea, iar asta i se aplica şi lui, cu siguranţă.

— Mă aşteptam să fie un ghid de călătorii, însă... se pare că e ceva tipic feminin. Cum puteţi, voi femeile, să citiţi aşa ceva? Adică... chiar credeţi ce scrie acolo sau o faceţi numai pentru scenele acelea despre care am auzit vorbindu-se...

Asta era prea mult pentru Caitlyn. Nu se mai putea abţine. Bărbatul ăla avea puterea de a o face să uite de rigurozitate şi disciplină, precum şi de bunul simţ. O provoca cu bună ştiinţă.

— Ascultaţi, domnule...

— Cole, a întrerupt-o el, vizibil amuzat de iritarea pe care i-a stârnit-o.

— Bine. Cole. Ceea ce citesc mă priveşte şi la fel se întâmplă cu orice are legătură cu mine personal. Te rog cât se poate de politicos să mă laşi să-mi văd de treabă liniştită. Eu nu te deranjez pe tine, iar tu faci acelaşi lucru. Mi se pare cea mai bună soluţie pentru amândoi.

— Am pus o întrebare, atât, nu văd de ce atâta ostilitate... i-a zis Cole, zâmbind din nou, iritând-o la culme.

Cum putea Cole să zâmbească astfel, în timp ce ea fierbea în interior de nervi. Ceea ce făcea o privea strict pe ea, pe nimeni altcineva.

— Spun doar să ne respectăm şi să ne comportăm civilizat unul cu celălalt, doar urmează să petrecem zece zile împreună. Eu sunt ghidul acestui

grup şi, prin urmare, şi al tău. Prin urmare, nu accept un astfel de comportament... l-a avertizat ea, privindu-l cu determinare.

— Mereu eşti atât de directă, Caitlyn?

— Da, mai ales atunci când sunt provocată, i-a răspuns ea, simţind un fior ciudat la felul în care el i-a spus numele. Bărbatul acela era îndrăzneală pură.

— Probabil ai o groază de reclamaţii depuse la sediul agenţiei de turism la adresa ta, nu-i aşa?

— Cu siguranţă nu, dar eşti liber să depui una, dacă doreşti, i-a răspuns ea cu fermitate, revenind apoi la carte.

— Mulţumesc pentru sugestie... cu siguranţă nu am mai întâlnit un astfel de ghid, cu o atitudine ca a ta...

— Nici eu nu am mai întâlnit un astfel de turist... i-a răspuns Caitlyn, săgetându-l cu privirea, lovindu-se însă de ceva mai puternic decât iritarea ei: zâmbetul lui, care cu siguranţă i se ivea pe chip în orice situaţie. Nu şi-l putea imagina fiind serios, cu siguranţă nu era o trăsătură care să îl caracterizeze. Părea că ia totul în glumă, iar ea nu aproba o astfel de atitudine.

— Ai să-mi vorbeşti de fiecare dată astfel, pe parcursul sejurului?

— Numai dacă vei continua să fii la fel de direct.

— Asta echivalează cu sinceritatea, un lucru important, în opinia mea. Prefer să fiu astfel, şi aş-

tept acelaşi lucru de la cei din jurul meu.

— Atunci e bine, fiindcă vei avea parte de toată sinceritatea mea timp de zece zile, Cole... i-a promis Caitlyn, privindu-l, zâmbindu-i cu ironie, remarcând cu satisfacţie o uşoară urmă de surprindere pe chipul lui. Ei bine, dacă el se aştepta ca ea să fie o femeie drăguţă şi amabilă cu cineva care nu merita asta, se înşela.

— Domnişoară Dorman!

Caitlyn s-a întors să vadă cine o strigă, observând că era una dintre surorile triplete din grup. S-a ridicat de pe scaun, lăsându-şi cartea acolo. L-a ocolit în grabă pe Cole, mergând lângă ele.

— Spune-mi Caitlyn, te rog. Ce s-a întâmplat?

— Sora noastră se simte rău. E prima dată când merge cu avionul şi nu avem nicio pastilă pentru asta. Ne puteţi ajuta? a întrebat una dintre ele.

— Sigur. Revin imediat, i-a răspuns Caitlyn, luând-o de mână timp de câteva secunde pe cea care se simţea rău. S-a întors repede cu medicamentul, oferindu-i-l fetei, alături de un pahar cu apă. Ar trebui să te ajute. Nu-ţi face griji, vei fi bine, a încurajat-o ea surâzând, sperând să fie aşa.

— Mulţumesc, Caitlyn, i-a zis Brianna, cea care se simţea rău.

— Nu ai pentru ce. Stai liniştită, bine?

— Mulţumim şi noi, i-au spus recunoscătoare, în cor, Ashley şi Clara, celelalte două surori.

— Pentru puţin. Să aveţi grijă de ea, şi dacă e ceva, mă chemaţi, bine?

— Da, au zis ele.

Caitlyn s-a întors la locul ei, atingându-şi picioarele de genunchii lui Cole, care părea adâncit în răsfoirea unei reviste de afaceri. S-a aşezat la locul ei, putând să jure că, pentru o clipă, îl văzuse ridicând din sprânceană, privind-o.

Ce bine era dacă în loc de rochia lejeră şi-ar fi luat un costum din acela sobru şi ar fi purtat pantaloni. S-ar fi simţit mai puţin incomodată de anumite priviri indiscrete ale celui care stătea lângă ea. Urma să fie o călătorie lungă, s-a gândit ea, concentrându-se asupra cărţii, încercând să ignore prezenţa aceea masculină.

La un moment dat, ea a pus cartea deoparte şi a închis ochii, încercând să adoarmă, ceea ce a reuşit în scurt timp, fiindcă oboseala, dar şi anumite trăiri interioare au adus-o la concluzia că e mai bine să îşi ocupe timpul astfel.

Caitlyn a deschise ochii, simţind că ceva nu era în ordine. Nu era la locul ei, ci la pieptul lui Cole, care o ţinea în braţe, având braţele în jurul ei. Stătea pe jumătate în braţele lui, iar asta a făcut-o să-l privească încruntată şi să revină la locul ei, făcându-şi reproşuri în sinea ei. Cum a putut să adoarmă astfel şi să ajungă în braţele lui, tocmai ea, care avea un somn atât de uşor de obicei...

— Scuze... i-a spus ea jenată, aranjându-şi breteaua rochiei, evitând să-l privească.

— E-n ordine, erai adormită şi te-ai sprijinit la început de umărul meu, iar apoi te-am luat ast-

fel. Păreai că stăteai bine aşa... i-a răspuns Cole, în timp ce îşi întindea braţele, masându-le uşor.

— Trebuia să mă trezeşti, nu aş fi ajuns aşa... i-a zis Caitlyn roşind uşor. Privirea i-a fost captivată timp de câteva secunde de muşchii braţelor lui, care se vedeau reliefaţi prin cămaşa cu mânecă lungă.

— Dormeai atât de bine că nu am vrut să te trezesc. Stai liniştită, nu eşti prima femeie care adoarme în braţele mele...

— Cole!

— Ce?

— Nu îmi mai vorbi astfel! i-a cerut ea, iritată de cuvintele lui.

— Dar nu am zis nimic greşit... i-a răspuns el, reţinându-şi zâmbetul, privind-o însă amuzat.

— Nu e... potrivit... i-a spus ea indignată.

— Adevărul e mereu potrivit, chiar dacă provoacă reacţii surprinzătoare. Oricum, nu am vrut să am parte de un ghid extenuat pe parcursul călătoriei, şi, prin urmare, te-am lăsat să dormi liniştită. Nu am făcut nimic rău, Caitlyn. Oricum, lămureşte-mă: de ce ţi-ai dorit să devii ghid?

Caitlyn l-a privit surprinsă. Se simţea ca la un interogatoriu.

— Fiindcă îmi place să călătoresc şi dacă pot oferi nişte informaţii unor oameni dornici să le asculte, de ce nu? Mi se pare o activitate atractivă şi interesantă în cadrul căreia pot să aflu foarte multe lucruri despre diverse ţări, culturi, oameni.

Şi tu? În formular scrie că eşti om de afaceri. Pot să întreb în ce domeniu?

— Nu chiar şi am motivele mele pentru asta...

— Deci doar eu trebuie să răspund la întrebări?

— Numai dacă vrei, doar eşti o fire directă, nu?

— Aşa ai spus şi despre tine... dar se pare că nu e chiar aşa...

— Cu toţii avem lucruri pe care le ţinem pentru noi, trebuie să recunoşti...

— Bine. Atunci am să te întreb de ce ai vrut să vii în excursia asta?

— Asta e evident. Am vrut să văd oraşul despre care am auzit atâtea lucruri frumoase. Nu mă gândeam că şi ghidul va fi... aşa cum eşti tu. Aveam în minte o cu totul altă imagine despre asta...

— Aşa cum sunt eu? Cum adică? l-a întrebat ea surprinsă.

— Femeie. Şi tânără...

— Asta e o problemă?

— Nu, sigur că nu...

— Nici eu nu mă gândeam că voi fi judecată doar prin simplul fapt de a fi femeie...

— Domnişoară Dorman?

Caitlyn a ridicat privirea şi a văzut că cea care i se adresează era o stewardesă.

— Da?

— Asta e pentru dumneavoastră de la domnul acela blond... i-a arătat stewardesa.

Caitlyn s-a uitat în direcţia aceea şi a văzut că

cel indicat era chiar sportivul din grupul ei. A înclinat uşor capul în semn de mulţumire, iar apoi a luat micul pachet din mâna stewardesei. A început să-l desfacă, mânată de curiozitate, iar după ce a dat ambalajul la o parte, a văzut că era vorba despre un mic tablou cu oraşul Barcelona. S-a uitat şi pe spatele tabloului, acolo unde erau scrise câteva cuvinte:

Pentru cea mai frumoasă femeie ghid pe care am întâlnit-o... Declan Hayes

— Se pare că i-ai atras atenţia, Caitlyn... i-a spus Cole zâmbind, dezvăluindu-şi din nou gropiţele din obraji.

— E un gest foarte frumos şi îmi place foarte mult... i-a răspuns ea, privind încă o dată tabloul, după care l-a pus în geantă.

— E posibil ca în următoarele zile să fim cu toţii martori la înfiriparea unei idile între voi? a întrebat-o Cole, privind-o cu atenţie.

— Nu se ştie niciodată... i-a răspuns ea zâmbindu-i. Oricum, e bine că mai există şi bărbaţi care ştiu să aprecieze o femeie şi nu o judecă pentru asta...

— Chiar dacă gestul ar putea însemna existenţa unor intenţii nu tocmai onorabile?

— Nu îmi rămâne decât să aflu, nu-i aşa?

— Crezi că ar fi etic din partea ta să te implici într-o astfel de relaţie cu cineva din grup?

— Ei bine, poate mă voi ascunde timp de câteva zile cât durează excursia, iar apoi voi fi libe-

ră să-mi manifest interesul faţă de oricine cred că merită... fratele meu de-abia aşteaptă să ia la întrebări orice bărbat pe care îl vede în preajma mea, i-a răspuns Caitlyn privindu-l zâmbitoare, mai ales că observase o urmă de surprindere pe chipul lui Cole.

— Ai un frate?

— Da, mai mare. Se numeşte Jayden şi e un adevărat protector în ceea ce mă priveşte. Şi tu?

— Eu sunt singur la părinţi. Mi-ar fi plăcut să mai am un frate sau o soră, dar asta e...

— E bine să ai pe cineva în care să te poţi încrede. Eu ştiu cel mai bine asta, fiindcă noi doi am fost foarte apropiaţi încă de mici, chiar dacă am mai avut şi momente de ceartă, ca orice copii. Jayden e pictor şi în câteva ore va avea o expoziţie importantă, iar eu sunt aici... în fine, sunt mândră de el.

— Regreţi că te afli aici, Caitlyn?

— Doar puţin... să văd Barcelona e un vis devenit realitate pentru mine... a mărturisit ea privindu-l, observând o urmă de mister în privirea lui.

— E bine atunci când visele devin realitate, aşa e?

— Da...

— Care e visul tău, Cole? Dacă poţi să-mi spui, desigur...

— Să am succes în afaceri, dar mai mult decât atât, îmi doresc să întâlnesc femeia potrivită pentru mine... e atât de greu să reuşesc în privinţa

47

asta, mai ales atunci când constat că femeile din preajma mea sunt interesate de situația mea financiară și mai puțin de mine...

— Și bărbatul potrivit e greu de găsit, Cole. Mai ales că majoritatea sunt preocupați să bifeze cât mai multe cuceriri pe lista lor. Oricum, bărbații chiar au o listă sau doar așa se spune? Tu ce crezi? l-a întrebat ea, aducându-și aminte de fostul ei iubit.

— Nu i-am întrebat, dar eu nu am așa ceva... nu privesc femeile astfel, oricât de straniu ar părea, i-a spus Cole, privind-o cu seriozitate, lucru ce a surprins-o.

Caitlyn s-a așezat mai bine pe scaun, concentrându-se la peisajul pe care îl vedea pe geamul mic. Parcă nu își mai găsea locul, în timp ce Cole continuase să citească relaxat. Nu putea înțelege capacitatea aceea masculină a acestora de a rămâne indiferenți, chiar și când spuneau ceva important. Mai devreme, i-a simțit privirea pătrunzătoare și serioasă în timp ce i-a vorbit, iar acum era la fel de relaxat ca de obicei. În mod sigur era ceva ciudat la Cole, și-a spus ea, privindu-l pe furiș. Părea că nimic nu îl putea scoate din starea lui obișnuită. Afișa o masculinitate în stare brută, dar fără să se sinchisească de asta. Era tipul acela de bărbat conștient de puterea lui de atracție, fără să caute să iasă în evidență, așa cum o făceau alții. S-a uitat din nou pe geam, mustrându-se în sinea ei. De când Cole reprezenta o temă de gândire pentru ea?

Câteva minute mai târziu, când și-a întors capul spre el, l-a surprins dormind. Arăta atât de frumos chiar și astfel, s-a gândit ea, recunoscând cu greu asta. În fond, a observat asta de când îl văzuse în aeroport. Nu era ceva greșit să admită că un bărbat era frumos. Totul era să se limiteze la asta. Caitlyn închise ochii, sperând să adoarmă și să rămână astfel până când ajungeau la destinație.

— Cole, trezește-te. Am ajuns, i-a spus Caitlyn vorbind mai încet, întinzându-și ușor brațele.

Cole a deschis ochii și s-a ridicat apoi de pe scaun.

— Ai nevoie de ajutor cu bagajul? a întrebat-o el politicos.

— Nu, mulțumesc, dar doamna Grace ar putea avea nevoie...

— Bine, mă ocup de asta, i-a spus Cole, făcându-i loc să treacă, după care a urmat-o, ducând atât bagajul său, cât și pe cel al femeii în vârstă.

Cu toții au mers apoi la microbuzul care îi aștepta în parcarea aeroportului. Și-au așezat bagajele, după care și-au ocupat locurile în funcție de preferințe.

— Cred că e rândul meu să stau lângă tine, Caitlyn, i-a spus Declan zâmbind.

— Desigur, ia loc, i-a răspuns ea, făcându-i loc să se așeze pe locul de lângă geam. A rămas în picioare câteva minute, adresându-se grupului.

Șoferul a pornit motorul, plecând din aeroport, în timp ce Caitlyn a început să le vorbească celor

din grup despre oraşul pe care îl vizitau.

— Vom merge pentru început la pensiunea în care vom fi cazaţi, iar apoi vom lua prânzul acolo. Mai târziu vom începe să vizităm tot ceea ce are mai frumos acest oraş minunat. Vă doresc o excursie cât mai frumoasă şi fie ca la finalul acesteia să rămânem cu amintiri frumoase, le-a spus ea zâmbind.

— Dacă vrem să vizităm ceva pe cont propriu se poate? a întrebat-o doamna în vârstă.

— Sigur, dar să mă anunţaţi înainte. Aş prefera să rămânem cât mai grupaţi, pentru a evita să ne pierdem unii de ceilalţi şi să ne rătăcim. Vestea bună este că avem plajă foarte aproape de pensiune pentru cine îşi doreşte să se bronzeze sau să se relaxeze. Dacă aveţi întrebări vă rog să nu ezitaţi să mi le adresaţi, pentru a evita orice nelămuriri. Am venit aici să ne bucurăm de acest oraş şi exact asta vreau să facem, a adăugat Caitlyn, după care s-a aşezat pe locul ei. Se simţea nerăbdătoare să vadă tot ceea ce se putea vedea din oraşul care a atras-o mereu ca un magnet.

— Domnişoară Dorman?

— Da, draga mea, i-a spus Caitlyn uneia dintre triplete, care venise lângă ea.

— Avem voie să mâncăm în microbuz?

— Sigur că da, i-a răspuns ea zâmbind.

— Mulţumesc fiindcă aţi avut grijă de mine în avion. Mă simt mult mai bine şi ştiu ce am de făcut când mă voi întoarce din nou în avion...

— Nu ai pentru ce şi mă bucur că te simţi mai bine.

— Nu-i aşa că veţi veni cu noi la plajă? Sunteţi foarte drăguţă şi ne place să vă avem prin preajmă, i-a mai spus aceasta.

— Da, voi veni. Şi eu de-abia aştept să stau la soare, i-a zis Caitlyn privind-o cu drag, în timp ce adolescenta se îndrepta bucuroasă spre locul ei.

— Chiar suntem norocoşi să te avem drept ghid, Caitlyn, i-a spus Declan, zâmbitor.

— Mulţumesc...

— Ţi-a plăcut tabloul?

— Da, foarte mult, mulţumesc, i-a răspuns ea amabilă.

— Cum ai rezistat să stai atâtea ore lângă Cole, după cum s-a comportat cu tine? E un misogin, care nu ştie să aprecieze o femeie frumoasă...

— Până la urmă s-a dovedit că nu e chiar atât de rău... a apreciat Caitlyn, sinceră.

În microbuz era o atmosferă veselă. Mulţi pasageri au început să cânte în acelaşi timp cu ceea ce se auzea la radio, iar câteva locuri mai în spate, Cole răsfoia din nou o revistă de afaceri, încercând să pară concentrat, însă la fel ca în alte dăţi când nu reuşea să facă asta şi se gândea la altceva, cifrele îi treceau prin faţa ochilor fără să îi spună ceva.

— E frumoasă, nu-i aşa? l-a întrebat doamna în vârstă.

— Cine?

— Caitlyn. Nu-mi spune că nu ai observat...

— Nu chiar... a încercat el să nege, ignorând imaginea care îi apăruse în minte cu ea adormită în brațele lui, în avion.

— Minți. Voi, tinerii, observați asta prima dată când vă uitați la o femeie.

— Sunteți sigură? i-a zis Cole, zâmbind. Bătrânica era simpatică și avea spirit de observație.

— Tinere, sunt într-atât de matură încât să-mi dau seama de unele lucruri...

— Dacă spuneți așa, nu vă pot contrazice...

— Mai bine ai lăsa revista aia și ai face ceva, până nu o face blondul ăla, frumos de altfel, dar prea lipicios. Nu-mi place pentru ea. Tu, în schimb...

— Doamnă... aveți o imaginație delicioasă și bogată... i-a spus Cole, încurcat. El, care era de neînduplecat atunci când era vorba de domeniul său de activitate, se simțea ușor intimidat de cuvintele unei bunicuțe.

— Mi s-a mai spus. Mai vedem noi la finalul excursiei cum vor sta lucrurile... l-a provocat ea zâmbind, convinsă că avea dreptate.

Cole a zâmbit, lăsând totuși revista deoparte, concentrându-se asupra peisajului. A observat la un moment dat faptul că Caitlyn râdea la ceva ce i-a spus Declan și și-a întors privirea spre geam. Nu era treaba lui ce făcea ea și nici cu cine își petrecea timpul. Și totuși, vorbele bătrânicii îl urmăreau mai mult decât voia să admită.

Mai târziu, odată ajunși la pensiune, fiind îndrumaţi de administrator, cu toţii s-au instalat în camerele lor. Caitlyn era încântată: camera ei arăta superb, fiind decorată în culori calde, şi nişte uşi mari care dădeau spre balconul de unde avea vedere la mare. Întrucât mai avea o oră la dispoziţie, a făcut un duş revigorant, după care a îmbrăcat o rochie lejeră, lungă, de culoarea mării, care îi evidenţia părul blond. Şi-a pus nişte cercei lungi, care aveau în capăt nişte globuleţe mici, albastre. S-a privit cu admiraţie în oglindă: era gata să coboare să ia prânzul alături de cei din grup.

A coborât scările cu graţie, păşind cu atenţie spre sala unde se aflau ceilalţi. I-a privit pe cei din grupul ei, care se aflau deja la mese. Toţi vorbeau şi savurau preparatele culinare apetisante. Văzând mai multe locuri libere, s-a aşezat lângă doamna în vârstă, moment în care Declan a venit lângă ea.

— Arăţi minunat, Caitlyn, i-a spus acesta zâmbind, privind-o cu îndrăzneală.

— Mulţumesc, Declan. Poftă bună!

— La fel şi ţie... cu siguranţă voi avea... i-a zis el, apropiindu-şi chipul de al ei, timp de câteva secunde.

— Pot să mă aşez aici, lângă voi? i-a întrebat Cole, privindu-i pe cei de la masă, însă stăruind asupra femeii blonde.

— Desigur, Cole. Ia loc, l-a invitat Caitlyn, observând ţinuta lejeră pe care o avea acesta. Purta pantaloni scurţi şi tricou, ceva cu totul diferit

față de costumația rigidă pe care o avuse în timpul zborului.

— Mulțumesc, i-a răspuns Cole, așezându-se pe scaunul de lângă ea. A început apoi să mănân-ce, dialogând uneori cu cei care se mai aflau lângă el.

— Mâine începem să vizităm câteva dintre obiectivele turistice de aici, dar până atunci, toa-tă lumea are program liber. Eu una, voi merge la plajă împreună cu tripletele. M-au rugat să le în-soțesc, a anunțat Caitlyn așezând tacâmurile pe masă, terminând de mâncat.

— Primiți și însoțitori? a întrebat Declan, zâmbind.

— Da. Oricine e binevenit, i-a răspuns Caitlyn, amabilă. Mă scuzați, eu merg să le anunț pe cele trei surori că urmează să mergem, a adăugat ea, ridicându-se de la masă.

În câteva minute, Caitlyn a ajuns pe plajă, înso-țită de cei din grup. Acolo, le-a ajutat pe cele trei surori să își aranjeze păturile, după care a uns-o cu loțiune de plajă pe doamna Grace, fiind rugată de aceasta. A făcut apoi fotografii împreună cu mem-brii grupului, după care a mers câțiva pași mai departe, căutându-și un loc potrivit unde să stea.

Câteva minute mai târziu, Caitlyn și-a dat ro-chia jos, cu oarecare ezitare, rămânând în costu-mul de baie albastru, din două piese. S-a întins pe prosopul ei, privind în jur cu entuziasm. Simțea că nu poate să fie mai fericită de atât, însă știa că nu

era chiar aşa. Mâine, dar şi în celelalte zile, când va vedea frumuseţile oraşului, va fi şi mai fericită. A închis ochii, inspirând adânc aerul fierbinte de pe plajă, bucurându-se că aceasta nu era foarte aglomerată la ora aceea.

Simţind o umbră chiar deasupra ochilor, deschise ochii aproape imediat. Era Cole, care rămăsese numai în şort şi o privea într-un mod misterios, neştiind la ce să se aştepte din partea lui.

— Ce faci? l-a întrebat ea imediat, regretând că folosise tonul acela dominator.

— Asta e evident: fac ce face toată lumea de pe plajă: încerc să mă bucur de soare... i-a răspuns el, aşezându-se lângă ea.

— Şi eu încercam...

— În felul ăsta, fără să foloseşti o loţiune specială pentru plajă? i-a zis el, zâmbind.

— Eram atât de absorbită de peisaj, încât am uitat de asta... oricum, ai dreptate. Merg să rog pe una dintre triplete să mă ajute, i-a spus ea, ridicându-se în şezut. Numai atât reuşise, căci fusese prinsă uşor de braţ.

— Aşteaptă... unde e Declan? Sau ar trebui să spun umbra ta? Cel puţin aşa se comportă... s-a justificat el, eliberându-i braţul.

— A zis că merge să ia îngheţată. Numai ce a plecat... şi nu e umbra mea, nimeni nu e... i-a răspuns ea categorică.

— Şi a pierdut el ocazia de a te ajuta cu loţiunea... nu pot să cred...

— Te-aş ruga să nu mai faci astfel de remarci. Încerc să menţin un echilibru în grup şi nu am nevoie de astfel de vorbe...

— Admir asta, dar îţi pot garanta că Declan e altfel decât vrea să pară la prima vedere.

— Asta o spune cel care m-a privit cu neîncredere încă din prima clipă... pot să-mi port singură de grijă, Cole, i-a spus ea indignată de atitudinea lui. Nu voia decât să stea ore întregi la soare, fără niciun fel de probleme stresante.

— Recunosc că am fost puţin cam nepotrivit, cum îţi place ţie să spui, dar am trecut peste asta, nu? a întrebat-o el, încercând să o privească într-un mod cât mai serios şi cuminte. Oare când făcuse el asta cu vreo femeie... s-a întrebat în gând.

— Sper că da, i-a zis ea, uitându-se în geanta de plajă după loţiune. A scos-o de acolo şi a început să se ungă singură, atât cât ajungea, pe spate, dar şi pe abdomen. L-a privit cu severitate când a observat că el se uita cam prea atent la ce făcea ea, zâmbind când a văzut că l-a făcut să întoarcă privirea spre mare, moment în care şi-a pus o cantitate de loţiune şi pe gât, dar şi în zona decolteului.

— Cred că în partea de sus a spatelui nu poţi ajunge de una singură, a estimat Cole luându-i loţiunea din mână, cu un zâmbet în colţul buzelor.

Caitlyn şi-a îndreptat spatele, privind marea, încercând să ignore atingerea mâinilor lui pe spatele ei. După aproape un minut s-a întors spre el, privindu-l cu hotărâre.

— Cred că e de ajuns, Cole.

— Vezi? Cum poţi să te relaxezi dacă eşti atât de încordată? a întrebat-o el, revenind la locul lui pe pătură şi înapoindu-i loţiunea.

— Chiar eram relaxată, până mai devreme... i-a spus ea întinzându-se pe pătură şi punându-şi ochelarii de soare pe ochi. Era uimită că starea ei de încordare era din cauza lui. După câteva secunde şi-a ridicat ochelarii, privindu-l, neputându-se abţine. El stătea în şezut, cu faţa către mare, de parcă ar fi scrutat orizontul. În mod sigur, misterul era o a doua natură a lui, a constatat ea, la fel cum a realizat că se simţea diferit în preajma celor doi bărbaţi tineri din grup. Dacă Declan îi dădea o stare de intimidare, făcând-o să îi vorbească într-un mod cât mai amabil, Cole îi dădea o altfel de stare, una pe care nu şi-o putea defini cu exactitate, iar asta nu era pe placul ei. Ştiuse mereu în ce categorie să încadreze unele lucruri, însă acum se afla în faţa unei dileme.

Caitlyn s-a ridicat, stând la fel ca el, privind marea liniştită.

— Vrei să mergi în apă, nu-i aşa? a întrebat-o el, privind-o rapid.

— Da. Cred că asta vrem cu toţii când ajungem la mare, i-a răspuns ea entuziasmată. Tu nu vrei să înoţi?

— Nu, stau bine aici, i-a spus el, încruntându-se uşor.

Caitlyn l-a privit surprinsă de schimbarea lui

de dispoziție. Dacă, de cele mai multe ori, el era zâmbitor și relaxat, în acele momente era ușor neliniștit, în opinia ei. S-a ridicat de pe pătură și a mers încet spre apă, bucurându-se de senzația oferită de apa care îi acoperea picioarele, iar apoi întreg trupul. Era minunat să se simtă astfel, dar și să observe ceea ce făceau cei din grupul ei. Cele două cupluri înotau în mare, nu departe de mal, iar surorile triplete se bucurau de acele momente, stropindu-se cu apă. Numai Cole și doamna Grace au rămas pe plajă, iar Declan nu se vedea nicăieri. Asta o neliniștea puțin. Trebuia să se întoarcă de ceva timp cu înghețată pentru ea, dar și pentru alți doritori din grup.

Caitlyn s-a bucurat numai câteva minute de răcoarea pe care i-o oferea marea, căci s-a decis să meargă să îl caute pe Declan. Știa că e un adult capabil să aibă grijă de el însuși, însă ea era responsabilă de cei din grup și nu putea ignora asta. A revenit pe plajă și și-a luat rochia pe ea, sub privirile curioase ale lui Cole. A mers apoi lângă doamna Grace, lăsându-i geanta în grijă.

— Unde mergi? a întrebat-o Cole, apărând deodată în spatele ei.

— Îl caut pe Declan. Trebuia să se întoarcă până acum... i-a explicat ea, întorcându-se spre el.

— Vin cu tine, i-a zis el pe un ton care nu admitea vreun refuz.

— Bănuiam eu că băiatul ăla va aduce numai probleme, a intervenit doamna Grace, făcându-și

aer cu evantaiul pe care îl flutura de zor.

— Doamnă Grace, să nu gândim aşa. Poate s-a întâmplat ceva... i-a răspuns Caitlyn, încercând să fie diplomată.

— Da, aşa e. Se întâmplă că eşti prea încrezătoare în oameni şi nu toţi merită asta din partea ta, i-a reproşat Cole, privind-o serios.

Caitlyn l-a privit cu severitate, înaintând apoi spre terasele aflate la câţiva metri mai departe. S-a uitat în jurul ei, încercând să-l repereze în mulţime, conştientă de faptul că era urmată înde-aproape de Cole.

— Ia uite-l pe Declan al tău, cât e de preocupat de îngheţata voastră, i-a spus Cole, apropiindu-se de o masă, acolo unde Declan stătea cu o sticlă de bere în faţă.

— Probabil a vrut să se răcorească puţin şi a întârziat, dar pare în regulă. Declan! l-a strigat Caitlyn, apropiindu-se de el. Haide să mergem, ceilalţi ne aşteaptă, i-a cerut ea, punându-i mâna pe umăr, moment în care Declan şi-a ridicat privirea spre ea.

— Ia te uită, cine a venit să mă caute... nici mai mult nici mai puţin decât frumoasa grupului...

— Declan, haide să mergem, ai nevoie să te odihneşti puţin... l-a sfătuit Caitlyn, observând că el avea nişte ochi cam strălucitori. Pare că a băut puţin cam mult... i-a zis ea lui Cole.

— E beat, Caitlyn. Hai să-l ducem de aici, i-a spus el, ridicându-l de pe scaun.

— Hei, de ce ai venit și tu? Puteam foarte bine să merg cu ea în cameră, i-a zis Declan, râzând, în timp ce mergea împleticindu-se.

— Ai putea să taci, Declan. Te avertizez: nu așa se vorbește cu o femeie... i-a cerut Cole, simțindu-se puțin nervos.

Caitlyn a ridicat o sprânceană, surprinsă de atitudinea lui Cole, dar a venit de partea cealaltă și l-a susținut, dorindu-și să ajungă cu bine în camera lui, iar Declan să se odihnească și să își revină.

După câteva zeci de minute, Caitlyn și Cole au ajuns în sfârșit cu Declan până în camera lui, așezându-l în pat.

— Stai cu mine, Caitlyn. Vreau să te sărut, știi asta... vino lângă mine, a invitat-o Declan, luând-o de mână.

— Declan, te rog... nu ești tu însuți, sunt convinsă de asta. Încearcă să dormi, te vei simți mai bine mai târziu... l-a oprit ea, încercând să își elibereze mâna, în timp ce Cole îi privea fulgerător.

În momentul în care Declan a luat-o de mână, aducând-o mai aproape de el, Cole a reacționat. A luat-o pe Caitlyn de acolo, ducând-o în camera ei.

— Ce credeai că faci acolo, Caitlyn? a întrebat-o el, închizând ușa și luând-o de braț, privind-o cu înverșunare.

— Eu nu am făcut nimic, Declan a...

— Exact. Ai impresia că se poate discuta cu cineva care a băut? Dacă erai singură cu el? Te-ai gândit o clipă la asta?

— Eu... nu. Am vrut doar să fac un lucru bun, nu înțeleg de ce îmi spui toate astea... i-a explicat ea intrigată, eliberându-și brațul din mâna lui.

— Tocmai. Un lucru bun pentru el, dar periculos pentru tine. Ar trebui să fii mai atentă la cei din jurul tău, Caitlyn, fiindcă nu se știe ce surprize îți pot rezerva...

— Mulțumesc pentru sfat. Acum cred că voi merge pe plajă, să mai recuperez ceva din ziua asta. Nu sunt proprietatea nimănui, așa că nu vreau să mai pui mâna pe mine, Cole!

— Să înțeleg că lucrul ăsta e rezervat pentru Declan... nicio problemă, nu am de gând să mă amestec între voi... ești liberă să faci ce vrei, Caitlyn. Mulțumită?

— Foarte. Să ai o zi plăcută, Cole... i-a urat ea, zâmbindu-i, deși îi venea să-i șteargă zâmbetul de pe chip. S-a întors să plece, însă s-a trezit în brațele lui Cole, care a început să o sărute apăsat la început, iar apoi tot mai blând, însă într-un fel tulburător, făcând-o să își întredeschidă buzele, uitând de tot ceea ce exista în jurul ei. Îi explora buzele și gura într-un mod amețitor, îndrăzneț, supunând-o voinței lui timp de câteva minute, desprinzându-se apoi de ea, gemând ușor, nefiindu-i ușor să o facă. Ieșise apoi în grabă din camera ei, trântind ușa, lăsând-o fără cuvinte.

Caitlyn a clipit de câteva ori pentru a-și reveni în urma sărutului. Oricât de imoral ar fi fost ceea ce îi făcuse el, recunoștea în sinea ei că Oliver nu o sărutase niciodată astfel, făcând-o să se simtă cu totul lipsită de apărare şi de voinţă. Pur şi simplu nu mai fusese capabilă să gândească mai devreme, când buzele lui Cole au gustat-o ca pe cel mai dulce aliment posibil. S-a aşezat pe pat, conştientă că tremura. Ar fi trebuit să nu acorde importanţă acelui moment, însă fusese unul minunat. Acum ştia că domnul om de afaceri săruta foarte bine, iar efectul pe care îl avea era devastator. Cu siguranţă, femeile erau înnebunite după el şi pe bună dreptate. A închis ochii, rememorând sărutul, roşind, neştiind cum îl va putea privi în ochi atunci când îl va revedea. Nu era o puştoaică, însă nici nu era adepta acestor lucruri, a săruturilor cu bărbaţi pe care abia îi cunoştea. Nu prevăzuse aşa ceva. Nu îl prevăzuse pe Cole Darden în planurile ei, iar asta o neliniştea. Trebuia să îşi revină, înainte de a fi prea târziu.

Caitlyn a deschis ochii, după care a mers din nou pe plajă. Nu avea de gând să se ascundă în camera ei pentru tot restul sejurului. A strâns indignată din ochi când l-a văzut pe Cole stând la locul lui de mai devreme, de lângă ea, dar şi-a făcut curaj şi s-a aşezat pe pătură, încercând să-l ignore.

Cole a privit-o cu atenţie şi timp de câteva secunde niciunul nu fusese capabil să spună vreun cuvânt.

— Ai de gând să faci plajă aşa, cu rochia pe tine? a întrebat-o el, într-un târziu.

Caitlyn nu i-a răspuns, însă şi-a dat rochia de

pe ea, răsuflând uşurată fiindcă el se uita din nou spre mare. S-a întins apoi pe pătură, închizând ochii, sperând ca el să nu-i mai spună nimic. Se simţea şi aşa destul de expusă în costum de baie, însă voia să treacă peste asta şi să se bucure de momentele acelea, doar de asta îşi dorise să ajungă acolo.

Seara, Caitlyn alesese să cineze în camera ei, de una singură. Nu se simţea în stare să facă faţă companiei altor persoane şi nici să vadă pe cineva în mod special. Mai târziu, a adormit destul de greu, gândindu-se la toate întâmplările din ziua aceea.

— Capitolul 3 —

În ziua următoare, Caitlyn şi-a condus grupul în vizită la Catedrala Sagrada Familia. Construcţia era una impozantă şi deosebită, iar exteriorul fascina la fel de mult ca interiorul acesteia. S-a aşezat în faţa grupului şi a început să ofere informaţii despre obiectivul turistic în faţa căruia se aflau.

— Catedrala a fost realizată în conformitate cu proiectul realizat de arhitectul Antoni Gaudi, într-un stil modernist, care se orienta în direcţia găsirii formelor din natură. Este o minunată bijuterie arhitecturală începută în anul 1882, dar încă nefinalizată. Catedrala are trei mari faţade, care domină exteriorul. Turnul clopotniţă atinge 170 metri, fiind cel mai mare turn clopotniţă constru-

it vreodată. Vârful unui turn simbolizează pomul vietii, împodobit cu porumbei zburând liberi. Se poate vizita cripta unde este înmormântat Gaudi, cât şi un muzeu care vorbeşte despre istoria arhitectului şi a măreţului proiect. Vizitatorii care doresc să urce în turn, sunt nevoiţi să urce circa 350 de trepte în spirală. Haideţi să intrăm, i-a invitat ea încântată şi la fel de dornică să pătrundă în interiorul catedralei, încercând să ofere informaţii cât mai succinte, pentru a nu deveni plictisitoare, însă dacă cineva o întreba ceva, îi răspundea cu amabilitate.

Odată ajunşi în interior, cei din grup s-au risipit în diverse direcţii, observând fascinaţi frumuseţea construcţiei.

Caitlyn s-a oprit pe loc, uitându-se în jurul ei, captivată de ceea ce vedea. Catedrala era într-adevăr un loc ce merita vizitat. Îşi simţea propria inimă bătându-i mai puternic datorită emoţiei de a se afla în acel loc încărcat de istorie. Ferestrele erau uriaşe şi puţin curbate, fiind completate de vitralii cu modele deosebite care lăsau lumina să pătrundă nestingherită în interior. Liniştea pe care o simţea în timp ce se afla acolo o copleşea, emoţionând-o până în adâncul inimii. Catedrala era imensă, deosebit de încăpătoare şi de frumoasă. Într-un cuvânt, era magnifică.

Ea s-a rugat apoi în tăcere, timp de câteva minute, după care a mers împreună cu grupul la o terasă din apropiere.

Cu toții vorbeau în timp ce admirau frumusețea străzilor și a clădirilor, bucurându-se de gustul celebrelor tortilla și churros, dar și a altor preparate culinare delicioase, cum ar fi paella cu pui, supă de chorizo sau gazpacho, un alt tip de supă, specific tradițional.

Caitlyn a cerut renumita sangria roșie, o băutură care conține vin roșu, lichior de portocale, apă minerală, dar și diverse fructe tăiate felii. Simțind gustul bun al acesteia, a constatat că a făcut o alegere foarte bună. Era încântată de felul prietenos al spaniolilor, de muzica lor, de limba pe care o vorbeau, de tot ceea ce avea legătură cu acel popor latin. În ceea ce privea muzica, avea impresia că au un stil unic de a îmbina cuvintele pentru a face niște melodii care ajungeau direct la inimă.

A petrecut astfel câteva ore de relaxare alături de cei din grup, ținându-se la distanță de Cole, dar și de sportivul Declan pe cât posibil.

Mai târziu, în timp ce a coborât la barul pensiunii pentru a bea o limonadă rece, Caitlyn a fost surprinsă să-l vadă pe Declan așezându-se lângă ea.

— Pot să îți țin companie, Caitlyn? a întrebat-o Declan, privind-o cu atenție.

— Da, desigur... te plictisești, Declan?

— Da, și m-am gândit să vin aici să-mi treacă timpul într-un mod mai plăcut. Numai ce am intrat și te-am văzut. Ascultă, Caitlyn, vreau să îți ofer scuzele mele pentru orice aș fi spus sau făcut

ieri. Ştiu că nu am avut un comportament potrivit, şi asta numai din câte îmi aduc aminte, vag oricum...

— Scuze acceptate, Declan. Nu vreau să existe sentimente negative între mine şi vreun membru din grup. Nu asta îmi doresc de la această excursie. Vreau ca totul să fie bine, înţelegi? l-a întrebat ea, privindu-l înţelegătoare, mai ales că el părea atât de sincer.

— Înţeleg şi voi face tot posibilul să nu te mai pun într-o situaţie jenantă... i-a promis el, privind-o, simţindu-se cuprins de remuşcări.

— Bine. Hai să nu mai vorbim despre asta, bine? Mai bine mi-ai spune cum ţi s-a părut ziua de azi.

—— Frumoasă, dar asta datorită ţie, Caitlyn. Scuze, nu mă pot abţine, eşti atât de frumoasă încât orice bărbat ar vrea să fie cu tine, am vrut doar să-ţi spun asta... ai o vulnerabilitate şi un fel de a fi care cucereşte... i-a mărturisit Declan, privind-o cu sinceritate.

—— Declan... mulţumesc pentru cuvintele frumoase, dar te rog... nu vreau să îmi mai spui astfel de lucruri... nu e potrivit şi nu mă simt în regulă să le aud... bine?

—— Bine, cum vrei tu... oricum, voiam doar să ştii că nu am mai întâlnit o femeie ca tine: frumoasă şi inteligentă... e un lucru rar şi deosebit, a admis el, privind-o misterios.

— Mulţumesc... hai să toastăm pentru lucrurile

rare şi deosebite atunci... i-a propus ea, zâmbitoare.

Cei doi au ciocnit paharele, iar câteva minute mai târziu, Caitlyn a mers afară, simţind nevoia de aer curat. Era o noapte senină, cu lună plină şi cu un cer plin de stele. Şi-a sprijinit palmele de lemnul terasei şi a inspirat adânc, închizând ochii. Îşi dorea să se simtă mereu atât de relaxată şi fericită. Şi totuşi, un gând tulburător îi spunea că lipseşte ceva, un singur lucru ce ar putea completa starea ei, lucru care o neliniştea şi o atrăgea în aceeaşi măsură: dragostea. Acel sentiment unic, ce putea aduce fericire, dar şi tristeţe în viaţa cuiva, şi totuşi atât de căutat, blamat şi adorat în acelaşi timp. Chintesenţa întregii existenţe umane.

— Vrei să stai acolo toată noaptea?

Caitlyn a tresărit şi s-a întors.

— Cole, m-ai speriat... i-a spus ea, încercând să îşi recapete suflul. Ce faci aici?

— Mă plimbam. Te-am văzut mai devreme, la bar, cu Declan... cum de nu e aici, cu tine?

— Mă urmăreşti? l-a întrebat ea indignată.

— Nu. Pur şi simplu eram acolo şi v-am văzut, atât, iar apoi, fiindcă am văzut că el a plecat şi tu ai venit aici, singură, m-am gândit să văd dacă eşti bine, asta e tot... i-a explicat Cole, înaintând spre ea.

— Sunt bine, de ce nu aş fi?

Caitlyn l-a privit temătoare în timp ce el venea spre ea. Făcea ca spaţiul dintre ei să devină tot mai

mic, iar asta nu era bine...

— Ce e, credeai că nu am să mai îndrăznesc să îţi vorbesc după ziua de ieri? a întrebat-o el, mângâindu-i umărul timp de câteva secunde, până când ea făcuse un pas înapoi.

— Cole... eu... nu vreau să vorbim despre asta, i-a cerut ea, simţindu-se jenată, dar privindu-l totuşi, încercând să facă abstracţie de faptul că arăta cuceritor în cămaşa aceea albastră, cu mânecă scurtă şi blugii negri. Cu siguranţa, el putea da farmec oricărui obiect vestimentar, însă nu îşi putea permite să se gândească prea mult la asta.

— Bine, atunci. Dacă nu vrei să vorbim, ai putea face totuşi ceva penru mine...

— Ce?

— Dansează cu mine, Caitlyn. E o noapte frumoasă ce merită încheiată într-un mod la fel de frumos, a rugat-o Cole, privind-o cu seriozitate.

— Nu cred că ar trebui... i-a zis ea, încercând să evite orice apropiere dintre ei.

— E doar un dans, Caitlyn. Dansul nu a făcut rău nimănui. Numai dacă...

— Dacă ce?

— Dacă nu cumva ţi-e teamă de asta... de noi... de ce s-ar putea întâmpla dacă îmi permiţi să mă apropii prea mult, nu-i aşa?

— Cole... nu ne cunoaştem decât de vreo două zile. Nu sunt genul de femeie care se sărută şi dansează cu bărbaţi pe care de-abia îi cunoaşte.

— Ceva îmi spune că ai dreptate, însă aş vrea să

încerci, Caitlyn. Ştiu că e o situaţie puţin ciudată, însă suntem doi adulţi care pot să facă anumite lucruri, chiar dacă la prima vedere par neobişnuite. Suntem atraşi unul de celălalt, nu poţi nega asta...

— Opreşte-te. Nu sunt... nu pot fi atrasă de tine... iar pentru mine, lucrurile nu sunt atât de simple, i-a spus ea, încrucişându-şi braţele.

— Tremuri, Caitlyn. Încerci să te opui propriilor emoţii, însă nu trebuie să faci asta. Tot ce îmi doresc pentru seara asta e să dansez cu tine, a lămurit-o el, privind-o cu sinceritate, luând-o de mână.

— Dacă fac asta, mă laşi să plec apoi, nu? l-a întrebat Caitlyn, conştientă de puterea lui de atracţie. Era fermecător şi zâmbitor, însă ea avea inima frântă şi nu era potrivit să îşi dorească un bărbat lângă ea, atât de repede. Inima ei era atât de fragilă, deşi încercase mereu să ascundă asta.

— Numai dacă vrei... suntem doar doi străini într-o noapte perfectă, înstelată şi misterioasă.

Ce poate fi mai incitant decât asta? De ce să complicăm totul, punând întrebări? Mai bine neam bucura de ceea ce ne dorim şi avem acum, de un simplu dans. Clipele perfecte şi unice sunt atât de greu de găsit şi de păstrat... i-a mărturisit Cole, trecându-şi mâna prin părul ei, aşezându-i o şuviţă de păr blond după ureche. Dacă ceva e menit să se întâmple, se va întâmpla oricât ne-am opune...

— Cole... l-a oprit ea surprinsă.

— Eşti în siguranţă cu mine, Caitlyn, îţi pro-

mit... a asigurat-o el, mângâindu-i mâna.

Caitlyn l-a urmat apoi înăuntru, încercând să îşi elibereze mintea de orice gând. Într-o oarecare măsură, îi dădea dreptate lui Cole. De ce să strice totul, gândindu-se prea mult la consecinţe, îşi spuse, încercând să se împace cu sine însăşi. Ceva în ea avea încredere în el. Nu ştia cum şi de ce, însă aşa stăteau lucrurile. Poate că era timpul să accepte unele lucruri în viaţa ei aşa cum veneau, fără să încerce să le controleze.

Cole a adus-o lângă el, punându-şi palmele pe talia ei, privind-o neîncetat. Nu reuşise să îşi ia gândul de la ea de când o sărutase. A lipit-o de pieptul lui, simţindu-i formele feminine, îmbătându-se cu aroma parfumului ei dulce. A îndrăznit apoi puţin mai mult, lipindu-şi capul de chipul ei şi mângâindu-i uşor spatele. Îi simţea pielea fină a obrazului şi făcuse un efort pentru a se abţine să o sărute. O dorea cu o intensitate care îl copleşea şi îl nedumerea chiar şi pe el.

O simţea tremurând uşor în braţele lui, în timp ce dansau, iar acest lucru îl făcea să îşi dorească să o protejeze de orice i-ar fi putut cauza suferinţă. L-a năucit încă din prima clipă în care a văzut-o, iar asta era ceva total nou pentru el. Auzise de atâtea ori vorbindu-se despre dragostea la prima vedere, însă nu acordase atenţie acestui lucru, convins de faptul că nu i se putea întâmpla asta vreodată. Şi totuşi, dansa, simţind nişte lucruri inexplicabile pentru o femeie incredibil de frumoasă, pe care numai ce o cunoscuse, dorindu-şi cu ardoare ca ea să îl accepte în viaţa şi în inima ei.

Caitlyn s-a lăsat în voia lui, simţindu-şi trupul tremurând de emoţie şi de o tulburare exaltantă. Îi plăcea felul posesiv, dar dulce în acelaşi timp, în care Cole o ţinea în braţe. Îi oferea un sentiment special, unul pe care i-ar fi plăcut să-l simtă mai des.

Când melodia s-a terminat, Cole a sărutat-o cu blândeţe, aproape de buze.

— Vino. Te conduc până în camera ta, i-a şoptit el, luând-o de mână.

Caitlyn l-a urmat, având sentimentul că îl putea urma până la capătul lumii, într-atât de multă încredere îi inspira.

Odată ajunşi în faţa uşii camerei ei, Cole a îmbrăţişat-o, privind-o cu o căldură copleşitoare.

— Caitlyn, nu sunt orb. Ştiu că ai nevoie de timp, şi îţi voi oferi asta, însă mi-ar plăcea ca şi tu să mă laşi să te sărut în fiecare seară, zilele astea, dar şi când ne vom întoarce în Florida. Nu te vreau doar pentru câteva zile, frumoaso. Doar un sărut, o dată pe zi. Nu e mare lucru, nu? Numai dacă nu cumva îţi vei dori mai mult, fiindcă dacă e aşa, te rog să-mi spui, sau şi mai bine, te rog să mă faci să simt asta. Spune-mi că pot să te sărut... a rugat-o el, mângâindu-i chipul, fascinat de ea.

Caitlyn a încercat să spună ceva, însă cuvintele i s-au oprit în gât. A reuşit numai să îi facă un semn aprobator din cap, pentru ca apoi să închi-

dă ochii, lăsându-se sărutată în felul acela care îi stârnea simțurile. Și-a ridicat brațele și le-a pus în jurul gâtului lui Cole, lăsându-se sedusă timp de câteva minute. Avea atâta nevoie să creadă în el, în cuvintele lui frumoase, dar și în iubire...

După minute în șir în care a sărutat-o intens, Cole s-a desprins cu greu de ea, conștient de cât de dificil îi era să facă asta.

— Și acum, spune-mi că nu ai fi vrut ca Declan să fi fost în locul meu, am nevoie să te aud spunând-o...

Caitlyn l-a privit surprinsă, însă i-a răspuns, în cele din urmă, găsindu-și curajul și cuvintele.

— Nu îmi doresc o astfel de apropiere cu Declan, Cole. Din moment ce sunt cu tine aici, asta nu poate însemna decât un singur lucru, nu crezi?

— Bine, am înțeles. Scuze, ți-am cerut asta din cauza unui acces de orgoliu de moment, însă ceea ce spui e logic și mă bucur că simți astfel. Noapte bună, Caitlyn! Ne vedem mâine, i-a zis Cole, sărutându-i mâna, după care a plecat, simțindu-se fericit, însă și îngrijorat în același timp, având un motiv serios. Nu știa cum va reacționa ea când va afla adevărul, însă în mod sigur își dorea să o convingă să rămână alături de el.

— Capitolul 4 —

După opt zile...

În timp ce era în avion în drum spre casă, Caitlyn stătea sprijinită de umărul lui Cole. Era puțin obosită, dar zâmbitoare. Vizitase zilele acestea diverse obiective turistice renumite, printre care: Parcul Guell, Casa Mila, Casa Batllo, bulevardul Las Ramblas, Monumentul lui Columb, Catedrala La Seu, Acvariul din Barcelona, Muzeul Pablo Picasso, dar şi stadionul Camp Nou împreună cu Muzeul FC Barcelona. Toate acestea au impresionat-o prin frumuseţea şi unicitatea lor. Barcelona era un oraş care urma să rămână pentru totdeauna în inima ei, de asta era sigură. Cât despre Cole... ei bine, asta era altă poveste. El se purtase minunat pe parcursul acestor zile, făcând-o să îi povestească despre viaţa ei, dar şi despre visurile pe care le avea. O cucerise încet, încet prin umorul, seriozitatea, dar şi prin felul în care o făcea să se simtă alături de el. Îşi respectase promisiunea pe care i-o făcuse, sărutând-o cel puţin o dată pe zi, căci în ultima zi făcuse acest lucru de mai multe ori, spunându-i că nu se poate ţine departe de ea. La rândul lui, şi el îi vorbise despre viaţa lui, făcând-o să zâmbească la auzul întâmplărilor amuzante.

— Caitlyn...

— Da?

— Vreau să îți spun că zilele astea au fost speciale pentru mine și nu pot să sper decât că simți la fel...

— Simt la fel, Cole. Vrei să îmi spui ceva? l-a întrebat ea, privindu-l cu drag, simțindu-se în același timp dornică să știe la ce se gândea el.

— Da, și știu ce vreau...

— Serios? Și ce anume îți dorești, Cole? Lămurește-mă...

— Pe tine, Caitlyn... știi prea bine că îmi doresc ca ceea ce am început în aceste zile să continue...

— Nu pot decât să mă bucur, Cole. Și eu îmi doresc același lucru...

— Foarte bine. Vreau să îmi promiți ceva...

— Ce? Numai dacă nu e ceva imposibil...

— Nu e... promite-mi că nu te vei răzgândi. Te rog, Caitlyn... i-a spus Cole, preocupat.

— Bine, nu mă voi răzgândi, dar o spui de parcă ceva nu ar fi în regulă. S-a întâmplat ceva?

— Nu... am vrut doar să aud asta de la tine, frumoaso, a liniștit-o el, mângâindu-i chipul.

Câteva ore mai târziu, când avionul a aterizat, Caitlyn și-a luat rămas-bun de la cei din grup, mulțumindu-le pentru cooperare.

— La revedere, Caitlyn. Mă bucur că te-am cunoscut. Îți doresc să fii fericită, meriți asta, iar dacă fericirea ta e Cole, nu pot decât să accept asta... i-a spus Declan, îmbrățișând-o.

— Declan... mulțumesc. Și eu îți doresc numai bine. Ai grijă de tine...

— Şi tu, frumoaso, i-a zis el, după care s-a înde-părtat, văzându-şi de drum.

— Domnişoară Caitlyn... ne bucurăm că ne-aţi fost aproape la fiecare pas în această călătorie. Vă iubim şi ne vom aduce mereu cu drag aminte de dumneavoastră, îi spuse Brianna, una dintre tri-plete.

— Mulţumesc, fetelor, sunteţi foarte drăguţe. Şi voi aveţi un loc special în inima mea, să nu uitaţi asta. Să aveţi grijă de voi, fete frumoase... le-a spus ea emoţionată, îmbrăţişându-le.

— Caitlyn... drăguţa mea, îţi mulţumesc pentru tot. Ai făcut ca această călătorie să fie una cu ade-vărat specială. Nu puteam avea un ghid mai bun decât tine. Cât despre tine şi frumuşelul acesta de lângă noi, sunteţi minunaţi şi vă potriviţi foarte bine împreună. Ai văzut, am avut dreptate în le-gătură cu voi... i s-a adresat apoi doamna Grace lui Cole, zâmbitoare.

— Mulţumesc, doamnă Grace. Mă simt ono-rată să vă aud vorbindu-mi astfel. Şi pentru mine această călătorie a fost foarte frumoasă şi deose-bită. Vă îmbrăţişez cu drag, i-a spus Caitlyn, îm-brăţişând-o.

— Ei, se pare că am rămas ultimul, însă eu nu-mi iau rămas-bun de la tine, frumoaso. În acelaşi timp însă, şi eu vreau să îţi mulţumesc pentru tot. Eşti un ghid competent şi o femeie specială. Şi acum, fiindcă se face târziu, te conduc acasă, ce spui? Bineînţeles că vreau o îmbrăţişare înainte

dar și un sărut, dacă se poate... nu poți să spui că nu sunt rezonabil...

— Mulțumesc, Cole. Cuvintele tale înseamnă foarte mult pentru mine. Și, desigur că primești ceea ce îți dorești, meriți asta... l-a aprobat ea zâmbindu-i, după care l-a îmbrățișat și l-a sărutat, preluând inițiativa și surprinzându-l plăcut.

— Asta e... atât de bine... nu mă pot sătura, Caitlyn... i-a mărturisit el, printre sărutări.

— Știu... nici eu nu pot... dar trebuie să mergem. Sigur nu te deranjează să mă conduci acasă? l-a întrebat ea, luându-l de mână.

— Nu mai vorbi așa. Cum să mă deranjeze? Îmi place să-mi petrec timpul cu tine, a asigurat-o el, după care au intrat împreună într-un taxi.

Caitlyn și-a sunat părinții, dar și fratele, pentru a-i anunța că a ajuns cu bine. A aflat că erau cu toții plecați la un eveniment caritabil, urmând să revină în câteva ore.

În scurt timp, Caitlyn și Cole au ajuns acasă la ea.

— E bine să călătoresc, dar mă simt bine revenind acasă.

— Așa e. Nicăieri nu e mai bine ca acasă, i-a spus Cole, zâmbind, luând-o de mână.

— Vrei să bei ceva sau să mănânci? l-a întrebat ea, așezându-se lângă el, pe canapea.

— Nu, mulțumesc. Trebuie să plec. Ne mai vedem. Să te odihnești. Noapte bună, Caitlyn.

— Noapte bună, Cole. Mulțumesc fiindcă m-ai

adus acasă.

— Să nu uiţi ce mi-ai promis, dar şi cât de mult te plac, frumoaso. Bine? a întrebat-o el, mângâindu-i chipul, privind-o cu drag. Şi-a apropiat chipul de al ei, aşteptându-i nerăbdător răspunsul.

— Bine... am încredere în tine, Cole. Să nu mă faci să sufăr, te rog...

— Voi încerca, poţi fii sigură de asta... i-a promis el sărutând-o şi îmbrăţişând-o în acelaşi timp. Deşi o cunoştea doar de câteva zile, tânăra i-a intrat în suflet atât de mult încât nu mai voia să o ştie departe de el. Simţea o conexiune specială între ei, una pe care puţini oameni aveau ocazia să o cunoască în viaţă. S-a desprins apoi de ea, plecând spre casă. Spera ca totul să decurgă la fel de bine între ei în continuare.

— Capitolul 5 —

— Domnişoară Dorman, domnul Darden vă aşteaptă, i-a spus secretara pe un ton serios, privind-o cu răceală.

Caitlyn a tresărit la auzul numelui de familie, însă a intrat în birou, conştientă că o bănuială teribilă i-a cuprins inima. L-a văzut stând în picioare, în faţa biroului, privind-o cu îngrijorare, cuprins de remuşcări. Şi-a simţit inima frângându-se, însă trebuia să fie raţională şi puternică, aşa cum a fost până să se lase cucerită de el.

— Caitlyn... a spus Cole cu un glas stins, făcând câțiva pași spre ea, neîndrăznind însă să o atingă.

— Ce frumos, nu-i așa, Cole? Trebuie să recunosc, m-ai păcălit foarte bine zilele astea. Poți să fii mândru de tine, șefule... i-a zis ea ironică, privindu-l cu duritate.

— N-o spune în felul ăsta, Cailtyn, nu e așa...

— Am s-o spun în ce fel vreau. Ești un mincinos și un profitor. Nu pot decât să spun că tocmai am ajuns la concluzia că am fost doar un test pentru tine. L-am trecut sau voiai să-mi dai nota finală după ce mă duceai în patul tău? Sunt surprinsă că ți-ai dezvăluit identitatea tocmai acum... ce credeai? Că îți voi sări în brațe, în culmea fericirii? Ei bine, află că nici nu îmi pasă dacă am obținut postul, fiindcă nu mă interesează să îl păstrez și nici să lucrez cu un astfel de om... ești demn de dispreț, Cole Darden!

— Caitlyn! Lasă-mă să îți explic, lucrurile nu sunt așa cum crezi tu... i-a zis Cole venind lângă ea și punând o mână pe ușă, pentru a-i bloca accesul spre ieșire, în timp ce și-a pus cealaltă mână pe talia ei, încercând să o rețină lângă el. Nu suporta să îi vadă răceala din privire.

— Nici o explicație mincinoasă de-a ta nu mă va convinge, Cole. Ai să mă lași să plec sau am să țip și am să spun tuturor că m-ai ținut aici împotriva voinței mele, l-a avertizat ea, privindu-l cu autoritate. În ciuda a tot ce aflase însă, o trecuse un fior dulce simțindu-i mâna pe talia ei. Încerca

să îşi reprime acel sentiment şi să îl respingă, aşa cum acesta merita de fapt.

— Caitlyn, te rog, nu face asta, ştii că nu ţi-aş face rău... ştiu că am greşit fiindcă nu ţi-am spus adevărul, însă ceea ce simt pentru tine e real... i-a explicat el, luând mâna de pe uşă şi atingându-i chipul.

Caitlyn i-a respins gestul, întorcându-şi chipul, privind în altă parte. Nu voia să creadă în jocul lui seducător.

— Ştii ceva? M-am cam săturat să fiu minţită şi dezamăgită de fiecare dată când am încredere într-un bărbat. Lasă-mă să plec, Cole, şi să nu îndrăzneşti să mă mai cauţi. Ghinionul meu e că te-am întâlnit şi că am crezut în aşa-zisa ta afecţiune, însă s-a terminat. Eşti liber să faci ce vrei, Cole. Uită că ne-am întâlnit vreodată! i-a cerut ea, vrând să plece, însă fusese reţinută în braţele lui.

— Nu, Caitlyn. Mi-ai promis că vei rămâne cu mine, orice s-ar întâmpla şi mă aştept să-ţi respecţi promisiunea, i-a spus Cole, privind-o cu drag, dar şi cu hotărâre. Nu vreau ca un detaliu ca ăsta să ne despartă. Atinge-mă, vei simţi că spun adevărul, a adăugat el, luându-i mâna şi punând-o pe pieptul lui. Aici, în inima mea, e loc numai pentru tine, frumoaso.

Nu distruge ceva ce a început atât de bine... e adevărat că am venit în acea călătorie pentru a-mi face o părere despre tine ca ghid, dar nu m-am aşteptat să te plac atât de mult.

Să nu crezi că mi-a fost uşor zilele astea, dar nu am putut să îţi spun adevărul. Ştiu că eşti supărată acum, dar vreau să înţelegi că nu am intenţionat să-ţi fac vreun rău. Pur şi simplu m-am lăsat purtat de ceea ce simt pentru tine şi am acţionat în consecinţă. Tocmai de aceea, te-am lăsat să afli adevărul acum, pentru ca între noi să nu mai existe secrete şi să avem o şansă reală de a continua relaţia noastră. Te vreau alături de mine, Caitlyn, atât ca ghid, dar şi ca iubită. Să nu ai vreo îndoială în privinţa asta... şi-a încheiat el discursul, răscolit de remuşcări, dar şi de ceea ce simţea pentru ea.

Caitlyn l-a privit, încercând să îşi reţină lacrimile. O deruta felul în care el o ţinea captivă în braţele lui puternice.

— Pentru câteva zile chiar am avut impresia că mi se întâmplă ceva frumos, Cole. Dar realitatea şi-a spus cuvântul şi basmul s-a terminat. Nu vreau să te mai văd şi nici să mai am de-a face cu tine. Dă-mi drumul, vreau să plec... i-a cerut ea, reţinându-şi nodul pe care îl simţea în gât.

Cole a privit-o, simţindu-se sfâşiat în interior. Ştiind că nu mai poate face decât un singur lucru, i-a capturat buzele într-un sărut răscolitor, încercând să-i transmită şi în acest mod ceea ce simţea.

— Simţi asta, Caitlyn? Tot ce vreau eşti tu, frumoaso, nu uita asta... a rugat-o el desprinzându-se de ea.

— Nu te las să-mi faci asta, Cole. Adio! i-a spus ea, simţindu-şi corpul tremurând şi inima sfârâmată. Plecase din biroul lui cu viteza unei furtuni, simţind că exact asta avea în suflet, o furtună pe care nu ştia dacă va reuşi să o liniştească şi pentru care nu exista decât un vinovat: Cole.

După plecarea ei, Cole s-a învârtit în birou minute în şir, gândindu-se la o soluţie pentru a rezolva lucrurile între ei. S-a aşezat într-un târziu pe scaun, încercând să se concentreze asupra a ceea ce avea de făcut, fără niciun rezultat însă. Nu se putea gândi decât la Caitlyn.

O voia mai mult decât îşi dorise orice altceva vreodată în viaţă. În mod sigur nu putea lăsa lucrurile aşa, trebuia să o facă să îşi respecte promisiunea...

Odată ajunsă acasă, Caitlyn a mers direct în camera ei, spunându-le celorlalţi că nu se simte prea bine, acest lucru nefiind chiar o minciună. S-a întins în pat şi a început să plângă, simţind că ceva s-a rupt în ea, odată cu descoperirea pe care o făcuse mai devreme. Oare nu putea să aibă vreodată o relaţie frumoasă, fără minciuni, fără secrete?

Spre seară, după ce a coborât să cineze alături de familie, Caitlyn a mers din nou în camera ei, simţind nevoia să se izoleze şi să se gândească la ceea ce urma să facă în continuare. Era decisă să meargă chiar în ziua următoare la o altă agenţie şi să îşi depună cv-ul, în încercarea de a obţine postul dorit.

— Vin, a strigat Jayden, deschizând uşa şi fixându-l cu privirea pe bărbatul tânăr, brunet şi arătos

care se afla înaintea lui. Cine ești?

— Bună, sunt Cole Darden, iar tu trebuie să fii Jayden, i-a zis el întinzându-i mâna, fără să primească același răspuns. Trebuie să vorbesc cu sora ta, poți să o chemi? a adăugat el, retrăgându-și mâna.

— Deci tu ești tipul care a făcut-o pe sora mea să plângă... spune-mi de ce aș face asta, de ce aș chema-o? Cred că ar fi mai bine să pleci, Cole, l-a avertizat Jayden cu determinare.

— Jayden... am nevoie doar de cinci minute cu ea... nu am vrut să o fac să plângă, mă doare să aud asta... las-o pe ea să decidă dacă vrea să mă vadă sau nu... i-a cerut Cole, la fel de hotărât. Înțelegea aerul protector al lui Jayden, însă el nu era un ticălos. Era doar un bărbat care voia să se împace cu iubita lui.

— Bine, bine, dar numai fiindcă te văd atât de hotărât. Dacă o faci să plângă din nou, noi doi vom avea probleme serioase, Cole... i-a spus Jayden, studiindu-l. Adevărul era că ceva din privirea lui Cole îl convinsese. Spera doar să nu facă o greșeală, și-a spus, în timp ce merse să o anunțe pe Caitlyn de sosirea lui Cole.

Cole și-a simțit inima bătându-i mai puternic văzând-o pe Caitlyn coborând scările din fața ușii.

— Ce mai vrei? l-a întrebat, ajungând în dreptul lui. Spune repede, ai cinci minute, nu mai mult, după care să pleci și să nu te mai văd pe aici. Nu am nevoie de tine, Cole... a adăugat ea privindu-l

cu duritate, observând tristeţea afişată de el. Cu siguranţă era un alt truc de-al lui, doar se pricepea atât de bine la trucuri...

— Ştiu că nu ţi-a fost uşor să afli adevărul dimineaţă, dar nu era altă cale pentru ca noi să putem fi fericiţi împreună. Ceea ce simt pentru tine nu e o minciună, Caitlyn. Când mă priveşti în felul ăsta acuzator mă simt groaznic...

— Aşa şi trebuie, l-a întrerupt ea brusc. Ai impresia că spunându-mi nişte cuvinte frumoase mă vei convinge de frumuseţea caracterului tău?

— Nu ştiu ce să îţi mai spun ca să te conving de bunele mele intenţii, însă ştiu doar că trebuie să o fac. Am nevoie de tine, Caitlyn şi nu am nici cea mai mică dorinţă să renunţ la tine, să ţii minte asta. Dacă nu mă accepţi astăzi, o vei face într-una din zile. Vreau să-mi dai ocazia de a-ţi demonstra adevărul sentimentelor mele. Chiar nu eşti dispusă să încerci?

— Credeam că micul tău joc s-a încheiat, Cole. Nu ştiu ce aşteptări mai ai de la mine... i-a răspuns ea, simţind o apăsare dureroasă în zona inimii.

— Aşa cum ţi-am spus recent, nu te vreau doar pentru câteva zile, Caitlyn. Dacă nu eram sincer nu veneam aici, încercând să te conving să rămânem împreună. Tu mi-ai fost ghid şi în calea spre iubire, frumoaso. Asta e singura dorinţă pe care o am în legătură cu tine: să fim împreună şi să ne iubim cât se poate de frumos, de mult şi de bine... am nevoie de tine în toate sensurile posibile şi mai ştiu

că în adâncul inimii tale simți același lucru.

Caitlyn îl asculta și nu îi venea să creadă. Oare chiar așa să fie? Îl judeca prea aspru pe Cole? Nu mai știa ce să facă și cum să reacționeze. Tot ce știa era că, atunci când Cole o săruta, simțea că trăiește cu adevărat și că nu își dorea să fie în altă parte decât în brațele lui.

— M-am simțit folosită și mințită, iar astea sunt lucruri de neiertat în opinia mea... în timp ce eu am fost sinceră cu tine tot timpul...

— Doar atât, Caitlyn? Ești sigură că nu te-ai simțit și altfel? Când te sărutam nu simțeai nimic? a întrebat-o el, venind în fața ei, tot mai aproape.

— Nu face asta, Cole... nu te apropia... i-a cerut ea, încercând să-l țină la distanță.

— Dar nu fac nimic, Caitlyn. Nici măcar nu te ating... i-a răspuns el, făcând un efort să se abțină, privind-o totuși cu înflăcărare. Îl tortura faptul că era la câțiva centimetri de ea și trebuia să stea liniștit, să aștepte...

— Dacă ceea ce spui e adevărat, am nevoie de timp, Cole. Vreau să fiu capabilă să am din nou încredere în tine, iar asta nu se poate întâmpla de pe o zi pe alta, ci puțin câte puțin, în fiecare zi...

— Va fi așa cum vei dori să fie... fratele tău mi-a spus că ai plâns din cauza mea. Îmi pare rău, Caitlyn, nu am vrut asta... i-a spus el cu sinceritate, luând-o de mână.

— Să nu mă mai dezamăgești vreodată, Cole.

Nu aș putea suporta... l-a rugat ea, având lacrimi în ochi.

— Poți să fii sigură că voi încerca... vreau să te fac fericită... știu că vei spune că poate e prea devreme, însă dragostea nu cunoaște nici timp, nici spațiu, nici modalitatea potrivită. Ea doar apare și gata, îți schimbă destinul... cu siguranță, tu mi l-ai schimbat pe al meu. Te iubesc, Caitlyn... știu că am greșit, dar sunt gata să mă revanșez față de tine... vreau doar să uităm ce ne-a făcut să ne doară și să ne iubim... i-a mărturisit el, apropiindu-și chipul de al ei. Ar fi dat orice să o poată săruta în voie...

— Cole... i-a spus ea, surprinsă de declarația lui impresionantă. Cuvintele lui răsunau în inima ei ca un ecou mult iubit...

— Și tu simți același lucru, Caitlyn. Știu și simt asta. Haide, spune-o... a îndemnat-o Cole, mângâindu-i chipul.

— Și eu te iubesc, Cole... i-a răspuns ea, cedând în final dorinței inimii. Nu mai voia să se gândească la nimic altceva decât la felul minunat în care se priveau, manifestându-și sentimentele și în acel mod.

Cole a zâmbit, dezvăluindu-și gropițele din obraji, făcând-o și pe ea să-i zâmbească, după care a pus stăpânire pe buzele ei, cu o pasiune de nestăvilit, știind că și-a găsit ghidul perfect pentru călătoria către destinația iubirii.

Iubire mai presus de orice

— Capitolul 1 —

Sharon Foster îl privea cu nedumerire pe clientul ei. Synclair Harris era un indecis: era a zecea casă pe care o vedea în decurs de două săptămâni și nu se putea hotărî pe care dintre ele să o cumpere. Cel puțin ea era cu inima împăcată. Încercase să-i expună beneficiile fiecăreia dintre acele locuințe deosebite, însă el îi spunea de fiecare dată că mai are nevoie de timp. În orice caz, nu voia să renunțe la încercarea de a-l convinge să cumpere, atât pentru mândria ei personală, cât și pentru că era plătită bine pentru timpul petrecut alături de el.

— Cum ți se pare asta, Synclair? l-a întrebat ea, observând cum razele soarelui se jucau în părul lui brunet, dându-i o strălucire aparte. Era de necontestat faptul că bărbatul din fața ei avea un șarm pe care nu mulți alții îl aveau. Ochii căprui exprimau de fiecare dată starea lui sufletească, deși domeniul său de activitate nu prea lăsa loc acestora. Ceea ce îi atrăgea atenția cel mai mult la el era culoarea pielii: era un bărbat mulatru, frumos și cu simțul umorului, lucruri care îi alcătuiau într-un mod armonios personalitatea. Poate că alte persoane l-ar fi privit cu reticență din cauza culorii pielii, însă ei nu-i păsa de acest detaliu. Pentru ea, Synclair era un client ca oricare altul, căruia trebuia să îi găsească locuința potrivită.

Atâta doar că el avea acel farmec special al tinere-
ții, iar numele lui o făcea să se gândească la păcat/
sin. Nu mai trebuia să adauge că și felul în care
cămașa aceea lejeră de primăvară îi stătea pe tru-
pul bine proporționat și se asorta cu blugii aceia
mulați, o făcea să își dorească să încheie cât mai
repede fiecare întâlnire dintre ei. Synclair Harris
era un dulce păcat de care era mai bine să se fe-
rească dacă voia să rămână cu inima întreagă.

— Toate casele pe care mi le-ai arătat sunt fru-
moase, dar vreau să te întreb ceva, fiindcă încă
sunt indecis. Dacă ar fi să cumperi o casă pentru
tine, cum ți-ar plăcea să fie? Întreb ca să am o altă
sursă de inspirație, i-a explicat el zâmbitor, pri-
vind-o cu interes. Când i-a venit în minte ideea că
își dorește o casă numai a lui, apelase la o agenție
imobiliară în acest sens.

A cunoscut-o pe Sharon întâmplător, fiindcă
agentul imobiliar care trebuia să se ocupe de el
intrase în concediu medical, însă lui îi surâdea mai
mult ideea de a se plimba în căutarea unei case
împreună cu o femeie, și încă una frumoasă. Zve-
ltă, nu foarte înaltă, cu un păr șaten de lungime
medie și cu niște ochi căprui luminoși, Sharon îl
atrăgea, deși nu făcea vreun efort pentru asta. Nu
era acel gen de femeie care să-și dorească atenție
din partea bărbaților, din cât a reușit să observe,
ci era mai degrabă simplă și frumoasă. Nu o vă-
zuse machiată excesiv sau îmbrăcată într-un mod
provocator pentru a atrage priviri. Părea că se

simţea bine cu simplitatea ei, iar asta îi dădea un plus de feminitate, în ochii lui cel puţin. Ştia că îi făcea plăcere să o privească în timp ce ea îi explica detalii despre casă cu un calm desăvârşit, chiar dacă el nu se hotărâse încă. De fapt, avea un motiv puternic pentru asta. Era singura modalitate prin care putea să petreacă mai mult timp alături de ea, şi nu putea decât să profite de asta, chiar dacă uneori, conştiinţa îl zgândărea puţin. Nu îşi dorea decât să o cunoască mai bine, nu era nimic rău în asta... nu că i-ar fi displăcut să o aibă... şi-a încrucişat braţele, încercând să se concentreze asupra explicaţiilor ei şi să risipească ideea care îi trecuse prin minte. Înciudat pentru faptul că privirea lui încă se plimba nestingherită de-a lungul corpului ei apetisant, şi-a masat uşor fruntea, obligându-se să privească în altă parte. Nu a reuşit decât pentru câteva secunde, căci se simţea uşor magnetizat de prezenţa ei, iar dacă nu ar fi privit-o mai mult de câteva zeci de secunde, ei i s-ar fi părut cu siguranţă un lucru ciudat.

— Mie? Îmi ceri mie părerea?

— Da. Nu mai e nimeni pe aici, nu? a lămurit-o el amuzat, zâmbindu-i.

Sharon a încercat să adopte o atitudine care să inspire siguranţă. I-a răspuns aproape imediat.

— Aş alege-o pe aceasta, fiindcă...

— Stai...

— De ce?

— Vreau să mă lămureşti mai bine la prânz.

Hai să mergem, e doar un prânz, nu trebuie să mă priveşti aşa şi nu accept un refuz. Data trecută m-ai refuzat, acum nu mai accept asta, bine? a întrebat-o Synclair, încercând să pară cât mai degajat, deşi numai aşa nu se simţea.

— Synclair... ştii că nu ar trebui să mă întâlnesc cu clienţii mei...

— Dar e o întâlnire de afaceri, Sharon, i-a zis el cu inocenţă.

— Bine... în cazul ăsta, să spunem că accept... dar sunt doar afaceri, bine? l-a întrebat ea, sesizând o sclipire în privirea lui, care nu avea nimic în comun cu inocenţa...

— Te plătesc în plus pentru timpul pierdut şi pentru sfaturile tale, nu-ţi face griji... acum hai să mergem, ştiu un loc drăguţ în apropiere.

— Bine... ce pot să spun, eşti un client generos. Toată lumea ar vrea să fie în locul meu... i-a zis ea, auzind glasul conştiinţei care o avertiza că nu pentru banii în plus acceptase să ia masa cu el...

— Atunci tu eşti un agent imobiliar norocos... i-a spus el, la fel de zâmbitor.

Sharon a înaintat, ieşind prima din casă. S-a încordat puţin la un moment dat, simţindu-i braţul pe talia ei, însă a decis să nu dea importanţă prea mare acelui gest care oricum, nu a durat foarte mult. A mers apoi alături de el o stradă, după care au intrat într-un mic restaurant, frumos şi aranjat.

Synclair a condus-o la masă, după care a invitat-o să ia loc.

— E o vreme atât de frumoasă, nu crezi, Sharon? a întrebat-o el, prefăcându-se că studia meniul. De fapt nu-şi putea lua ochii de la ea. Rochia aceea albă, elegantă, dar simplă în acelaşi timp, îi evidenţia trupul armonios.

— Ba da, numai bună pentru tranzacţii imobiliare... a glumit ea, zâmbindu-i. L-a privit în ochi timp de câteva secunde, suficient cât să se simtă învăluită de farmecul lui. A revenit apoi asupra meniului, pentru a nu-i da lui Synclair impresia că îl studia. Nu căuta să profite de pe urma generozităţii lui, voia doar să încheie cu bine o vânzare.

— Deci, de ce îţi place atât de mult casa aceea?

— Fiindcă mi se pare foarte frumoasă, sigur toate sunt aşa, dar aceasta îmi place în mod deosebit. Cred că ţi se potriveşte...

— De ce?

— Deoarece din clipa în care ai intrat în casă, mi s-a părut că locul tău e acolo... şi nu spun asta doar fiindcă sunt agent imobiliar. O spun şi pentru că asta am simţit... ai vrut adevărul, ei bine, acesta e...

— Mulţumesc pentru sinceritate, apreciez. Spune-mi, cum te-ai decis să devii agent imobiliar?

— Parcă am zis să discutăm numai despre afaceri...

— Partea cu afacerile am lămurit-o... răspunde-mi la întrebare, nu e atât de greu, nu?

— De mică mi-a plăcut să merg în casele rudelor mele şi să cercetez fiecare colţ din acestea, deşi sigur că nu era un comportament politicos. Părinţii mei mă certau adeseori pe tema asta, însă eu îi ignoram. Nu stricam ceva sau alte lucruri de genul ăsta, dar eram doar curioasă să văd ce e acolo şi să percep starea pe care mi-o induce faptul că mă aflu în încăperea respectivă... parcursul meu a fost unul logic şi conform dorinţei mele de atunci. Acum merg prin diverse locuinţe pentru a-i convinge pe ceilalţi să le cumpere. Nimic nu se compară cu satisfacţia pe care o am văzându-i pe clienţi mulţumiţi de alegerea făcută. Dar destul cu asta, te-am plictisit destul, nu vreau asta... e rândul meu: de ce ai devenit informatician?

Synclair a ascultat-o absorbit. Ea vorbea cu atâta entuziasm despre ceea ce făcea, încât nu putea rămâne imun la asta. În mod sigur nu putea rămâne imun la ea. Era imposibil. Sharon era atât de diferită de celelalte femei care se învârteau în jurul lui, încât observa acele detalii semnificative care îi conturau personalitatea.

— Nu mă plictiseşti deloc, Sharon. Îţi propun ceva: eu îţi răspund la o întrebare, şi tu faci acelaşi lucru, ce spui?

— E un joc puţin neobişnuit între doi oameni care nu se cunosc foarte bine... i-a zis ea ezitând, după care a gustat din salata orientală delicioasă.

— E doar un joc, Sharon... aşa le spun şi celor care testează jocurile video pe care le fac.

— Cu asta te ocupi? l-a întrebat ea zâmbind.

— Printre altele... pot să fac mai multe lucruri:

pot fi și grafician, programator, dar și tehnician de securitate pentru computere. Pot să mă ocup de tot ceea ce ține de tehnologie. Mi s-a spus că sunt un talent în domeniu... și asta o spun fără să vreau să par un lăudăros... i-a explicat el zâmbind senzual.

— Oh... sună puțin înfricoșător... de frumos... mereu i-am considerat niște genii pe cei care se pricep atât de bine la calculatoare. Nu e deloc ușor să faceți ceea ce faceți...

— Ești impresionată?

— Aș minți să spun că nu... i-a răspuns ea privindu-l cu admirație.

— Ești adorabilă, Sharon. Admirația ta mă bucură foarte mult, să știi... și ca să îți răspund totuși la întrebare, îți mărturisesc faptul că de mic mi-au plăcut calculatoarele. Nu aveam foarte mulți prieteni din cauza asta... a lămurit-o Synclair atingându-și obrazul, iar ea înțelesese.

Îmi petreceam majoritatea timpului alături de profesorul meu de informatică, un domn foarte binevoitor, unul dintre puținii albi cumsecade pe care i-am cunoscut... a adăugat el, ferindu-și privirea de ea timp de câteva secunde.

— L-ai cunoscut? a întrebat Sharon, copleșită de compasiune, însă nu voia ca el să îi înțeleagă greșit comportamentul.

— Da. A murit acum câțiva ani. Oricum, mă bucur că am avut bucuria să îl cunosc. De la el am învățat tot ce știu despre calculatoare. Am ajuns la concluzia că, uneori, unii oamenii apar în viața

noastră cu un scop anume, iar unii dintre cei pe care îi întâlnim ca din întâmplare, ajung să își lase amprenta într-un fel anume în sufletul nostru... i-a zis el, privind-o cu seriozitate.

— Așa e... pentru un bărbat ești foarte profund, Synclair...

— E un compliment?

— Da... în orice caz, e cam târziu și ar trebui să merg acasă. Mulțumesc pentru prânz, ești foarte amabil. Ne vedem mâine, la aceeași oră? l-a întrebat ea, sperând să-și ascundă nerăbdarea cât putea de bine.

— Te-aș putea conduce acasă, asta dacă nu ți se pare prea deplasat din partea mea... i-a propus el, ridicându-se de la masă în același timp cu ea.

— Nu, mulțumesc. Cu siguranță ești ocupat cu unul dintre jocurile tale video... nu vreau să te deranjez din treabă... a ezitat Sharon zâmbindu-i. Cât de repede puteau evolua lucrurile dacă nu le ținea sub control... iar ea nu-și putea permite să-și piardă controlul...

— Nu sunt ocupat, dar mă rog, fie cum vrei tu... te avertizez însă, că data viitoare nu voi accepta un refuz... și în mod clar sper să vrei să mă vezi în acțiune... jucându-mă, desigur... ai fi uimită să descoperi cât de mult te-ar atrage și pe tine asta... trebuie să jucăm un joc împreună într-o zi... i-a spus el, privind-o cu un aer încrezător.

Sharon roșise aproape imediat la auzul cuvintelor cu subînțeles pe care le spusese Synclair.

— Trebuie să plec. O zi bună, Synclair!

— O zi bună și ție, Sharon! i-a urat Synclair, privind-o cum pleca. A mers apoi acasă, decis să pună la punct strategia prin care să o convingă să iasă cu el. Viața reală implica strategii, la fel ca în jocurile pe calculator. Era dispus să câștige premiul cel mare: Sharon, femeia care îi ocupa gândurile încă de când a întâlnit-o. Și acum își amintea emoția întipărită pe chipul ei când l-a văzut. Aproape că nu își mai găsea cuvintele pentru a-i vorbi despre casa pe care trebuia să i-o prezinte. Părea mai mereu tensionată și neliniștită în preajma lui. Chiar și azi păruse astfel, însă își ascundea emoțiile în spatele unei atitudini aparent relaxate, în timp ce el o privise ca un pofticios, tânjind să o sărute. Abia aștepta să simtă buzele acelea pline topindu-se sub ale lui. Stând pe scaun, în fața calculatorului, închise ochii pentru câteva secunde, imaginându-și... a oftat, deschizând ochii, încercând să se concentreze asupra programului la care lucra de câteva zile și care trebuia finalizat pentru un client. A zâmbit, găsind numele potrivit pentru program. Nu putea fi decât numele ei...

— Capitolul 2 —

În ziua următoare, Sharon a mers la biroul unde Synclair își desfășura activitatea. L-a văzut stând concentrat în fața monitorului, iar imaginea aceea i-a stârnit zâmbetul. Era atât de frumos și de serios în acele momente, de pasionat de ceea ce făcea, încât a îndrăznit cu greu să bată ușor în ușă. I-a observat schimbarea de pe chip când a privit-o. Era oare impresia ei sau el chiar s-a luminat la față?

— Bună, Sharon, ce surpriză! Mă bucur să te văd! i-a zis Synclair zâmbind, ridicându-se de pe scaun și venind spre ea.

— Bună, Synclair. Și eu mă bucur să te văd. Nu vreau să te deranjez, însă am venit în legătură cu o chestiune personală.

— Nu deranjezi deloc, Sharon. Ia loc și spune-mi cu ce te pot ajuta, i-a spus el, observând expresia serioasă de pe chipul ei frumos.

— Voiam să te rog să mă ajuți să îmi securizez laptopul. Știi tu, să instalezi tot felul de programe utile pe el, lucruri pe care eu nu știu să le fac... ce spui, ești de acord? Te voi plăti pentru asta, bineînțeles. Se pare că am schimbat rolurile: acum sunt eu clienta ta...

— Sigur că accept cu plăcere. Cât despre plată, nu e nevoie, pierzi destul timp cu mine însoțindu-mă în acele plimbări lungi pentru a-mi găsi

locuinţa potrivită, aşa că suntem chit...

— Nu, nu cred asta. Voi găsi o modalitate să te recompensez pentru ajutorul tău, i-a spus ea hotărâtă.

— Bine... ţi-ai adus laptopul? a întrebat-o el, reţinându-şi zâmbetul.

— Nu, voiam să fiu sigură că accepţi asta şi că nu ai alte planuri...

— Bine, atunci. Îl poţi aduce în altă zi. Ce spui dacă megem să vedem din nou ultimul apartament pe care mi l-ai arătat? Cred că sunt pe punctul de a mă decide asupra lui, însă vreau să îl mai văd o dată.

— Dar... eşti la serviciu. Poţi să pleci când vrei?

— Da, oricum am terminat aici pe ziua de azi şi cum nu am nimic altceva mai bun de făcut... tu eşti liberă acum?

— Da, putem să mergem.

— Bine, să mergem. Synclair s-a ridicat de pe scaun, şi-a luat cheile maşinii şi geaca subţire de primăvară în mână, după care a deschis uşa biroului, dându-i voie să iasă prima. A urmat-o apoi îndeaproape până la maşină, după care au plecat spre apartament. El a pornit radioul, lăsându-se învăluit de muzică, în timp ce bătea uşor ritmul cu degetele pe volan.

— Synclair... dacă vrei să semnezi contractul azi, mă tem că nu îl am la mine. Sper că nu te deranjează... s-a scuzat ea privindu-l, admirându-l mai bine zis, pentru lejeritatea pe care o afişa mai mereu.

— E în ordine. Un motiv în plus să ne vedem din nou... i-a răspuns el privind-o zâmbitor.

Sharon l-a privit surprinsă, însă în sinea ei se bucura fiindcă el dorea să o revadă. Şi ea simţea o oarecare tristeţe fiindcă tranzacţia se apropia de final şi nu va mai exista acel motiv pentru care se întâlneau de aproximativ două săptămâni. Ştia despre el că nu era implicat în vreo relaţie şi că uneori i se părea că o priveşte într-un mod aparte.

În scurt timp, cei doi au ajuns în apartament. Sharon a intrat prima, simţindu-se aproape ca acasă acolo. Îi plăcea foarte mult modul în care era decorat şi mobilat, dar şi culorile discrete ale mobilierului şi tapetului.

— Chiar îţi place locul ăsta, aşa-i? a întrebat-o el, observându-i zâmbetul pe care îl avuse încă de când intrase.

— Da, foarte mult, deşi ţie ar trebui să-ţi placă... i-a răspuns ea, aşezându-se pe un scaun.

— Ştii ceva? Ai dreptate, e foarte frumos, dar şi pentru că îl faci tu să arate astfel. Am încredere în opinia ta, doar tu eşti experta, nu?

— Mulţumesc, Synclair...

— Spune-mi ce îţi place mai mult aici?

— Totul, de la mobilier până la felul în care mă simt aici. E un sentiment foarte plăcut, e ca atunci când te simţi binevenit undeva...

— Da, aşa e... nu te poţi simţi decât bine într-un astfel de loc. Data viitoare când ne vedem, voi semna contractul, însă cred că ţi-ai dat seama până acum că nu numai de asta îmi doresc să fiu în compania ta cât mai des... ştii ce vreau să spun, nu? a întrebat-o el, luând-o de mână.

— Eu cred că... a ezitat ea, simţindu-şi corpul tremurând uşor.

— Aşa e, Sharon. Ne placem unul pe celălalt. De ce să nu facem ceva în privinţa asta?

— Synclair... nu ştiu ce să spun, nu mă aşteptam la asta...

— Spune că vrei să fii iubita mea, e simplu. Nu eşti căsătorită, am observat asta. Ai un iubit?

— Nu...

— Nu mă găseşti destul de atrăgător? a întrebat-o el zâmbind.

— Nu e asta...

— Deci sunt atrăgător...

— Da, eşti...

— Atunci?

— Nu credeam să fii interesat de mine... i-a mărturisit ea cu timiditate.

— De ce nu, eşti frumoasă, inteligentă şi mă simt bine în preajma ta. Cred că suntem destul de maturi încât să ştim ce ne dorim, iar eu te vreau pe tine, Sharon...

— Ei bine, sunt genul acela de fată care nu devine foarte uşor iubita cuiva. Plus că nu mă consider destul de atractivă pentru un bărbat ca tine...

— Crede-mă că eşti, Sharon. Să nu mai pui la îndoială asta. Eşti atât de dulce şi de atractivă încât îmi vine să te sărut chiar acum... i-a zis el, fă-

când ceea ce şi-a dorit de zile bune.

A sărutat-o, transmiţându-i exact cât de atras era de ea, seducând-o şi învăluind-o în acea întâlnire dulce şi senzuală dintre buzele lor.

La început, Sharon a rămas surprinsă de gestul lui, însă descoperise apoi că şi ea îl căuta pe el, sărutându-l la rândul ei. Era atât de bine să se simtă astfel, sărutată cu blândeţe şi pasiune în acelaşi timp. El avea puterea să o facă să îşi descătuşeze pasiunea pe care ştia că o are.

Synclair a ridicat-o apoi de pe scaun. Erau acum în picioare, unul în faţa celuilalt, sărutându-se ca şi cum acela ar fi fost cel mai important lucru în acele momente. A înlănţuit-o apoi cu braţele lui, lipind-o de corpul lui masiv şi puternic, făcând-o să simtă cât de mult o dorea. Nu se mai sătura să o sărute, constatase el plăcut surprins. A coborât apoi cu buzele pe gâtul ei, desfătându-se cu aroma ei, simţindu-i pielea catifelată, în timp ce mâinile lui urcau pe trupul apetisant de femeie, oprindu-se exact sub sânii ei, deşi era dornic să îi simtă, la fel cum era să o simtă cu totul.

— Sharon... dacă asta ne facem unul altuia de la primul sărut, îţi imaginezi ce ne vom face când ne vom avea cu totul? a întrebat-o el, şoptindu-i, printre sărutările pe care i le depunea pe obraz.

— Syn... îi zisese ea, simţind că îşi pierde raţiunea, acceptându-i sărutările.

— Cum mi-ai spus, Sharon?

— Syn... asta eşti: un păcat atât de atrăgător în-

cât aproape că nu mă pot opune, deşi ar trebui...

— De ce ar trebui să te opui, cine are dreptul să decidă asta în locul tău? Ai dreptate, sunt un păcat, dar vreau să fiu al tău. Lasă-mă să fiu păcatul tău, iubito... a rugat-o Synclair, ridicând-o în braţe şi ducând-o spre pat. A întins-o acolo, după care s-a aşezat deasupra ei, începând să o sărute, să o mângâie şi să o alinte, arătându-i focul dorinţei sale. Voia să o simtă a lui, mai mult decât orice altceva. Nu mai voia şi nu mai putea să aştepte. Se simţea năucit de nerăbdarea proprie, dar şi de frumuseţea ei, precum şi de felul în care i se cuibărea în braţe, lăsându-se atinsă, mângâiată şi sărutată. Nu căutase până atunci în femei mai mult decât plăcerea fizică, însă ceea ce simţea pentru ea şi alături de ea întrecea cu mult acea graniţă. Când a simţit că nu mai putea suporta să îi simtă trupul numai prin material, i-a scos rochia, apoi şi-a dezbrăcat cămaşa. A privit-o cu încântare, cum stătea în faţa lui, numai în lenjerie intimă albă, lipindu-şi apoi corpul de al ei, fiind nerăbdător să-i simtă pielea. S-a desprins apoi, începând să o sărute pe abdomen, după care a urcat cu buzele pe corpul ei, sărutându-i şi cuprinzându-i uşor sânii în palme. Senzaţia i-a produs o contracţie în vintre, într-atât de excitat era să o atingă astfel. Şi-a strecurat apoi palmele în spatele ei, deschizându-i şi scoţându-i sutienul.

— Eşti atât de frumoasă, Sharon... să ţii minte asta... i-a spus el privind-o cu înflăcărare.

I-a sărutat apoi buzele, simțindu-se cu totul fascinat de ea.

Sharon a închis ochii, lăsându-se cu totul în voia lui. Pur și simplu, simțea că așa trebuia să se întâmple lucrurile între ei. Ignorase vocea conștiinței, care îi spunea că totul se întâmplă mult prea repede. Între ei nu mai era loc pentru jenă și teamă, căci Synclair îi alunga aceste stări numai atingând-o. Nu voia să mai știe nimic, voia doar să simtă. Să îl simtă. Gemea ușor, cuprinsă de plăcerea pe care el i-o oferea, mângâindu-i și sărutându-i sânii. Ea i-a mângâiat părul, umerii, spatele, conștientă de vitalitatea și de forța lui brută, atât de masculină...

În momentul în care el i-a scos micuța bucată de material care o mai acoperea, atingând-o apoi cu mâna și sărutând-o acolo, Sharon a simțit că nu se poate să fie mai bine de atât.

Synclair s-a desprins de Sharon numai cât să se dezbrace, rămânând gol și mândru în fața ei, savurând jena și roșeața de pe chipul celei pe care o dorea cu toată ființa lui. A venit apoi din nou deasupra ei, făcând-o să tremure fiindcă i-a simțit pe abdomen tăria masculinității sale.

— Data viitoare îți promit că voi face să dureze mult mai mult, însă acum am atâta nevoie de tine, iubito... i-a explicat el, mângâindu-i chipul. Pulsa de nerăbdare să fie înăuntrul ei, așa cum nu mai simțise vreodată...

Sharon l-a privit, a înțeles și a acceptat. Și-a arcuit trupul, oferindu-i lui Synclair totul, lăsându-l să ia totul. Simţea că în braţele lui era locul ei, acum mai mult ca niciodată. L-a simţit pătrunzând-o încet, lăsând-o să se obişnuiască cu el, în timp ce trecea de bariera firavă a feminităţii ei, după care mişcările îi deveniseră mai rapide, mai dornice, într-un ritm delicios de plăcut. Păcat amestecat cu inocenţă, asta erau ei în acele momente unice în care tot ce îşi doreau era să se aibă unul pe celălalt.

Sharon se simţea transportată în alt univers, şi asta datorită senzaţiilor pe care Synclair i le oferea într-un mod atât de irezistibil şi de nerefuzat... o făcea să fie atât de conştientă de plăcerea pe care o simţea, încât aproape că uita de disconfortul cauzat de intruziunea lui.

Nu se mai simţise astfel niciodată. Nu ştia că e posibil să te simţi astfel... şi că dincolo de unirea trupurilor, exista şi unirea inimilor lor. În acele momente, ştia că asta şi-a dorit să simtă dintotdeauna: o astfel de legătură pe care nu o puteai avea decât în prezenţa cuiva pentru care simţi ceva mai puternic decât o simplă dorinţă fizică.

Synclair i-a prins mâinile în mâinile lui, împletindu-le cu ale lui, în timp ce o simţea în felul acela atât de intim şi de special. Îşi dorise atât de mult să o aibă, încât nici nu mai fusese în stare să se gândească la nimic altceva. Cu siguranţă că o rănise atunci când... însă ea era tot acolo, iubindu-l şi înnebunindu-l cu senzaţiile pe care i le dădea. Ar fi oprit timpul în loc pentru ca să rămână astfel alături de ea. În ea...

În final, când amândoi se aflau în punctul cel mai înalt al acelei uniuni, Synclair o simțise tremurând în brațele lui, conștient de faptul că tremura la rândul lui. Cu un adânc sentiment de posesivitate masculină, era convins că nu putea să-i mai dea drumul și să o lase să plece din brațele lui. El însuși nu se putea desprinde de ea, prelungind cât mai mult momentul acela. Numai când a simțit că ea respira cu greutate, și-a dat seama că era prea greu și trebuia să o lase să respire, astfel încât s-a desprins de ea, luând-o în brațe și aducând-o la pieptul lui.

Timp de câteva minute, niciunul dintre ei nu a spus nimic, stând îmbrățișați. Synclair nici nu a realizat când a închis ochii și a adormit.

La un moment dat, Synclair s-a trezit. S-a uitat la ceas și a văzut că era aproape noapte. Când s-a uitat în dreapta lui, a descoperit surprins că Sharon nu mai era lângă el. Strânse cearșaful în pumni, furios. De ce plecase așa, fără să îl trezească și să-i spună ceva? Fir-ar să fie!

Nici nu reușise să îi spună ceva, după ce o simțise atât de dulce și feminină în brațele lui... de ce trebuise să-l lase singur, acolo, când tot ce își dorea era să o simtă din nou lângă el...

îi venea să geamă când își amintea felul în care i se dăruise... singura concluzie la care ajunse era aceea că Sharon regreta ce a făcut și a preferat să plece așa, fără să lămurească lucrurile.

Ei i se făcuse frică și îi părea rău, de aceea reacţionase astfel. Al naibii să fie dacă avea de gând să o lase să dispară astfel din viaţa lui, ca şi când ceea ce se întâmplase între ei nu avea nicio importanţă, fiindcă avea.

A făcut un duş, având senzaţia că nici apa nu-i putea şterge amintirea a ceea ce s-a întâmplat cu doar câteva ore în urmă. A plecat apoi acasă, mai derutat şi mai confuz ca niciodată, având totuşi o singură certitudine: nu va lăsa lucrurile aşa.

În timpul acela, Sharon a ajuns acasă şi a mers direct în camera ei. Nu putea permite nimănui să o vadă în starea în care era. A intrat în baie, încercând să se lase în voia apei, care, de obicei, avea puterea de a o relaxa. Nu azi, însă, a realizat ea. Avea o stare pe care nu şi-o putea explica. Acţionase din impuls, fără să se gândească, fără să deţină controlul, aşa cum o făcea de obicei. Măcar dacă ar fi băut ceva, ar fi avut o scuză. Însă nu fusese vorba despre aşa ceva. Participase la actul acela ca şi când lumea se oprise în loc în acele momente. Făcând nebunia aceea, nu se gândise la consecinţe, iar acum putea foarte bine să rămână însărcinată, lucru pe care nici nu-l putea concepe. Sigur că nu, fiindcă tot ceea ce fusese în mintea ei avusese legătură cu Synclair. Fusese ca şi cum el îşi aruncase vraja asupra ei într-un mod incredibil de puternic, dominând-o şi făcându-i lucruri care o ruşinau, acum, când îşi aducea aminte de ele.

Şi-a spălat corpul cu o îndârjire care o surprindea şi pe ea. Nu fusese nimic forţat, recunoştea

asta, însă ar fi vrut să repare ceva față de conştiința ei, care nu mai contenea să o agite. Cum a putut să intre într-o situație atât de complicată? Ea nu era aşa şi nu făcea lucrurile în felul acela. Cine o cunoştea, putea spune cu certitudine că ea era o persoană echilibrată, care nu făcea lucruri la întâmplare. Culmea ironiei, tocmai ea să facă aşa ceva, ea care şi-a spus mereu că nu va face dragoste cu cineva de la prima întâlnire. Nici măcar nu fusese vreo întâlnire adevărată, de cuplu, între ei: el i-a propus să devină iubita lui, după care a sărutat-o, iar lucrurile ajunseseră dintr-o dată mult prea departe. Deşi nu s-a gândit de dimineață că va ajunge să facă aşa ceva, nu a făcut nici cel mai mic gest să îl oprească. Nu a căutat să îl provoace şi totuşi nu s-a comportat deloc aşa cum ar fi trebuit... în schimb, a savurat tot ce i-a făcut... când a devenit o astfel de femeie, mai ales că a avut grijă să nu se dăruiască oricui... nimănui... ce părere îşi făcuse Synclair despre ea? Una foarte rea, cu siguranță... cum putea să mai dea ochii cu el pentru semnarea contractului, după toate astea?

Sharon s-a întins în pat şi şi-a privit telefonul. Avea cinci apeluri de la Synclair. A pus telefonul pe noptieră. Nu avea de gând să îl sune şi nici să-l vadă. Nu curând, cel puțin. A închis ochii, sperând că va adormi repede. Se înşela. Imagini cu ea şi Synclair făcând dragoste, i se derulau în minte fără încetare. Nu putea decât să îşi dorească să încheie cât mai repede afacerea cu el şi să încerce să redevină cea care fusese cândva. Cât despre securizarea laptopului, urma să angajeze pe altcineva să facă asta. Ce bine ar fi fost dacă şi în ceea ce privea securizarea propriei inimi ar fi fost la fel de uşor... îi era atât de frică să nu cumva să se îndrăgostească de bărbatul acela incredibil, încât trebuia să taie răul de la rădăcină, cât încă mai putea... nu voia să ajungă în situaţia în care el să o privească cu dispreţ şi să se plictisească, pentru ca apoi să se debaraseze de ea. Prefera să fie ea cea care se îndepărta. Spera să poată să facă acest lucru şi de data aceasta.

— Capitolul 3 —

Sharon se afla în biroul ei, când a auzit o bătaie puternică în uşă.

— Da... a spus ea, uitându-se tot în actele pe care le avea pe masă.

— Noi doi trebuie să stăm de vorbă, Sharon...

Sharon a tresărit auzindu-i vocea pătrunzătoare. L-a privit temătoare şi ruşinată, în timp ce s-a ridicat în picioare. Simţea că îi tremură tot corpul, văzându-l cum stătea serios, în picioare, în faţa ei. Era frumos şi periculos, sau cel puţin aşa i se părea ei...

— Ştiam că ţi-am trimis contractul pentru apartament deja semnat de mine prin curier. Puteai să-l semnezi şi să-l trimiţi aici tot prin curier, nu era nevoie să vii până aici...

— Am preferat varianta asta, a întrerupt-o el, lăsând plicul în care se afla contractul pe masă, micşorând astfel şi mai mult distanţa dintre ei.

— Mulţumesc... poţi să pleci acum, nu vreau să te reţin... în privinţa computerului meu, am vorbit deja cu altcineva. Nu vreau să te deranjez. Mă bucur că am colaborat bine şi că ai găsit locuinţa potrivită pentru tine... i-a spus ea, sperând că el nu i-a simţit tremurul vocii. Încerca să fie cât mai amabilă cu putinţă...

— Într-adevăr, am avut o colaborare mai neobişnuită, dacă stăm să ne gândim la ceea ce s-a întâmplat ieri între noi... i-a amintit el, având o privire îngustată. Şi-a încrucişat braţele pentru a nu da curs impulsului de a o îmbrăţişa. Trebuia să vorbească, apoi să... a închis ochii şi i-a deschis la fel de repede, pentru a încerca să alunge gândurile senzuale care îi treceau prin minte în legătură cu ea.

— Nu! Adică... consider că eşti totuşi un cavaler şi nu vei aduce vorba despre... despre... cuvintele i s-au oprit în gât, neputând să le pronunţe. Simţea că se înroşeşte tot mai mult, în timp ce strângea cu putere spătarul scaunului.

— Un cavaler? Parcă eram păcatul în persoană, îţi aminteşti? Nu sunt deloc un cavaler în momentul ăsta, Sharon, crede-mă. De ce ai plecat? a întrebat-o el, ocolind biroul şi luând-o în braţe.

Sharon l-a privit cu severitate şi i-a întors spatele, însă nici atunci el nu a lăsat-o din braţe.

— Dă-mi drumul! Te rog... l-a rugat Sharon, şti-

ind că nu se poate lupta cu el. Era prea puternic, iar ea prea vulnerabilă și lipsită de putere în fața lui.

— Nu voi face asta, Sharon. De ce ai plecat? Ai idee cum m-am simțit când m-am trezit și am văzut că nu mai erai lângă mine? M-am simțit respins. Am fost cuprins de remușcări la gândul că ți-am făcut rău, deși știam că nu te-am forțat...

— Ieri nu am fost eu în momentele acelea. Băusem și nu am mai gândit rațional... dar suntem doi oameni adulți și putem foarte bine să uităm acele lucruri... a mințit ea, încercând să evite alte discuții.

— Să nu îndrăznești să mai spui asta! Nu te las să transformi ceea ce am trăit ieri într-un moment de rătăcire... nu mă minți, știm prea bine amândoi că nu băusești nimic. Nu, Sharon, erai perfect conștientă de ceea ce făceai și de ceea ce mă lăsai să îți fac...

— Încetează! Te rog, încetează! Pleacă! Asta vreau să faci, să pleci! i-a strigat ea, întorcându-se din nou spre el, așteptându-se să vadă furie și dispreț în ochii lui. Surpriză însă, fiindcă tot ceea ce putea să vadă era dorința. O dorință mistuitoare, mai puternică decât orice temere de-a ei.

— Nu plec, Sharon. Nu am venit aici ca să îți ascult minciunile și pretextele.

— Atunci, de ce ai venit? Nu ai nicio obligație față de mine...

— Ieri îmi doream să devii iubita mea. Lucrul ăsta nu s-a schimbat. Ceea ce s-a întâmplat ieri...

— Nu are nicio importanță, Synclair... ar trebui

să te bucure asta... o femeie care nu vrea nimic de la tine și nu vrea să te deranjeze, nu asta e femeia ideală pentru voi?

— Nu știi despre ce vorbești... nu știu cu ce tip de bărbați ai mai avut de-a face până acum, dar eu nu sunt așa...

— Încerc să îți spun în cel mai amabil mod cu putință că nu vreau să continuăm relația asta, dacă poate fi numită astfel... e mai bine să ne oprim aici decât să avem de suferit mai târziu...

— Explică asta, i-a cerut el, mângâindu-i chipul.

— Eu nu sunt potrivită pentru genul ăsta de lucruri... nu cred în relații și în angajamente. După un timp, te vei plictisi cu siguranță de mine și vei ajunge la concluzia mea. Nu e mai bine să încheiem acum toate astea? l-a întrebat ea, dându-i mâna la o parte. Se simțea arsă de atingerea lui atât de simplă și totodată atât de intensă.

— Dacă ai impresia că spunându-mi lucrurile astea mă voi speria și voi pleca, te înșeli. Mai bine mi-ai spune ce e cu tine, de fapt. Ceva te face să te porți așa și vreau să știu ce anume. Știu că ceea ce s-a întâmplat te-a luat prin surprindere, fiindcă și mie mi s-a întâmplat asta, doar am fost și eu acolo, să știi... însă asta nu înseamnă că trebuie să ne prefacem că nu s-a întâmplat și că trebuie să uităm pur și simplu totul... de ce ți-e teamă de fapt, Sharon? Știi că nu plec de aici până nu ne lămurim...

— Nu mă poți obliga să am o relație cu tine, Synclair, mai ales dacă nu vreau asta. Toate astea... sunt prea mult pentru mine şi nu pot să fac asta, înţelegi? Poţi să mă consideri oricum, însă asta e, asta sunt, şi nu oblig pe nimeni să fie în preajma mea... i-a zis ea, eliberându-se din braţele lui şi aşezându-se pe scaun. Simţea nevoia să fie cât mai departe de el. Nu putea gândi cum trebuie dacă el o ţinea în braţe, iar ăsta era un lucru care nu i s-a mai întâmplat.

— Ţi s-a făcut frică, asta e... cineva s-a purtat urât cu tine şi acum ţi-e teamă să mai ai încredere în mine. Recunoaşte, Sharon, i-a cerut el, aşezându-se pe scaunul din faţa ei.

— Dacă vreodată voi avea nevoie de un psiholog nu vei fi tu acela, Synclair. Poţi să pleci, nu te reţine nimeni aici. Nu trebuie să stai lângă o femeie uşoară, aşa cum sunt eu... dar nici nu am să-ţi dau voie să râzi de mine şi nici nu mă voi comporta ca una doar pentru a-ţi face ţie pe plac... l-a avertizat ea, închizând ochii. Ruşinea şi frustrarea o cuprindeau din nou, ca în ziua aceea, mai demult...

— Stai puţin, sunt puţin confuz... cum adică femeie uşoară, cine a zis aşa ceva? Eu sigur nu am zis, a reacţionat el uimit, neînţelegând pe moment reacţia ei.

— Eu... uită că am zis asta. Doar pleacă şi lasă-mă în pace. Crede-mă, nu ai nevoie de mine în viaţa ta, aşa cum nici eu nu am nevoie de tine.

— Nu cred. Şi vreau să te înţeleg, dar nu o pot face dacă nu mă ajuţi. Spune-mi despre ce e vorba, Sharon. Nu am nici cea mai mică intenţie să mă amuz pe seama ta. Dacă voiam asta nu veneam

aici să vorbesc cu tine.

— Şi dacă nu vreau să vorbesc cu tine? Ce vei face? l-a întrebat Sharon, privindu-l cu un aer superior, încercând să-l facă să renunţe la ideea lui de a avea o relaţie cu ea.

— Am să încerc în continuare să te conving până când voi reuşi. Te plac prea mult ca să te las să ne faci asta, Sharon.

— Să vedem cât de mult îţi va mai plăcea de mine când îţi voi spune adevărul pe care vrei cu atâta înverşunare să-l auzi. Ascultă-mă şi apoi te vei convinge că nu vrei nimic cu mine.

Ei bine, povestea e scurtă: fostul meu prieten mi-a zis, atunci când l-am prins cu două femei în pat, că doar nu credeam că va aştepta până voi considera că sunt pregătită să... să... ştii tu... şi că dacă nu sunt şi nu mă comport ca ele, relaţia noastră nu are cum să funcţioneze. I-am spus că poate liniştit să dispară cât mai repede din viaţa mea şi că nu am nevoie de aşa ceva... i-a relatat ea, coborându-şi privirea, ruşinată.

— Ce cretin! a izbucnit Synclair furios, ridicându-se de pe scaun şi venind lângă ea.

— Vezi tu, nu am nevoie să mă judeci, o fac eu foarte bine.

— Sharon, iubito... nu trebuie să faci asta. Nu eşti vinovată de nimic. Şi în niciun caz nu-ţi dau voie să regreţi că am făcut dragoste.

— Tot nu înţelegi, nu? Am ajuns să fac exact ceea ce îmi promisesem că nu voi face, cel puţin de la prima întâlnire. Ştii prea bine că nu a existat nici măcar o primă întâlnire între noi... m-am comportat ca o... nici măcar nu pot să o spun... concluzia e că sunt o femeie îngrozitoare, Synclair. Cine şi-ar dori o astfel de femeie lângă el? i-a zis ea, cuprinzându-şi chipul în palme.

— Eu, i-a răspuns el simplu, zâmbindu-i cu drag.

Sharon şi-a ridicat chipul, privindu-l uimită.

— Nu poţi vorbi serios...

— Ba da.

— Dar tu... nu ai auzit niciun cuvânt din ce ţi-am spus?

— Am auzit fiecare cuvânt... şi sunt la fel de hotărât în ceea ce ne priveşte...

— Şi de ce zâmbeşti, dacă spui că vorbeşti serios?

— Ca să te conving... încerc să-mi folosesc farmecul asupra ta. Funcţionează?

— Şi îmi spui asta aşa, direct?

— Nu văd de ce nu... eu te vreau şi sunt sigur că şi tu simţi la fel. De ce să nu fim împreună? i-a propus el, punându-şi mâinile pe genunchii ei. Ştiu că niciunul dintre noi nu a căutat să se întâmple asta, însă dacă tot a fost să fie aşa, hai să acceptăm şi să facem tot ce se poate ca să fim fericiţi şi mulţumiţi cu alegerea făcută.

— Am nevoie să mă gândesc la asta... a ezitat Sharon, recunoscând în sinea ei că farmecul lui funcţiona cu siguranţă asupra ei.

113

— Bine, înţeleg asta. Şi doar aşa, neoficial, să ştii că am avut parte de întâlniri...

— Acelea nu se pot considera întâlniri. Erau pentru ca tu să-ţi găseşti locuinţa potrivită, aveau ca scop încheierea unei afaceri...

— Asta crezi tu, nu-i aşa? Înseamnă că am fost cel mai nehotărât client din câţi ai avut, căci numai tu credeai că nu mă pot decide asupra unui apartament sau al altuia. De fapt, îmi doream să te cunosc şi să petrec mai mult timp cu tine. Şi ştii ce îmi mai doream? Să vină ziua în care te voi putea îmbrăţişa şi săruta în voie. Ca să nu mai spun de ceea ce s-a întâmplat ieri... ştii prea bine că ne-am dorit amândoi... când m-am trezit, nu-mi doream decât să te iau în braţe şi să te sărut iar... dar, surpriză: tu ai plecat ca o mică hoţomană, de parcă ai făcut ceva rău... să nu mai faci vreodată aşa ceva, ai înţeles?

— Eşti... nu ar trebui să vorbeşti aşa... te rog, lasă-mă să mă gândesc. Am să te anunţ când voi decide ceva, l-a repezit ea, sperând să-l facă să plece cât mai repede. Synclair îi dădea nişte stări pe care nu avea nevoie să le simtă...

— Sper doar să nu primesc vreun răspuns evaziv, trimis tot prin curier. Ai fi în stare...

— Nu ai idee de ce pot să fiu în stare. Nu mă cunoşti şi nu îţi poţi permite să mă judeci astfel. Tocmai mi-ai dat o idee foarte bună, dacă stau să mă gândesc...

— Nu te sfătuiesc... a avertizat-o Synclair, privind-o cu o determinare care o surprindea.

— De ce nu? E o metodă de a rezolva lucrurile...

— Ţi-aş propune eu o metodă şi mai bună de a rezolva lucrurile, dar mai bine încă nu... şi dacă tot vrei întâlniri, asta vei avea, numai pentru liniştirea conştiinţei tale. Ne vedem mâine, Sharon...

— Dacă vreau...

— O, ai să vrei, te asigur... nu vei avea cum să mă refuzi. Trebuie să plec acum, dar îţi promit că ne vedem mâine. Să ai o zi frumoasă, iubito...

— Ce? Nu am spus da, încă... nu a mai reuşit să spună nimic, căci Synclair o săruta cu toată pasiunea pe care i-o inspira. Îi fusese atât de dor să facă asta, încât nici lui nu-i venea să creadă. Dacă ar fi fost posibil, ar fi luat-o de acolo şi ar fi dus-o departe de tot şi de toate, într-un loc în care să fie numai ei doi, singuri, şi să retrăiască momentele petrecute cu o zi în urmă.

S-a desprins de ea, înainte ca dorinţa să-l facă să uite cu totul de raţiune. O voia cu totul pe Sharon, iar pentru asta, trebuia să o convingă şi pe ea de ceea ce simţea. A plecat apoi, privind-o încă o dată şi zâmbindu-i înainte de a închide uşa. Poate că ea era încăpăţânată, dar el era şi mai hotărât să o cucerească şi avea să-i dovedească asta.

Sharon s-a uitat lung în urma lui, nevenindu-i să creadă că el tocmai i-a spus toate acele lucruri şi că a sărutat-o din nou. Îi spusese iubito, din nou. Adică cine făcea asta, după ce... era atât de convinsă că Synclair va dori să stea cât mai departe de ea... credea că ştia totul despre felul în care gân-

deau cei ca el, doar avusese un exemplu în privin-
ţa asta... sărutul lui o năucise din nou. Se bucura
că nu mai era nimeni în birou să o vadă, fiindcă
roşeaţa de pe chipul ei lămurea totul. Îşi simţea
inima bătând cu repeziciune. Trebuia să oprească
asta, cât încă mai putea. Nu era posibil ca un băr-
bat ca Synclair să fie atât de fascinat de ea. În mod
sigur, era un lucru trecător, iar ea nu mai voia să
fie nevoită să facă faţă respingerii lui ulterioare.
Nu avea nevoie de complicaţii în viaţa ei şi nici de
noi suferinţe. Se săturase să fie respinsă şi judeca-
tă pentru opiniile ei şi pentru felul în care îşi trăia
viaţa. Nu voia decât să fie lăsată în pace. Având un
surâs abia schiţat pe chip, a început să caute nu-
mărul unui serviciu de curierat.

— Capitolul 4 —

În seara următoare, Sharon numai ce cinase
alături de părinţii ei, când a auzit soneria de la
uşă. Menajera, doamna Peterson, a mers să des-
chidă uşa, după care a revenit să anunţe sosirea
unui tânăr care o căuta pe Sharon.

— Cine este, draga mea? a întrebat-o Deborah,
mama ei, neputându-şi ascunde curiozitatea. Nu
s-a mai întâmplat asta până atunci şi voia să ştie
totul despre viaţa fiicei sale.

— Nu ştiu, mamă. Mă duc să văd, i-a răspuns
ea, având o bănuială legată de cine putea fi.

Sharon a ieşit din sufragerie, observând privirile complice pe care părinţii ei le schimbau. Ajungând în faţa uşii, l-a văzut pe Synclair, care o aştepta.

— Bună, Synclair, i-a spus ea, închizând uşa, coborând apoi treptele şi oprindu-se în faţa lui.

— Bună, Sharon.

— Ce faci aici? Credeam că am fost foarte clară în privinţa noastră. Ţi-am urmat sfatul şi chiar am trimis răspunsul meu prin curier, i-a zis ea, reţinându-şi zâmbetul.

— Înseamnă că nu l-am primit, sau poate curierul a greşit adresa, nu ştiu... ce-ar fi să îmi spui personal răspunsul tău? a întrebat-o el, făcând un pas spre ea, dominând-o cu statura lui impunătoare.

— Nu.

— Nu?

— Nu. Ăsta e răspunsul meu, Synclair. E cel mai bine aşa. Nu văd rostul complicării vieţilor noastre într-un asemenea mod. Ar trebui să fii încântat... i-a spus ea, privindu-l cu seriozitate.

— Nu sunt deloc încântat, Sharon. Ar trebui să laşi alegerea de a-mi complica viaţa în seama mea, i-a zis el, făcând încă un pas şi ajungând chiar lângă ea.

— Cu siguranţă poţi să accepţi un refuz din partea unei femei, doar nu e mare lucru... i-a cerut Sharon, stând pe loc. Ar fi plecat de lângă Synclair, însă nu voia să-i arate că o afecta să fie atât de

aproape de el. Voia să-şi demonstreze chiar şi ei însăşi că nu avea nici cel mai mic sentiment pentru el, însă anumite reacţii ale corpului ei o făceau să creadă că lucrurile nu stăteau chiar aşa.

— Cu siguranţă nu sunt dispus să accept asta... a asigurat-o el, luându-i mâna în mâna lui.

— Dar... am făcut tot ce ai spus, ţi-am răspuns la întrebare, nu mai e nimic de făcut... i-a răspuns ea, luându-şi mâna din mâna lui.

— Da, ai făcut tot ce ai putut ca să încerci să scapi de mine cât mai repede, fiindcă asta faci tu atunci când lucrurile devin complicate, ca să folosesc termenul tău. Fugi. Ei bine, nu ai decât să auzi şi răspunsul meu: s-a terminat cu fuga, Sharon. Nu ai altă soluţie decât să mă înfrunţi şi să faci la fel în privinţa altor lucruri care vor face parte din viaţa ta. Lămureşte-mă în privinţa asta: dacă nu simţi nimic pentru mine, de ce tremuri aşa când mă apropii de tine?

De ce abia mă poţi privi în ochi atunci când vorbeşti cu mine?

— Te înşeli, Synclair... dar ca să îţi dau într-o anumită măsură dreptate, îţi pot spune că nu mă simt în largul meu nici măcar având discuţia asta cu tine...

— De ce, Sharon? Ce am făcut? a întrebat-o el, băgându-şi mâinile în buzunar pentru a nu o lua în braţe, aşa cum îi venea de fapt să facă.

Totul... şi-a spus Sharon în sinea ei.

— Nu mai vreau să răspund la nicio întrebare, Synclair. Te rog să pleci... niciunul dintre noi nu avem nevoie de toate astea şi nici unul de celălalt, aşa cum susţii. Ai să vezi că în câteva zile ceea ce crezi că te atrage la mine va dispărea şi chiar îmi vei fi recunoscător că nu te-am lăsat să îţi iroseşti timpul cu mine.

— Ştii ce e mai ciudat, Sharon? Că au trecut deja câteva zile şi nu mi-a trecut. Ceea ce sunt sigur, nu doar cred că mă atrage la tine nu a dispărut, ci din contră, mă atrage tot mai mult. Cât despre timpul meu, te asigur că îl folosesc cum consider de cuviinţă... de ce trebuie să fii atât de încăpăţânată? De ce nu poţi să accepţi ce e între noi, orice ar fi, chiar dacă nu ştim să definim asta... a insistat el, scoţându-şi mâinile din buzunare şi luând-o în braţe, nemairezistând tentaţiei. O privea cu ardoare, aşteptând ca ea să-l lămurească. Aproape că nu se mai putea concentra decât asupra buzelor ei pline. Le ştia gustul şi ar fi vrut să-l simtă din nou.

— Fiindcă nu vreau asta. Şi nici felul în care mă ţii în braţe, ca să nu mai spun de modul în care te uiţi la mine. Nu pot suporta toate astea...

— De ce, fiindcă îţi aduce aminte de...

— Opreşte-te! i-a cerut ea pe un ton poruncitor. A încercat să se elibereze din braţele lui, însă el nu i-a permis.

— Atât de rău te-am tratat de nu suporţi să te ating, Sharon? a întrebat-o el, privind-o cu tristeţe.

— Aş vrea foarte mult să nu mai aduci vorba despre... despre ce s-a întâmplat... e o chestiune

119

demult trecută și uitată și pe care o regret în fie-
care zi. Te rog, doar lasă-mă să fiu liniștită, nu am
nevoie de toată agitația asta...

— Demult trecută și uitată? Chiar dacă s-a în-
tâmplat acum două zile? Să înțeleg că memoria ta
nu vrea să accepte adevărul, la fel ca tine, de al-
tfel... ce bine că am fost și eu prezent, căci altfel
îți dădeam dreptate. Spre deosebire de tine, eu nu
vreau să mă mint singur, Sharon.

Nu am uitat și nici nu vreau să uit. În schimb,
ceea ce vreau ești tu, Sharon... și când te gândești
că am venit aici cu gânduri pașnice, să te invit la
un film, sau la o plimbare, într-un cuvânt la o în-
tâlnire, așa cum ți-ai dorit. În schimb, am ajuns
să discutăm despre un subiect evident extrem de
sensibil pentru tine.

— Am crezut că bărbaților le plac întâlniri-
le care nu presupun obligații ulterioare... i-a zis
Sharon, surprinsă de reacția lui, total neaștepta-
tă și neconformă ideilor pe care le avea ea despre
comportamentul masculin.

— Tu tot nu înțelegi, nu? Nu e vorba de nicio
obligație aici. Tu nu mă obligi pe mine să fac ceva.
Sunt aici din proprie voință și inițiativă. Lasă-mă
să îți mai spun ceva: nu voi lăsa ca niște idei gre-
șite, pe care ți le-a indus fostul tău prieten, să te
oprească să fii cu mine.

Pot numai să îmi imaginez ce a fost în mintea ta
zilele astea: jenă, remușcare, teamă, dar îți spun că
eu nu privesc lucrurile așa. În schimb, tot ceea ce

am avut în minte zilele astea ai fost tu, Sharon. Ştiu care sunt motivele pentru care vrei să mă respingi, însă mai ştiu sigur că te vreau alături de mine şi că îmi doresc să încercăm să avem o relaţie, Sharon. Te respect, te doresc şi te vreau lângă mine, în ciuda ideilor negative care te opresc să fii cu mine.

Am nevoie de tine, iubito, să nu ai nicio îndoială în privinţa asta... i-a spus el pe un ton sincer, mângâindu-i chipul.

Sharon l-a privit cu surprindere. Trecea prin atâtea stări în acele momente... Synclair avea dreptate: teama, jena şi modul în care el ar fi privit-o, îi dădeau o stare de nelinişte interioară. În cele din urmă, ea şi-a găsit puterea să-i răspundă.

— Nu am mai fost într-o situaţie asemănătoare... nu m-am aşteptat la nimic din toate astea: la tine, la ceea ce s-a întâmplat, la ceea ce tocmai mi-ai spus... comportamentul meu imoral e inacceptabil, din punctul meu de vedere... ştiu că nu poţi înţelege trăirile mele, ai spune că sunt feminine şi prea sensibile, dar asta e, asta sunt eu: o femeie poate prea sensibilă...

— Comportament imoral? Nu mai spune asta, Sharon, nu e aşa deloc...

— Realitatea e alta, oricât ai încerca să o faci să pară altfel. Eu nu sunt... nu eram adepta unor astfel de lucruri, ştii ce vreau să spun... i-a zis ea, privindu-l jenată.

— Ştiu asta mai bine decât oricine altcineva şi nu te judec fiindcă m-ai lăsat să te am, Sharon.

De fapt, chiar mă bucur, iar faptul că ai ales să fiu primul bărbat din viața ta mă onorează și mă responsabilizează în același timp, iubito. Ai devenit femeie și în sensul acela intim și frumos, alături de mine, iar asta mă face să te apreciez și mai mult. Te-aș fi apreciat și dacă lucrurile nu stăteau astfel, însă așa a fost să fie. Nu putem schimba nimic, însă putem încerca să facem ceva frumos și durabil împreună. Eu știu că îmi doresc asta cu tine, mai rămâne doar să accepți și tu asta. Lasă deoparte totul, fii sinceră cu tine însăți și gândește-te doar la ceea ce îți dorești cu adevărat... a îndemnat-o el cu blândețe.

— Synclair... chiar ești sincer cu mine? l-a întrebat-o ea, privindu-l cu atenție.

— Am fost sincer încă de început, iubito... a asigurat-o el cu un zâmbet irezistibil.

— Cred că... putem încerca, dacă tot ești dispus să riști... tu știi mai bine... i-a spus ea, încercând să se împace cu sine însăși și cu ideea că e iubita lui.

— Ne aparținem unul altuia, Sharon. Sunt sigur că și tu simți asta...

— Eu vreau doar să nu sufăr, să nu mă faci să sufăr... i-a mărturisit ea, mângâindu-i chipul, reamintindu-și cât de dor i-a fost de el.

— Suferința e inevitabilă în viața unui om, însă dacă suntem împreună, știu că vom putea să trecem mai ușor peste tot ce ni se întâmplă. Cât despre vreo suferință cauzată de mine, pot să îți spun că nu ți-aș face asta în mod intenționat. Nu trebuie decât să discutăm despre orice, să comunicăm şi sunt sigur că totul va fi bine, aşa cum trebuie să fie. Nu va fi de fiecare dată uşor, însă vom învăţa să fim alături unul de celălalt la fiecare pas. Mai vreau să ştii că, indiferent de ceea ce făceam şi în orice loc mă aflam zilele astea, nu mă puteam gândi decât la tine, Sharon, dar şi la felul în care te-am simţit în ziua aceea, alături de mine... sunt sigur că te jenează ceea ce auzi, dar am vrut să îţi spun şi asta. Ştii cât de mult te doresc chiar şi acum, iubito? Lasă-mă cel puţin să te sărut, să te fac să îţi dai seama de cât de mult mi-ai lipsit...

Sharon nu i-a răspuns, nu a mai avut ocazia, fiindcă Synclair a sărutat-o blând, tandru, pasional şi tulburător în aceeaşi măsură, aducând-o şi mai aproape de corpul lui puternic, plin de vitalitate. Ea a închis ochii, lăsându-se gustată în felul acela, care numai nepotrivit nu i se părea. Nu era posibil ca ceva atât de frumos să fie imoral şi păcătos. Era ca şi cum Synclair ar fi oprit timpul, pentru ca ei să se poată săruta în voie, îmbrăţişându-se şi simţindu-se unul pe celălalt în acelaşi timp, utilizând unele dintre cele mai frumoase manifestări ale sentimentelor lor.

Câteva minute mai târziu, Sharon s-a desprins de el, având o vagă impresie că i-ar fi plăcut să mai rămână în braţele lui. El îi dădea o stare de siguranţă şi de bine, iar faptul că Synclair nu avea o opinie greşită despre ea, o bucura.

— Vezi, iubito, dacă nu am simţi nimic unul

pentru altul, atunci de ce e atât de bine când ne sărutăm și ne îmbrățișăm astfel, de parcă ne-ar fi teamă să nu ne pierdem? a întrebat-o el zâmbind, încercând să-și regăsească suflul și autocontrolul. Dacă ar fi fost după el, ar fi luat-o în brațe și nu i-ar mai fi dat drumul...

— Ai vrea să intri? Poți să te uiți la laptopul meu și să-mi spui ce se poate face ca să funcționeze bine. Te avertizez doar că părinții mei sunt acasă și... știi tu, nu vreau să ți se pară că te-am invitat să intri ca să îi cunoști sau ceva de genul ăsta... am vrut doar să știi... i-a zis Sharon, încercând să nu dea importanță cuvintelor lui.

— Și ce dacă sunt acasă, crezi că mi-e teamă să-i cunosc? Sunt de acord, dacă asta e una dintre dorințele tale ca iubită a mea. Sper doar ca lista de dorințe în ceea ce mă privește să se extindă... i-a mărturisit el, mângâindu-i chipul, fascinat cu totul de ea.

— Hai să mergem, i-a spus Sharon, zâmbindu-i. L-a luat de mână și l-a condus în casă, acolo unde părinții ei se aflau încă în sufragerie. Mamă, tată, vreau să vă prezint pe cineva. El este Synclair, prietenul meu... le-a spus ea, cu vocea ușor tremurândă.

— Synclair Harris, iubitul fiicei dumneavoastră, s-a prezentat el, corectând-o pe Sharon, care roșise. Synclair i-a sărutat mâna mamei iubitei lui, după care i-a strâns mâna tatălui acesteia, observând privirile nedumerite ale acestora.

— Draga mea, nu ne-ai spus nimic despre

asta... i-a spus Deborah, privindu-şi fiica cu un re-proş abia mascat.

— Asta fiindcă până acum câteva minute nu a ştiut nici ea acest lucru, doamnă Foster, i-a explicat Synclair, observând schimbul de priviri dintre părinţi şi fiică.

— Cum s-a întâmplat asta, atât de repede? Vă cunoaşteţi de mai mult timp? i-a întrebat Peter, tatăl lui Sharon.

— Oarecum da, i-a răspuns tot Synclair.

După ce a mai răspuns la o serie de întrebări despre aspecte care ţineau de viaţa lui, de familie şi de profesie, Sharon l-a luat de acolo, ducându-l în camera ei, acolo unde Synclair a lucrat timp de câteva ore bune la laptopul ei.

— Îmi pare rău, sper că nu te-au deranjat întrebările lor, s-a scuzat ea, aşezându-se pe scaun, lângă el.

— Nu. E normal să fie curioşi în legătură cu iubitul fiicei lor, i-a răspuns el, privind-o rapid, după care şi-a îndreptat din nou atenţia asupra laptopului.

Sharon a mers apoi în bucătărie, de unde s-a întors cu suc şi prăjituri. A aşezat tava pe masă, iar apoi şi-a ocupat locul pe scaunul de lângă el, urmărind cu atenţie ceea ce făcea.

— Pare atât de greu şi uimitor ce faci, şi totuşi e atât de uşor pentru tine...

— Nu e atât de greu, şi, în plus, e ceva ce îmi place să fac, la fel ca în cazul creării jocurilor pe

calculator. E distractiv şi e un mod plăcut de a-mi petrece timpul. E... aproape la fel de bine ca atunci când sunt cu tine, numai că a doua variantă o depăşeşte cu mult pe prima.

— Nu e nevoie să spui asta doar fiindcă crezi că trebuie... i-a spus ea zâmbind totuşi. Îl privea şi nu-i venea să creadă că într-un timp atât de scurt s-au schimbat atât de multe lucruri... ea s-a schimbat, la fel ca şi modul de a vedea unele lucruri. Synclair a convins-o că se putea şi altfel. Dacă în privirea lui se ascundeau mai multe lucruri decât păcat şi dorinţă, ea se simţea în sfârşit pregătită să încerce să le descopere.

— Nu fac asta. Sunt sincer, i-a răspuns el, privind-o din nou, făcându-i cu ochiul, făcând-o să zâmbească. Realiza că îi plăcea să vadă asta, să o vadă zâmbind.

— Mai ai mult? l-a întrebat ea curioasă.

— Nu, de ce, vrei să mă săruţi? i-a zis el, zâmbindu-i cu drag.

— Nu... voiam doar să te servesc cu ceva, dacă vrei. Uite, i-a arătat ea tava cu sucurile şi prăjiturile.

— Mulţumesc, dar tu ai un gust mai bun decât ele... i-a mărturisit el, zâmbind când a auzit-o oftând.

— Încerci să ai parte de prima ceartă între iubiţi? i-a spus ea zâmbind.

— Nu. Spuneam doar adevărul. Nu vei auzi altceva de la mine, oricât de mult te-ar afecta asta.

126

E doar felul meu de a fi: sincer şi rău, aşa cum mă numeşti în gândul tău, cu siguranţă, i-a zis el în timp ce finaliza de instalat programele şi antivirusul pentru laptop. Bine... totul e gata, a adăugat el, privind-o. Dacă mai ai probleme să mă anunţi. În altă ordine de idei, ce propui să facem acum că mi-am îndeplinit misiunea?

— Mulţumesc pentru ajutor. Propun să mâncăm nişte prăjituri, eu una ştiu că asta voi face... i-a răspuns ea, luând o prăjitură.

Sinclair a luat la rândul lui o prăjitură. Mai degrabă ar fi devorat-o pe ea, însă trebuia să mai aibă puţină răbdare. Reuşise un pas important făcând-o să accepte să fie iubita lui, nu voia să o vadă mai mereu intimidată de ceea ce îi spunea. Numai că uneori nu se putea abţine...

— E foarte bună, tu ai făcut-o?

— Recunosc că nu. Printre pasiunile mele nu se numără gătitul. Fac asta numai când e absolut necesar, i-a zis ea, atentă la reacţia lui.

— Ei bine, nu putem fi perfecţi şi să le facem pe toate, nu? Pot găti eu pentru tine, iar dacă printre pasiunile tale mă aflu şi eu, e cu atât mai bine... vino aici, i-a propus el, luând-o în braţe. A aşezat-o deasupra lui pe scaun, privind-o cum mânca pofticioasă prăjitura aceea.

Sharon nu i-a răspuns, era prea ocupată să-l privească şi să devoreze prăjitura. În plus, într-o singură zi, Sinclair a făcut-o să roşească mai mult decât a făcut-o de când se ştia. Îşi simţea corpul

tremurând fiindcă palmele lui calde erau aşezate pe şoldurile ei.

La un moment dat, Synclair a sărutat-o pe gât, simţindu-se tot mai pofticios.

Sharon aproape s-a înecat cu prăjitura din care a curs puţină cremă chiar pe cămaşa lui. Ea s-a ridicat din braţele lui şi a luat un şerveţel, încercând să cureţe locul de lângă gulerul cămăşii lui.

— Îmi pare rău, s-a scuzat ea cu seriozitate.

— E în ordine, e doar o cămaşă, stai liniştită. În plus, nu se poate spune că am stat locului, am fost prea distras...

— Da, dar... nu o pot curăţa, nu se duce... nu am vrut să-ţi murdăresc cămaşa... i-a spus ea, cuprinsă de remuşcări.

Synclair a luat-o de mâini şi a adus-o din nou în braţele lui. Nu se mai sătura să o simtă aproape de el.

— Nu-ţi mai face griji, Sharon. Nu s-a întâmplat nimic, bine? i-a zis el, mângâindu-i chipul.

— Dacă spui tu... vezi, nu trebuie să mă iei în braţe când mănânc, i-a cerut ea, privindu-l cu seriozitate.

— Ştii care e vestea bună?

— Care?

— Ai terminat de mâncat, iar eu pot să stau foarte bine şi fără cămaşă... i-a spus el, zâmbindu-i, în timp ce începuse să-şi desfacă un nasture, anticipându-i reacţia.

— Nu trebuie să faci asta... nu am alta să îţi

dau, nu port cămăşi bărbăteşti... a încercat ea să-l oprească, încercând să privească indiferentă felul în care el îşi desfăcea şi al doilea nasture.

— Abia aştept să te văd făcând asta... a recunoscut el, în timp ce trecea la următorul nasture, spre iritarea ei, care şi-a pus mâinile peste mâinile lui, oprindu-l.

Sharon inspira cu greutate. Synclair arăta atât de senzual făcând ceea ce făcea, încât trebuia să-l oprească.

— Dacă vrei să mai rămâi puţin, vei păstra cămaşa pe tine şi ne vom uita la un film, l-a atenţionat ea, ridicându-se din braţele lui.

— Bine, ruşinoaso...

— Cum mi-ai spus?

— Ruşinoasă. Cum poţi să fii aşa, din moment ce m-ai văzut gol? a întrebat-o el, venind în spatele ei şi îmbrăţişând-o.

— Nu am nicio explicaţie pentru asta, dar... vreau să ne uităm la film, asta e tot ce ştiu acum... i-a răspuns ea, încercând să nu-şi arcuiască gâtul, când i-a simţit din nou buzele alintându-i pielea.

— Bine... hai să ne uităm la film, dacă aşa vrei, dar mă laşi să te ţin în braţe... i-a cerut el, după care a sărutat-o încă o dată pe gât, ştiind că ei îi plăcea. Cel puţin aşa îşi amintea... şi ce bine îşi amintea momentele în care o sărutase în voie, bucurându-se de ea în întregime... abia aştepta să le retrăiască...

Sharon s-a întins pe pat, urmată de Synclair,

care a îmbrățișat-o, în timp ce se uitau la filmul de acțiune care rula pe ecranul televizorului. La un moment dat, Synclair s-a amuzat văzând că ea și-a coborât privirea, închizând ochii, atunci când pe ecran au apărut niște scene mai senzuale între protagoniști. O plăcea exact așa cum era: atât de inocentă și de femeie în același timp, de inconștientă de latura ei atractivă și de puterea ei de seducție. Poate că perfecțiunea nu exista, însă Sharon era cu siguranță femeia perfectă pentru el.

La finalul filmului, Synclair a sărutat-o, conștient de faptul că își dorește mult mai mult de atât. Îi plăcea să o simtă mângâindu-i părul și să se bucure de gustul și de plinătatea buzelor ei ademenitoare. La un moment dat, el s-a desprins de ea, știind că era de ajuns pentru seara aceea. Dacă ar mai fi rămas, ar fi făcut ceea ce își dorea să facă încă de când a avut-o acum două zile.

— Trebuie să plec, Sharon. Ne vedem mâine, bine? Nu de alta, dar nu cred că părinții tăi ar fi prea încântați să rămân aici peste noapte...

— Bine, ai dreptate. Nici eu nu aș fi... nu trebuie să grăbim lucrurile de data asta, Synclair... i-a spus ea, simțind că nu e întru totul sinceră. Era numai vina lui, fiindcă era atât de ademenitor, încât îi stârnea toate simțurile, oricât ar fi vrut să se stăpânească. Era mai ușor să dea vina pe el... o înnebunea cu sărutările și cu mângâierile lui, mai mult decât fierbinți.

— Așa e... noapte bună, Sharon, i-a urat el, în

timp ce era condus de ea până afară, în curte, aco-
lo unde a mai îmbrăţişat-o o dată, sărutând-o din
nou, dorindu-şi să facă asta la nesfârşit...

După câteva minute bune, el a plecat, lăsând-o
să privească lung în urma lui.

Sharon avea impresia că e din nou singură, deşi
el nu plecase decât de câteva minute. Deşi nu era
singură în casa aceea mare, de cele mai multe ori
se simţea astfel. Singură şi diferită de cei din ju-
rul său. Era un mister pentru Sharon motivul pen-
tru care Synclair se simţea atât de atras de ea. Nu
putea decât să spere că va dura măcar puţin ceea
ce simţeau şi că, la finalul relaţiei lor, va putea să
meargă mai departe. Era convinsă că un bărbat ca
Synclair nu-şi va pierde mult timp lângă ea, însă
voia să se bucure de tot timpul petrecut alături de
el.

— Capitolul 5 —

Synclair lucra la un joc pe calculator, când a au-
zit soneria de la uşă. A mers să deschidă, realizând
deodată că zâmbea încântat, aşa cum i se întâmpla
de fiecare dată când îşi vedea iubita.

— Bună, frumoaso. Intră, nu sta acolo, a invi-
tat-o el, luând-o de mână. A adus-o în braţele lui,
sărutând-o rapid, înainte ca ea să spună ceva. Nu-
mai când ea s-a desprins de el, Synclair a observat
tristeţea din ochii ei, lucru care îl făcea curios.

— Bună, Synclair. Trebuie să vorbim... i-a zis ea, urmându-l în apartamentul lui. Privind în jur, conştientiza că se simţea ca acasă acolo, ba chiar mai bine decât în propria ei casă.

S-a aşezat pe canapeaua neagră din sufragerie, în timp ce a inspirat adânc, amintindu-şi anumite lucruri tulburătoare legate de apartamentul acela care îi era atât de drag.

De data aceasta, Synclair a fost cel care a servit-o cu suc, aşezându-se lângă ea, dornic să o asculte.

— Vizita ta mă surprinde plăcut. Nu credeam că vei face asta prea curând... dar mă bucur că eşti aici... arăţi foarte bine şi azi, dar, mă rog, când nu arăţi aşa?

— Syn... e doar o rochie lungă, nu e nimic deosebit la ea, dar mulţumesc oricum, aşa trebuie să spun, nu? i-a spus Sharon, plăcut surprinsă de felul în care se purta cu ea.

— Mi-ai spus Syn... ştii că îmi place asta... numai tu îmi spui aşa... ce s-a întâmplat, îmi dau seama că ceva nu e în ordine... i-a zis el, mângâindu-i părul, care îi venea liber pe umerii acoperiţi doar de bretelele subţiri ale rochiei.

— Nu mi-am dat seama pe moment că ţi-am spus aşa... oricum şi mie îmi place să-ţi spun astfel. Sper că nu deranjez... s-a scuzat ea, privindu-l cu îngrijorare.

— Deloc. Numai ce am terminat de făcut un joc nou, care va intra pe piaţă foarte curând.

— Felicitări şi succes... meriţi, i-a spus ea, sărutându-l rapid pe obraz.

— După ce îmi vei spune ce te supără, îţi voi arăta cum să mă săruţi, fiindcă se pare că deja ai uitat... a avertizat-o el, luând-o de mână.

— Nu e un subiect plăcut, dar trebuie să îţi spun asta, deşi mă simt jenată şi dezamăgită de ceea ce vei auzi... i-a spus ea, ezitând.

— Ce este? a întrebat-o el, mai curios ca oricând. Orice ar fi fost, era ceva ce o supăra serios, iar lui nu îi plăcea să o vadă astfel.

— Părinţii mei... am avut o discuţie cu ei de dimineaţă... în legătură cu tine, cu noi...

— Ce este, nu sunt încântaţi de alegerea ta?

— E mai mult decât atât... motivul nemulţumirii lor este acela că... nu ştiu cum să-ţi spun asta ca să o fac într-un mod cât mai blând... a ezitat ea, coborându-şi privirea.

— Atunci spune-o direct. E cel mai simplu şi cel mai bine, a încurajat-o el, ţinând-o în continuare de mână.

— E un motiv stupid şi pe care nu merită să îl spun. Ideea e că...

— Cred că ştiu ce vrei să spui. E din cauză că sunt mulatru, nu-i aşa? a întrebat-o el, strângându-şi maxilarul.

— Din păcate, da. Ei spun că... nici nu merită să ştii toate lucrurile pe care mi le-au zis...

— Pot suporta să aud, Sharon. Sunt obişnuit ca unii oameni să mă desconsidere din cauza asta. Asta nu înseamnă că îmi face plăcere, însă am avut de-a face cu astfel de mentalități încă de mic. Tocmai de asta nu am avut mulți amici, însă cei pe care i-am avut continuă să-mi fie prieteni și azi, albi, mulatri și negri deopotrivă. Așa că poți să-mi spui totul, nu ești vinovată pentru opinia celorlalți.

Sharon îl asculta și i se strângea inima. Nu putea decât să își imagineze cât de mult îl dureau lucrurile acelea, chiar dacă încerca să pară puternic. Unii oameni erau atât de răi...

— Ei spun că aș afecta imaginea familiei umblând cu un mulatru și că urmărești numai interese financiare în ceea ce mă privește... exact astea au fost cuvintele lor... sunt oribile, la fel ca și caracterele lor... i-a mărturisit ea, neîndrăznind să-l privească. Mi-au mai spus că dacă voi continua relația cu tine, mă vor dezmoșteni și pot să uit că fac parte din familie. Am vrut doar să-ți spun toate astea...

— Și tu ce părere ai, ce le-ai spus? Ce îți dorești să faci? a întrebat-o Synclair, privind-o cu atenție, ridicându-i chipul spre el, făcând-o să-l privească. Realiza că aștepta cu nerăbdare răspunsul ei, și că de acest răspuns depindea continuarea relației lor.

— Le-am spus că nu sunt de acord cu modul lor de a gândi, și că, din partea mea pot să facă ce vor cu banii lor. Eu nu judec oamenii după anumite criterii stupide, ci după caracterul acestora. Iar tu... mă faci să mă simt cu adevărat acceptată. Mă faci să mă simt aşa cum nu m-am simţit vreodată alături de ei, de familia mea: apreciată şi fericită, iar lucrurile astea sunt extrem de importante pentru mine. În plus, ai o frumuseţe interioară care o completează pe cea exterioară şi te porţi frumos cu mine. Nu pot decât să fiu mândră de faptul că eşti iubitul meu, i-a explicat Sharon, luându-l de mână la rândul ei.

— Mă bucur că gândeşti aşa, iubito. Sper doar să nu te răzgândeşti în timp şi să realizezi că ai nevoie de moştenirea ta. E o situaţie complicată...

— Nu mă voi răzgândi, Synclair. Dacă ei nu au acelaşi sistem de valori ca al meu, atunci e mai bine să nu fiu în preajma unor astfel de oameni...

— Atunci nu văd decât o singură soluţie...

— Care?

— Să te muţi la mine. E clar că nu mai poţi sta acolo, cu ei.

— Eşti sigur? Aş putea să locuiesc cu o prietenă până îmi găsesc un apartament. Am nişte economii şi...

— Nici nu vreau să aud. Nu erai tu cea care îmi spuneai că îţi place apartamentul ăsta dintre toate pe care le-am văzut? Unde crezi că te-ai simţi mai bine decât aici, cu mine?

— Aşa e, dar... nu ne ştim decât de vreo lună. Nu e cam repede să ne mutăm împreună? l-a întrebat ea surprinsă.

— Cine poate să decidă asta mai bine decât

noi? Eu nu înțeleg regulile astea nescrise care dictează viețile unora... trebuie să facem ce e mai bine pentru noi, nu ceea ce spun alții... spune-mi doar atât: ești cu mine în asta?

— Știi că da... l-a asigurat ea, mai hotărâtă ca niciodată.

— Atunci nu mai e nimic de clarificat. Vrei să vin cu tine să te ajut să îți iei lucrurile de acasă?

— Cred că nu e o idee bună. Nu vreau ca ei să te vadă și să se certe cu tine. Mă voi ocupa de asta singură. Ce pot să spun... mulțumesc fiindcă mă primești aici... i-a spus ea recunoscătoare, mângâindu-i chipul.

— Să nu mai aud asta. Nu e nevoie să-mi mulțumești. Amândoi ne dorim asta la fel de mult.

E trist că ei nu au știut să se comporte altfel, însă e alegerea lor, așa cum să fii cu mine e alegerea ta, alegere care mă bucură foarte mult. Totuși, vin cu tine până acolo, chiar dacă va trebui să aștept afară. Nu mă deranjează. Vreau să fiu sigur că te vor lăsa să vii cu mine.

— Nu mă pot ține acasă împotriva voinței mele, doar nu mai sunt un copil, dar mă bucur că vii cu mine... a recunoscut Sharon, zâmbindu-i cu drag. Să mergem, a adăugat ea, ridicându-se. Știa că nu e ușor să facă ceea ce făcea, dar era ceva necesar pentru binele propriu. Nu mai suporta să i se dicteze la fiecare pas ceea ce avea de făcut, voia să-și decidă destinul de una singură.

Synclair a urmat-o, conducând-o la mașină și

ajungând în scurt timp la ea acasă, acolo unde o
așteptase răbdător.

La un moment dat, Peter Foster, tatăl iubitei
lui, a ieșit din casă, venind spre el, arătând furios
și nemulțumit.

Synclair l-a privit cu determinare, așteptân-
du-se la o reacție dezaprobatoare din partea aces-
tuia, însă era decis să nu renunțe la ea. Așteptase
de prea mult timp să o întâlnească pentru ca acum
să încheie ceva atât de frumos și puternic, așa cum
era relația lor.

— Domnule Harris...

— Domnule Foster... puteți foarte bine să-mi
spuneți Synclair, nu mă deranjează.

— Bine, Synclair. Numele ți se potrivește foar-
te bine, e în concordanță cu temperamentul tău.
Înțeleg că i-ai spus tot felul de lucruri fiicei mele,
lucruri care acum o fac să-și facă bagajele și să ple-
ce din casa noastră.

— Nu, domnule. Ceea ce i-ați spus voi, ca și pă-
rinți, a determinat-o să ia decizia asta.

— Dacă pretinzi că vrei binele fiicei mele o vei
lăsa în pace, mă auzi? Ea nu are de ce să piardă vre-
mea cu unul ca tine. Familia noastră e una respec-
tabilă, iar tu nu te integrezi în standardele noastre
și în niciun caz nu te considerăm potrivit pentru
Sharon, i-a spus Peter, privindu-l cu dispreț.

— În cazul ăsta, nu pot decât să mă bucur fi-
indcă Sharon gândește în mod diferit de voi. Opi-
nia ei mă interesează pe mine, nu a voastră.

— Arogantule! Ce i-ai făcut, cu ce ai amăgit-o? Nu înțelegi că îi ruinezi viitorul?

— Nu am făcut decât să o prețuiesc cu adevărat, nu ce i-ați făcut voi toată viața. Nu cred că îi ruinez nimic, ci din contră, o ajut în feluri în care voi nu ați fost în stare să o faceți vreodată. Nu ați știut decât să îi impuneți voința voastră, iar ăsta nu e un lucru bun. Am totuși o curiozitate: ceea ce îmi spuneți mie, i-ați spus și fostului ei prieten, sau am eu un statut mai special, din cauza culorii pielii mele?

— Nu te ridici la înălțimea fostului ei prieten. Sharon a făcut o altă prostie imensă când l-a părăsit.

— Știți motivul pentru care a făcut asta?

— Nu, nu a vrut să ne spună, dar sunt convins că a fost numai o toană de-a ei. Nu cred că băiatul ăla manierat și absolut perfect pentru ea ar fi supărat-o cu ceva, i-a zis Peter nervos.

— Nu că ar fi treaba mea să vă spun asta, dar băiatul ăla manierat și absolut perfect pentru ea, a făcut-o să sufere și nu cu o problemă, ci cu două, dacă e să le spunem așa femeilor alături de care Sharon l-a surprins. Știți ce mai rău decât asta? Faptul că el i-a zis fiicei dumneavoastră că dacă ea nu se comportă la fel ca acele femei, relația lor nu poate continua. De asemenea, a jignit-o, numind-o femeie ușoară pentru simplul fapt că Sharon nu voia să cedeze avansurilor lui. Firește că Sharon i-a spus că poate liniștit să plece și a trebuit să se lupte cu ea însăși până când a acceptat să fac parte din viaţa ei.

— Minţi! Ai tot interesul să minţi! i-a spus Peter nevenindu-i să creadă ce auzea.

— Din contră, am tot interesul să spun adevărul, unul de care nu aţi avut habar, deşi era chiar sub ochii voştri. Ştiţi ce? Dacă eram un ratat care pierdea vremea prin baruri şi aş fi tratat-o urât, aş fi înţeles reacţia asta negativă din partea voastră, dar rasismul pur şi gândirea obtuză sunt lucruri pe care pur şi simplu nu le accept şi nu le înţeleg.

— Nu vei putea niciodată să-i oferi fiicei noastre viaţa de prinţesă pe care o merită. Nu eşti decât un amărât care face jocuri pe calculator. Ce meserie mai e şi asta?

— Una din care se fac destui bani, credeţi-mă, dacă e să ajungem la asta. Încă ceva: nici nu vreau să-i ofer iubitei mele viaţa pe care i-aţi oferit-o voi. Aţi tratat-o ca pe o marionetă până acum, dar toate astea s-au terminat. Nu mi-e ruşine cu cine sunt şi cu ce am. Sunt un bărbat cinstit şi integru, ceea ce nu se poate spune despre alţii... şi, ceea ce e mai important, e faptul că o iubesc pe Sharon într-un mod în care îi e benefic, atât pentru ea, cât şi pentru mine.

— Eu şi mama ei nu vom tolera o asemenea lipsă de respect în casa noastră! O vom dezmoşteni, ţi-a spus? Ce zici de asta, te mai interesează să fii cu ea?

— În cazul ăsta, nu aveţi decât să rămâneţi singuri în casa voastră mare şi perfectă. Eu o iau pe

Sharon şi plecăm de aici. Mediul ăsta e toxic pentru ea, dar şi pentru oricine altcineva care îndrăzneşte să gândească altfel decât voi. Şi, ca să lămurim un lucru: da, Sharon mi-a spus totul despre mica voastră discuţie, şi nu, nu vreau să fiu cu ea din motive financiare. Nu mă interesează asta.

— Asta spui acum, dar ce vei face când printr-un simplu telefon voi face să-ţi pierzi jobul? Voi face în aşa fel încât să pierzi tot ceea ce ai realizat până acum, l-a ameninţat Peter, zâmbind maliţios.

— Dacă chiar veţi reuşi să faceţi asta, pot să lucrez în cadrul altei firme sau chiar de acasă, asta nu va fi o problemă pentru mine. Ca să nu mai spunem că veţi scădea şi mai mult în ochii fiicei dumneavoastră. Nu ştiu care dintre noi are mai multe de pierdut, asta dacă chiar vă pasă de părerea ei.

— Crezi că le ştii pe toate, nu? Nu voi avea linişte până când nu voi reuşi să-mi recuperez fiica din mâinile tale, ticălosule! l-a avertizat Peter, venind spre el, vrând să-l lovească.

Synclair s-a ferit, iar Peter a ratat lovitura.

— Un astfel de comportament nu vă face cinste, dacă chiar pretindeţi că faceţi parte din înalta societate. Nu pot decât să vă spun că veţi rămâne neliniştit, fiindcă nu veţi reuşi să o luaţi pe Sharon de lângă mine, vă asigur de asta, i-a spus Synclair, privindu-l cu duritate.

— Chiar crezi că vă veţi înţelege bine împreună? Uitându-mă în trecut, la acţiunile pe care le-a făcut Sharon în general, aş putea afirma că o sus-

pectez de nebunie. Aş putea să o internez într-o clinică specializată, acolo unde nu ai avea acces la ea.

— Singurul care poate fi suspectat de lucruri nebuneşti sunteţi chiar dumneavoastră, domnule Foster. Orice medic şi-ar da seama că vreţi să îl păcăliţi pentru a o interna fără motiv pe Sharon, ca să nu mai spun de cât de oribil sună ideea asta venind din partea propriului ei tată. Nu ştiu cum puteţi să gândiţi astfel, i-a răspuns el dezgustat.

— Voi face totul pentru a-mi recupera fiica... i-a zis Peter furios.

— Mai bine v-aţi împăca în linişte cu ideea că noi suntem împreună şi că acest lucru nu se va schimba.

— Tată, Synclair... e totul în ordine? i-a întrebat Sharon, care tocmai cobora scările. Era evident că cei doi avuseseră o discuţie serioasă. Se priveau ca şi când s-ar fi certat.

— Sharon, fiica mea dulce şi frumoasă. Nu poţi vorbi serios, nu poţi să ne faci asta. Nu pleca. Ştii că asta ar afecta-o serios pe mama ta, dar şi pe mine... doar ştii cât de mult te iubim... nu poţi să pleci cu el... nu se poate să îl alegi pe el... i-a spus Peter, încercând să o convingă.

— Da, tată, azi-dimineaţă tocmai am realizat cât de mult mă iubiţi şi tu şi mama. Voi sunteţi cei care m-aţi determinat să iau decizia asta. Ar trebui să fiţi mândri de voi, doar veţi rămâne cu averea voastră importantă intactă, neirosită de mine. Vă mulţumesc oricum pentru lecţia pe care mi-aţ oferit-o, fiindcă acum ştiu cine e cu adevărat important pentru mine. Vă promit că nu voi uita ziua asta, fiindcă, până la urmă, este una dintre cele mai bune din viaţa mea. E ziua eliberării mele de voi. Vă asigur că nu mă voi răzgândi şi nici nu mă voi întoarce plângând la voi. Să vă fie ruşine! Nu vă puteţi numi părinţi nici măcar în cele mai urâte coşmaruri ale mele. Veţi rămâne singuri şi urâţi de toată lumea, adică exact aşa cum meritaţi, i-a mai spus ea lui Peter, după care a plecat, luându-l de mână pe Synclair, ducând după ea un troler în care avea câteva haine. Urma să revină după celelalte lucruri personale cât de curând sau să trimită pe cineva după ele. A urcat în maşină alături de Synclair, conştientă de faptul că urmează să înceapă o nouă etapă a vieţii ei, sperând să fie una cât mai bună.

Odată ajunşi în apartamentul lui Synclair, Sharon şi-a lăsat bagajul lângă uşă şi l-a privit pierdută pe cel căruia îi oferea toată încrederea şi iubirea ei, fiindcă a realizat în acel moment cât de mult îl iubeşte.

— E în ordine, eşti acasă iubito, i-a spus Synclair apropiindu-se de ea şi îmbrăţişând-o.

— Ştiu, dar nu e uşor... adică, din punct de vedere material mi-au oferit totul, însă din punct de vedere uman nu mi-au dăruit nimic... nu e uşor să realizezi că propria ta familie nu îţi vrea binele şi te poate dezamăgi în cel mai urât mod posibil... i-a explicat ea, lipindu-şi capul de pieptul lui. E incre-

dibil cum, până la urmă, un străin, poate ajunge să însemne totul pentru altcineva...

— Știi ceva? Aș putea fi eu familia ta dacă vrei... te iubesc, Sharon, știi asta... i-a mărturisit el, luându-i chipul în mâinile lui, făcând-o să-l privească.

— Cred că... nimic nu mi-ar plăcea mai mult decât asta... și eu te iubesc, Syn... i-a răspuns ea, având ochii în lacrimi, acestea fiind motivate de ceea ce îi spusese el.

— Atunci am stabilit: vom fi o familie unul pentru celălalt, asta e tot ce contează. Însă de data asta va fi o familie adevărată, întemeiată pe lucruri frumoase, a asigurat-o el, mângâindu-i chipul.

Sharon nu i-a răspuns, ci a făcut ceea ce simțea în acel moment: l-a sărutat din toată inima, încercând să-i transmită cât de mult însemna pentru ea ceea ce tocmai îi spusese, dar și el ca persoană. Parcă nu își putea aminti de când nu s-a mai simțit atât de bine, deși, dacă era să se gândească serios la asta, știa deja răspunsul. Îl aflase acum câteva zile, în brațele lui... era un răspuns pe care urma să-l afle de fiecare dată când se vor privi, când își vor zâmbi, când se vor îmbrățișa, când vor face dragoste, fiindcă pur și simplu, așa urmau să fie lucrurile între ei de atunci înainte, pentru totdeauna.

Îngerul

— Capitolul 1 —

Angela a deschis ochii cu greu din cauza durerilor pe care le simțea. O durea tot corpul, iar o neliniște ciudată a pus stăpânire pe ea, în timp ce privea în jurul său. Realiza că se afla într-un salon de spital și că era conectată la aparate. Nu îşi amintea decât vag că avusese un accident.

— Te-ai trezit, în sfârşit...

Angela l-a privit cu atenție pe doctorul care intrase în salon. Acesta s-a oprit lângă patul ei, privind-o la rândul lui.

— Nathan... chiar tu eşti doctorul meu? l-a întrebat ea, făcând o grimasă din cauza durerii.

— Îți aminteşti numele meu, asta e bine. Nu-ți face griji, totul va fi bine, Angela... eşti în siguranță acum. Spune-mi, câte degete vezi?

— Două... lasă asta, sunt bine, spune-mi ce s-a întâmplat...

— Nu îți aminteşti?

— Doar vag... de asta te întreb.

— Ai fost accidentată de o maşină pe trecerea de pietoni, iar şoferul a fugit de la locul accidentului, lăsându-te acolo. Ai fost inconştientă timp de câteva ore, până mai devreme, când ai deschis ochii.

— Cine m-a adus la spital?

— Eu. Veneam spre librăria unde lucrezi, pentru

a cumpăra o carte, ca de obicei, şi te-am văzut întin-
să acolo, pe asfalt. Ţi-am acordat primul ajutor, iar
apoi te-am adus personal la spital, nevrând să mai
aştept o ambulanţă care oricum ar fi ajuns târziu...
îmi pare rău fiindcă nu am ajuns acolo mai devre-
me, să împiedic asta... i-a spus Nathan, având o voce
afectată. A privit-o atent, strângând maxilarul.

— Nathan... e în ordine, oricum nu ai fi avut ce
să faci... mai bine mi-ai spune dacă voi fi bine... i-a
răspuns ea, înduioşată de grija lui. În fond, nu îl
cunoştea decât de aproximativ o lună, de când re-
uşise să deschidă librăria. Nathan Gyusiel deveni-
se între timp un client fidel, venind destul de des
pe acolo, reuşind să o binedispună de fiecare dată.
Achiziţiona cărţi aparţinând de cele mai multe ori
domeniului medicinei, dar alteori mai lua şi ro-
mane de dragoste, cerându-i ei opinia, de fiecare
dată, servind împreună un ceai aromat de fructe.
Cu fiecare zi care trecuse, se împrietenise tot mai
mult cu Nathan, astfel încât zilele în care el nu tre-
cea pe la librărie ajuseseră să i se pară mai triste.

— Ei bine, ai suferit câteva contuzii, dar la nivel
cerebral totul e în ordine. Va trebui să faci nişte şe-
dinţe de fizioterapie pentru spate şi braţul stâng,
acestea fiind zonele afectate de căzătură.

— Se pare că situaţia nu e chiar frumoasă...

— Doar situaţia... i-a răspuns Nathan, privind-o
zâmbitor, încrucişându-şi braţele.

— Fii serios, sunt sigură că arăt groaznic cu
bandajele astea... i-a spus ea, arătându-i bandajele

de pe brațul stâng și frunte.

— Serios, situația putea fi mult mai gravă. Faptul că ai scăpat cu niște lucruri minore e mare lucru, poți fii sigură de asta.

— Știu, ai dreptate...

— Ai dureri, presupun?

— Trebuie să spun adevărul sau să par curajoasă?

— Prefer adevărul, oricum nu mă poți păcăli... i-a zis el pe un ton atotștiutor.

— Bine... mă doare tot corpul, a recunoscut Angela, având din nou impresia că Nathan știa mai multe despre ea decât lăsa să se vadă, dar și că voia să-i spună mai multe decât o făcea. Avea sentimentul că, uneori, Nathan pur și simplu îi putea citi gândurile. A avut des ideea aceea, dar punea totul pe baza imaginației bogate.

— Am să-ți dau un calmant, te va ajuta, i-a spus el, injectându-i calmantul în perfuzie.

Angela l-a privit, admirându-i calmul, profesionalismul, dar și statura înaltă și atletică. El era un doctor foarte bun, dar și un bărbat foarte frumos, brunet, cu ochi căprui și un zâmbet despre care era sigură că putea pătrunde în inima oricărei femei. Nathan era un amestec de mister, farmec, liniște și căldură, care, pe ea una, o impresiona puternic. Dacă ar fi putut să aleagă, i-ar fi plăcut ca Nathan să fie îngerul ei păzitor, cel pe care visa încă din copilărie să îl cunoască.

— Când voi fi externată de aici? l-a întrebat

Angela, încercând să-și distragă atenția de la gândurile ei.

Nathan a privit-o zâmbitor, ridicând întrebător din sprânceană.

— Săptămâna asta... te voi anunța. Te gândești să te întorci la librărie, nu-i așa?

— Și la asta... în orice caz, o voi ruga pe Cindy să se ocupe de asta până mă voi reface.

— Pot să te întreb la ce te mai gândeai? i-a zis Nathan, luând-o încet de mână.

— Nu! Adică, nu... chiar dacă suntem prieteni, unele gânduri sunt personale, sunt sigură că înțelegi...

— Înțeleg, crede-mă... vin să te văd mai târziu, bine? i-a spus el, eliberându-i mâna.

— Bine. Ascultă, Nathan... îți mulțumesc, pentru tot... i-a zis Angela, recunoscătoare.

— Nu ai pentru ce, asta mi-e meseria: să salvez vieți... știi, în privința subiectului care îți acaparează gândurile, am citit și eu câte ceva despre asta și se spune că, dacă te gândești intens la îngerul tău păzitor, acesta te aude... oricum, e timpul să plec, mai am pacienți de vizitat...

Angela l-a privit nedumerită cum pleacă, închizând încet ușa salonului, lăsând-o singură cu gândurile ei. Cum era posibil ca doi oameni să fie într-atât de mult pe aceeași lungime de undă? Numai romantismul ei exagerat era de vină, și-a spus, încruntându-se.

Spera să se refacă foarte repede, pentru a se

reîntoarce la librărie și pentru a-și continua cer-
cetările personale despre îngeri, subiectul care o
atrăgea încă din copilărie.

În mod sigur a simțit că a avut parte de sprijin
înalt de-a lungul vieții, în mai multe împrejurări.
Numai amintindu-și de incendiul în care părinții
ei și-au pierdut viața, incident în urma căruia nu-
mai ea supraviețuise într-un mod miraculos, fiind
găsită de pompieri în pivnița casei, acolo unde se
ascunse, o făcea să creadă acest lucru cu tărie. Și-a
amintit apoi de felul în care părinții prietenei sale,
Cindy, au primit-o în viața lor, având grijă de ea
încă de atunci, de la vârsta de șase ani. A revăzut
în minte și momentele în care a avut de suferit din
cauza unor colegi binevoitori, care au necăjit-o în
perioada școlii, spunându-i că poartă ghinion ce-
lor care se apropie de ea, dar și că părinții ei au
murit tot din vina ei, lucru pe care Cindy și familia
ei abia i-l-au scos din minte. Unii dintre ei au acu-
zat-o chiar că a dat foc laboratorului de chimie,
numind-o obsedată de incendii, însă adevărul a
ieșit la iveală foarte repede, iar adevărații vinovați
au fost descoperiți și pedepsiți. Cindy i-a fost ală-
turi de fiecare dată și îi era recunoscătoare pentru
prietenia ei. Chiar dacă a trecut prin niște lucruri
nu tocmai ușor de îndurat, a reușit să își găsească
drumul în viață, făcând ceea ce îi plăcea cel mai
mult: să citească. Se putea izola ore întregi, numai
să citească orice îi cădea în mână, de la diverse
reviste, până la tot felul de cărți, de genuri și sti-

luri variate. Obţinuse astfel o reputaţie de ciudată, izolată şi sălbatică, nefiind genul de fată care să socializeze prea mult, însă nu-i păsa, sau nu voia să se lase afectată de tot ceea ce se spunea despre ea. Considera că era mai bine să aibă prieteni mai puţini şi de bună calitate, decât mulţi, răi şi inutili. Nu avea nevoie de oameni care să o dezamăgească, ci numai de activităţile şi oamenii care au reuşit să intre în sufletul ei.

Desigur, în ultima lună, avuse parte de multe lucruri frumoase, reuşind să îşi îndeplinească visul de a avea librăria ei, Angel's library, locul în care se putea relaxa citind o carte bună şi servind un ceai, dar şi îndrumându-i pe doritori în privinţa curiozităţilor lor literare. La cei douzeci şi unu de ani pe care îi avea, se putea considera o norocoasă, totuşi. Absolvise studii de biblioteconomie, domeniul ei preferat şi îi făcea plăcere să-şi petreacă timpul în librăria ei, gândindu-se la subiectul care îi trezise interesul încă din copilărie: îngerii. Şi-ar fi dorit atât de mult să poată comunica în vreun fel cu îngerul ei păzitor şi să îi mulţumească pentru tot sprijinul pe care i-l oferise de-a lungul vieţii. Citise mult despre subiectul respectiv, căutase informaţii şi pe internet, însă nu găsise prea multe informaţii concrete. Aflase totuşi că putea încerca să mediteze la îngerul ei păzitor şi astfel să îi simtă prezenţa, într-o oarecare măsură, însă dorinţa ei cea mai puternică era să îl vadă, chiar dacă ştia că era o nebunie şi mai presus de fire şi de legea

150

naturală a lucrurilor. Era convinsă că dacă cei din jurul ei ar fi ştiut de dorinţa aceea, ar fi catalogat-o drept iraţională, însă îşi spusese că până şi ea avea dreptul să viseze. Îşi imaginase de atâtea ori felul în care ar decurge întâlnirea dintre ea şi îngerul ei păzitor: era sigură că îngerul ei era băiat, sau cel puţin aşa simţea. Şi-l înfăţişa într-o aură strălucitoare, zâmbind în timp ce îşi deschidea aripile mari, albe. Ea ar fi mers spre el şi l-ar fi îmbrăţişat, mulţumindu-i, în timp ce el ar fi îmbrăţişat-o la rândul său, punându-şi şi aripile în jurul lor, ca un scut, protejând-o astfel pentru totdeauna de tot răul din lume, doar ţinând-o în braţe.

O bătaie uşoară în uşă a trezit-o din starea de melancolie în care se afla de câteva minute bune.

— Pot să intru? a întrebat-o Cindy, deschizând încet uşa.

— Desigur, intră, a invitat-o Angela, privindu-şi cu drag prietena.

— Bună, Angela. Cum te simţi? Am venit şi azi dimineaţă să te văd, însă nu erai trează, i-a zis Cindy, îmbrăţişând-o uşor, şi aşezându-se apoi pe un scaun, în faţa patului ei.

— Mă simt bine... ştii tu, de parcă aş fi fost lovită de o maşină... i-a explicat Angela zâmbind, încercând să minimizeze felul în care se simţea de fapt.

— Nu ţi-ai pierdut simţul umorului. Înseamnă că te simţi mai bine. Oricum, doctorul mi-a spus că în curând vei putea pleca acasă, asta însemnând

zilele astea, nu azi, oricum... a lămurit-o Cindy, lu-ându-şi de mână prietena.

— Doar nu ţi-ai făcut griji pentru mine, nu? Ştii că iarba rea nu piere atât de uşor...

— Tu nu eşti aşa, Angela. Ştii prea bine cât de mult însemni pentru mine, dar şi pentru părinţii mei. Şi da, mi-am făcut griji, e normal să fie aşa. Cât despre librărie, nu-ţi face griji, voi avea grijă să fie totul în ordine până vei putea să te întorci.

— Mulţumesc mult. Unde sunt părinţii tăi?

— Tata e la serviciu, iar mama e la librărie, în locul meu, dar îţi transmit salutările lor şi multe urări de bine. Mâine vor veni şi ei să te vadă. Azi dimineaţă am fost toţi trei aici, însă nu erai con-ştientă. Aveai ochii închişi, de parcă ai fi dormit... mi-a fost frică, să ştii... eşti cea mai bună prietenă a mea, singura de altfel, aşa cum sunt şi eu pentru tine. Nu vreau să ţi se întâmple ceva vreodată...

— Ştiu şi îţi mulţumesc. Şi eu simt la fel, chiar dacă nu îmi exprim sentimentele de fiecare dată. Vino aici, Cindy, i-a spus Angela, deschizându-şi braţele, pentru a primi o nouă îmbrăţişare, ceea ce se şi întâmplase. Legătura dintre cele două prietene era foarte puternică, şi amândouă sim-ţeau acest lucru.

— Văd că ai musafiri, dar tot e timpul pentru injecţia de după-amiază, i-a spus Nathan, tuşind uşor, dregându-şi glasul.

— Tot în perfuzie, nu? l-a întrebat Angela, pri-vindu-l cu teamă, în timp ce Cindy s-a dat la o par-

te, făcându-i loc lui Nathan să se apropie.

— Doar nu ţi-e teamă de o injecţie şi de un ac mic?

— Nu chiar... a ezitat Angela, întorcând capul ca să nu vadă seringa, care i se părea uriaşă.

— Dacă minţi, nu va fi în perfuzie... i-a replicat Nathan, zâmbind, întorcându-i chipul spre el.

— Eu cred că am treabă, vă las singuri... le-a spus Cindy ridicându-se şi ieşind zâmbitoare, înainte ca Angela să reuşească să îi spună ceva.

— Deci... cum vrei să fie: în perfuzie sau direct în braţ?

— În perfuzie, bineînţeles. Şi da, acele nu îmi dau o stare de fericire, ca să spun aşa...

— Vezi, adevărul e cea mai bună soluţie întotdeauna... i-a explicat Nathan surâzând, injectând perfuzia, văzând uşurarea pacientei lui.

— Cum poţi să faci asta?

— Ce?

— Să fii atât de convingător?

— Poate fiindcă sunt sincer, de cele mai multe ori, oricum... a asigurat-o el, devenind serios dintr-o dată.

— Nathan... ce drăguţ... ai şi tu secretele tale...

— Cu toţii le avem, Angela. Te las să te odihneşti acum. Dacă ai nevoie de ceva, mă chemi,   i-a cerut el, la fel de serios, ca şi când ar fi avut ceva pe suflet.

— Cum de nu am văzut vreo asistentă care să vină aici? Ai venit doar tu... credeam că eşti ocu-

pat, nu poţi să vii doar tu aici, nu?

— Vor veni şi asistente, dar fiindcă sunt de gardă, mă vezi mai des. Şi fiindcă suntem prieteni. Nu te deranjează asta, nu? Sau vrei să te transferi la alt doctor?

— Nu. Nu am vreo nemulţumire în ceea ce te priveşte. Scuze, nu ştiu ce mi-a venit. Nu îmi plac spitalele, nu am mai stat internată până acum într-unul şi poate nu îmi face bine să stau pe aici. Vreau doar să merg acasă...

— Înţeleg, dar mediul ăsta e destinat să te facă bine. Să vindece, în general. În orice caz, vreau să fiu sigur că eşti bine şi după aceea te vei putea întoarce acasă.

— Câtă determinare...

— Puteai să mori, Angela, trebuie să fii conştientă de asta! i-a spus Nathan, punându-şi palmele pe patul în care se afla ea.

— Ştiu... ai dreptate, dar iată-mă aici. Nu am murit şi nu am de gând să fac asta prea repede. Am ceva de făcut înainte... i-a zis ea, privindu-l uimită de reacţia lui.

— Ce vrei tu, Angela, nu se poate. Înţelegi? Adică, unde ai mai auzit aşa ceva: ca o fiinţă umană să îşi întâlnească îngerul păzitor, atât timp cât e în viaţă? Asta nu se poate întâmpla, decât atunci când persoana respectivă nu mai trăieşte.

— Ştii că l-am visat din nou? Îmi spunea că mă voi face bine, lucruri pe care mi le spui şi tu, de altfel.

— E normal să ţi le spun, doar sunt medicul tău.

— Şi totul se întâmpla aşa cum mi-am imaginat de atâtea ori... şi arăta... exact ca tine, ar fi vrut să-i spună, dar se abţinuse. Nu voia ca el să o creadă nebună de-a binelea.

— Cum arăta? a întrebat-o Nathan, privind-o încruntat.

— Ştii tu... ca un înger, cum altfel?

— Ca un copil inocent şi cu nişte aripi mici, pufoase?

— Nu chiar... a ezitat ea zâmbind. Îngerul ei era departe de imaginea aceea pe care a descris-o Nathan.

— Te-ai gândit că de fapt, nevoia asta a ta de a-ţi întâlni îngerul vine din dorinţa de a avea un iubit?

— Ăsta e cel mai absurd lucru pe care l-am auzit...

— Ai?

— Ce?

— Un iubit. Din câte ştiu eu, nu ai...

— Ai dreptate, nu am, dar asta nu are nicio legătură cu...

— Spuneam şi eu...

— Nu m-am gândit la asta. De ce mi-aş dori un iubit?

— Bună întrebare... chiar vrei să îţi răspund?

— Nu spuneai că eşti ocupat?

— Sunt ocupat cu tine în momentul ăsta. Vreau

155

doar să te ajut să te înțelegi mai bine...

— Vrei să-mi prezinți pe cineva?

— Nu. Eu doar... ascultă, ceea ce încercam să îți spun e că poate din nevoia de a te simți iubită ți-ai fixat în minte ideea asta imposibilă.

— Poate că îmi plac lucrurile imposibile. De ce mi-aş dori un iubit dacă aş putea avea un înger? Adică, iubirea şi protecţia unui înger...

— Toate astea le ai deja, Angela. Chiar şi fără să îţi doreşti în mod direct. Fiecare om are un înger păzitor. Şi în mod sigur nu am mai auzit ca cineva să îl întâlnească în modul în care se întâlnesc oamenii.

— Înseamnă că voi trăi pentru tot restul vieţii într-o fantezie. Fantezia mea. Şi nu râde, nu e vorba despre o fantezie de genul acela...

— Ştiu...

— Ce vrei să spui cu asta, Nathan?

— Te cunosc, Angela, chiar dacă de puţin timp. Oricum, nu poţi să trăiești într-o fantezie, trebuie să faci asta în viaţa reală.

— Ei bine, şi în viaţa reală îi mulţumesc îngerului meu păzitor fiindcă are grijă de mine...

— Sunt sigur că ştie şi că apreciază asta, dar...

— Se spune că îngerul îşi face simţită prezenţa printr-o şoaptă, adiere sau printr-un puf care apare de nicăieri în faţa ochilor celui care îi are suficient de deschişi pentru a vedea dincolo de realitatea acestei lumi...

— Bine, fie cum vrei tu, de data asta. Te las, fămi plăcerea şi dormi puţin, doar vrei să te refaci şi să pleci cât mai repede de aici, nu?

— Da, dar voi medita în continuare la subiectul ăsta.

— Nu te pot împiedica să gândeşti într-un anumit mod, dar încearcă doar să îţi găseşti liniştea, e important...

— Într-o zi îmi voi găsi liniştea, dar şi îngerul, sunt convinsă de asta...

— Până atunci, odihneşte-te.

— Până atunci, îmi voi imagina că tu eşti aproape un înger. Adică, îmi vrei binele, şi de asta...

— Somn uşor, i-a urat Nathan, tresărind, ieşind apoi din salon.

Angela a rămas din nou singură. Nu îşi putea explica de ce, atunci când îşi visa îngerul, acesta avea chipul lui Nathan. Şi asta încă de dinainte să-l cunoască. Cu siguranţă, ea era o ciudăţenie. A închis ochii, gândindu-se la îngerul ei, căruia îi putea simţi prezenţa, sau cel puţin aşa îi plăcea să îşi imagineze. Se liniştea, imaginându-şi că acesta o priveşte şi o protejează. A adormit astfel, simţind spre surprinderea ei, aroma lui Nathan, care plecase de minute bune din salon.

Câteva minute mai târziu, Nathan a privit-o prin sticla uşii salonului. Felul în care Angela dormea, îl înduioşa. Ar fi trebuit să nu aibă îndrăzneala să o privească, însă în el era ceva mult mai puternic decât dorinţa de a face bine. Era mai puternic chiar şi decât ceea ce a fost instruit să facă.

Era mai puternic decât tot. În el era ea, femeia care l-a făcut să îşi dorească mai mult decât avea voie. Mai era şi forţa aceea a unui sentiment vechi de când lumea şi mai special decât oricare altul. Dacă nu rămânea la stadiul de a se mulţumi să o vadă numai în vise, şi să o protejeze, ştia că va fi pier-dut, însă ajunsese la punctul în care nu îi mai păsa.

Tot ce vedea şi ce îşi dorea era ea, mai presus de orice altceva. Nu voia decât să se lase învăluit de ceea ce avea să urmeze şi să simtă măcar o sin-gură dată ceea ce râvnise atât de mult în subcon-ştientul său, deşi nu avea dreptul să facă şi să sim-tă acele lucruri.

— Capitolul 2 —

— Cum te simţi astăzi, Angela? a întrebat-o Nathan, în timp ce o consulta. Arăta atât de vul-nerabilă în patul acela de spital, şi totuşi atât de frumoasă. Îi plăceau ochii ei căprui, buzele pline şi apetisante, părul brunet şi lung, dar şi sufletul ei. În fond, el era cel care o cunoştea cel mai bine, ştiind totul despre ea. Numai el ştia prin ce stări a trecut când a fost martor tăcut la momentul în care Angela a fost sărutată pentru prima oară, la vârsta de şaisprezece ani. Un coleg de-al ei a sur-prins-o, sărutând-o brusc, moment în care el a fost nevoit să închidă ochii, lăsând-o pe ea să decidă ce va face. Şi acum surâdea, amintindu-şi palma zdravănă pe care ea i-a dat-o respectivului băiat, gest care l-a făcut să deschidă ochii şi să fie din nou atent la ea.

Şi-a amintit şi alte momente de genul acela, în care vocea conştiinţei a făcut-o să fie atentă la o carte de pe raftul unei librării, în timp ce un băiat o fixa cu privirea, având gânduri nepotrivite în legătură cu ea. A îndemnat-o atunci să intre în librăria aceea şi să-şi piardă câteva ore bune citind, zâmbind satisfăcut când văzuse că băiatul acela şi-a pierdut răbdarea şi a plecat, lăsând-o în pace. Nu putea să se gândească la un eventual pretendent care ar vrea să fie în preajma ei, să o sărute şi să o dorească. Deşi îi era interzisă, ea era păcatul lui, dulcele lui păcat, care făcuse ca până şi culoarea albă şi strălucitoare a aripilor sale să devină aproape gri. Nimeni nu ştia, în afară de el, prin câte chinuri trecuse, luptându-se cu sine, cu ceea ce simţea pentru ea. Lacrimile lui îi întristau şi ei sufletul, dându-i o stare de melancolie neaşteptată, într-atât de puternică era legătura dintre ei doi. Risca să o piardă şi să nu mai fie îngerul ei păzitor, dacă se lăsa în continuare ispitit, însă chiar şi faptul că putea fi izgonit în locul acela al chinurilor eterne îl făcea să îşi dorească să încalce regulile, deşi fusese avertizat în privinţa ei. Misiunea lui era să o protejeze, să aibă grijă de ea, nu să o dorească în felul acela, specific uman, dar totuşi atât de frumos. Privindu-i buzele, simţea o căldură copleşitoare traversându-i întreg corpul, lucru

incorect, interzis, irațional, dar vital pentru el, ca și felul în care îi era necesar să respire.

— Nathan... Nathan!

— Ce e? a întrebat-o el, pierdut în gânduri.

— Îți spuneam că mă simt bine și te întrebam când pot să plec acasă, i-a răspuns ea, zâmbind, văzându-l atât de confuz. Era atât de vulnerabil în momentele acelea când părea atât de pierdut în sine, dar și atât de fermecător, chiar dacă chipul îi trăda oboseala nopții pierdute. Nu se putea abține să nu îl privească cu drag, mai ales că îi stătea atât de bine în halatul acela alb, care se asorta la tricoul și pantalonii în aceeași culoare. A observat că albul era culoarea lui preferată, purtând haine albe și în timpul liber. Văzându-i în cele din urmă zâmbetul dulce și irezistibil, care nu avea nimic în comun cu zâmbetele arogante și prefăcute, în general, ale altor bărbați, inima ei o lua razna, ca de fiecare dată, de altfel. Și-a privit apoi brațul, încercând să se concentreze asupra rănii, doar nu se putea uita întruna numai la el, nu că i-ar fi displăcut asta...

— Uite cine e pierdută în gânduri acum... a observat Nathan, schimbându-i pansamentul de la braț cu atâta grijă și delicatețe, încât ea l-a privit din nou. Uite aici, arată mult mai bine, a adăugat el, în timp ce privirile lor se întâlneau, spunându-și tot ceea ce buzele nu îndrăzneau.

— Asta e bine... nu ar trebui să mergi acasă? În mod sigur ești obosit, după atâtea ore nedormite.

— După ce îți schimb pansamentul aici, la

frunte, dar şi celelalte, de pe abdomen şi spate, i-a răspuns el cu o voce uşor întretăiată, atingându-i cu blândeţe fruntea, mângâindu-i pielea timp de câteva secunde, până şi-a recăpătat controlul.

— Nu se poate ca celelalte să mi le schimbe o asistentă? l-a întrebat ea, conştientă de faptul că începe să roşească. Nu avea pe ea decât un halat, şi nimic altceva, iar asta o făcea să se simtă inco-mod. Nu suporta să-i fie încălcat spaţiul personal, ţinea enorm la intimitatea ei.

— Cine crezi că te-a schimbat şi pansat până acum, chiar şi când erai inconştientă? i-a spus el, luând-o uşor de mână, atent la reacţiile ei.

— Aş fi vrut să nu-mi fi spus asta... i-a zis ea jenată, întorcându-şi chipul.

— Nu trebuie să îţi fie jenă de mine, Angela. Sunt medicul tău, dar şi prietenul tău. Nu am fă-cut nimic greşit, ci doar ceea ce trebuia să fac în cazuri de acest gen... a asigurat-o Nathan, închizând ochii pentru câteva secunde, torturându-se cu imaginea ei goală. Oricât s-a concentrat atunci să o privească în mod obiectiv, nu a reuşit să îşi controleze respiraţia în momentul în care a dez-brăcat-o de haine. Era atât de frumoasă, de dul-ce şi... rănită, şi-a amintit el, deschizând deodată ochii. Numai ea îl putea aduce în starea aceea şi să îl facă să gândească aşa cum o făcea un bărbat. Să o iubească şi să o dorească cu sufletul şi trupul.

— Aş putea să refuz să îmi faci asta şi să chem o asistentă, nu?

— Da, ai putea, dar nu o vei face, fiindcă ştii că nu ţi-aş face ceva nepotrivit, Angela.

— Ai fost doar tu în salon când m-ai... ştii tu...

— Da... i-a zis el, amintindu-şi cum refuzase blând, dar ferm ajutorul asistentelor. Haide acum, stai liniştită şi lasă-mă să mă ocup de pansamentele alea, fără să te gândeşti prea mult la asta.

Angela a închis ochii, lăsându-l pe Nathan să-i coboare pătura până sub abdomen, simţind apoi furnicături în tot corpul atunci când el i-a deschis uşor capsele halatului doar în zona din partea stângă, de sub coaste. Ea şi-a ţinut mâinile deasupra materialului care îi acoperea sânii, respirând cu dificultate, simţindu-i degetele pe piele, în timp ce îi schimba pansamentul. Aproape i-a simţit mângâierea uşoară din jurul rănii, însă apoi s-a retras, închizându-i halatul, moment în care mâinile lor s-au atins.

— Puteam să îmi închid singură halatul, Nathan... i-a spus ea, deschizând ochii şi privindu-l, ţinându-l de mâini.

— Am vrut să te ajut... i-a răspuns el, luându-şi mâinile de pe ea, făcând câţiva paşi înapoi, observând că ea se acoperă din nou cu pătura. Mai e unul şi gata, i-a reamintit Nathan, în timp ce îi scotea perfuziile.

— Bine, întoarce-te... şi să nu tragi cu ochiul... i-a cerut ea hotărâtă.

— Nu aş îndrăzni... i-a promis el amuzat, întorcându-se cu spatele la ea.

Angela şi-a ridicat încet halatul până deasupra rănii, acoperindu-se cu pătura în dreptul şolduri-lor.

— Poţi să vii acum...

— Bine... i-a spus el, întorcându-se şi înaintând spre ea. I-a schimbat apoi şi pansamentul acela, după care s-a întors din nou cu spatele, pentru ca ea să se îmbrace. M-am întors, poţi să te îmbraci.

— Mulţumesc, Nathan, fiindcă ai grijă de mine, i-a zis ea, când fusese gata şi se acoperise.

— Nu ai pentru ce, Angela. Trebuie să plec acum, dar ne mai vedem. Să te faci bine repede, bine?

— Aşa voi face, i-a promis Angela, oferindu-i un zâmbet înainte de a-l vedea ieşind din salon. A închis apoi ochii, amintindu-şi felul delicat în care s-a purtat cu ea. Ştia că, spre deosebire de alte fete, care apreciau băieţii răi, aşa cum li se spunea, ea era impresionată de băieţii buni, de bunătate şi inteligenţă, două calităţi pe care Nathan le avea din plin... Nathan... bărbatul frumos, dulce şi mis-terios, care începea să ocupe un loc tot mai impor-tant în inima ei.

Câteva ore mai târziu, Angela s-a trezit din somn, primind vizita părinţilor prietenei sale, vi-zită care a durat câteva ore bune.

Spre seară, o asistentă i-a adus mâncare, lucru pe care ea l-a refuzat, fiindcă numai ce mâncase ceea ce i-au adus Brent şi Lisa, părinţii Cindyei.

Mai târziu, când a venit de la toaletă, l-a văzut

163

pe Nathan aşezat pe scaun, lângă patul ei.

— Am auzit că nu vrei să mănânci... i-a spus el, privind-o puţin încruntat.

— Nathan! M-ai speriat... ce faci aici? l-a întrebat ea, aşezându-se pe pat.

— Am venit în vizită şi am auzit că refuzi mâncarea de aici. De ce?

— Am mâncat deja. Părinţii Cindyei au venit în vizită şi mi-au adus ceva foarte bun... i-a răspuns Angela, întinzându-se.

— Ţi-am adus ceva, i-a zis Nathan, întinzându-i o cutie frumos ambalată şi savurându-i strălucirea din ochi.

— Nathan! Un cadou... ce drăguţ... dar nu e nici ziua mea şi nici Crăciunul, i-a spus ea, zâmbind.

— Deschide-l şi gata, nu mai vorbi atât... nu-mi spune că nu ştii ce ţi-am adus...

— Nu ştiu...

— Ba da, ştii...

— Chiar nu am nicio idee...

— Atunci deschide-l şi vei vedea. Sper să îţi placă...

Angela l-a privit pentru câteva secunde, după care a început să rupă hârtia care ambala cutia. Când a deschis cutia, a văzut un roman de dragoste şi o cutie de ciocolată, lucruri care i-au stârnit din nou zâmbetul, dar şi lacrimi în ochi.

— Chiar ştii să ajungi la inima unei fete, nu-i aşa? l-a întrebat ea, privindu-l cu drag. Adică, noi suntem prieteni şi bineînţeles că ai un loc special în inima mea, ştii tu... înţelegi ce am vrut să spun...

— Da, înţeleg... deci, îţi place?

— Foarte mult. Ştii cât de mult îmi plac cărţile, iar dacă mai e şi o ciocolată pe lângă, e şi mai bine... am voie să mănânc acum?

— Da, dar să nu mănânci toată ciocolata azi, mai laşi şi pe mâine, la fel ca orice alt lucru bun, care nu se savurează tot, dintr-o dată, ci în etape, pentru ca în final să te laşi cucerită de tot ce are de oferit... i-a propus el, savurându-i încântarea.

— Oau... ce mod poetic de a descrie mâncatul ciocolatei... Nathan, eşti plin de surprize...

— Nu ţi-ar veni să crezi... şi nu mă refeream numai la ciocolată... i-a zis el, încrucişându-şi braţele.

— Ştiu, am înţeles, doar că e frumos felul în care vorbeşti despre anumite lucruri. Pariez că fetele sunt cucerite de felul tău de a fi... i-a spus ea, înghiţind cu greu.

-Ăsta e felul tău de a mă întreba dacă am pe cineva? a întrebat-o el, zâmbind.

— Nu chiar... i-a zis ea, simţindu-se puţin încordată.

— Ei bine, în momentul ăsta nu am pe nimeni. Acum ai face bine să îmi spui cum te mai simţi...

— Bine... i-a răspuns ea, referindu-se la ambele lucruri spuse de el. Privindu-l, zâmbetul lui îi confirmase că înţelesese. Neştiind ce altceva să facă sau să spună, a privit cu atenţie cartea, observând abia atunci că aceasta avea un înger bărbat

165

pe copertă, unul care își ținea iubita îmbrățișată, atât cu brațele, cât și cu aripile, în timp ce o săruta.

— Presupun că îți place... i-a zis Nathan zâmbind, observând felul în care ea strângea cartea în brațe.

— E minunată, e exact ca în visul meu... cum ai știut? l-a întrebat ea, emoționată.

— Știu că îți plac îngerii și mi s-a părut că e o imagine care îți va plăcea...

— Mulțumesc, Nathan. Înseamnă foarte mult pentru mine... i-a mărturisit ea, ținând în continuare cartea la piept.

— Cu plăcere, Angela. Îngerul acela e un norocos... i-a spus el, privind-o insinuant, referindu-se la carte.

— La ce te referi?

— La îngerul tău păzitor. E norocos să fie apreciat în felul în care o faci tu. Și totuși, dacă prin absurd, să admitem că l-ai întâlni și s-ar dovedi a fi femeie, cum ți s-ar părea?

— I-aș mulțumi și ei pentru tot, însă am sentimentul că e un bărbat. Așa am simțit încă de mică și cred că am dreptate, așa cum sunt convinsă că acum, când vorbim noi, mă vede și mă aude.

— Cum poți fi atât de sigură de asta? a întrebat-o el tresărind.

— Fiindcă se spune că îngerul păzitor e mereu lângă persoana de care are grijă.

— Ai dreptate... i-a zis Nathan, uimit de intuiția ei feminină. Oricum, se face târziu, iar eu ar trebui să plec. Ai grijă de tine. Ne mai vedem. Pa, Angela, a adăugat el, sărutând-o pe obraz.

— Pa, Nathan. Mă bucur că ai trecut pe aici, a reuşit ea să-i spună, înainte să îl vadă plecând. Vizitele lui îi făceau bine, iar felul în care o făcea să se simtă îi făcea şi mai bine. A început apoi să mănânce din ciocolată, spunându-şi că nu va mânca decât câteva bucăţele, în timp ce a deschis cartea. Văzând puful prins între paginile acesteia, zâmbise, simţindu-se fericită. Era ca şi cum îngerul ei i-ar fi trimis un nou semn prin care îşi făcea simţită prezenţa. A citit zâmbitoare, până târziu în noapte, după care a adormit, ştiind că e vegheată de cel mai puternic protector, nebănuind câtă dreptate avea şi nevăzându-şi îngerul care o acoperea cu aripile lui, în timp ce stelele apăreau una câte una pe cerul lipsit de nori. Era acelaşi înger care avea grijă de ea atât ziua, cât şi noaptea, încă de la apariţia ei în lumea oamenilor. Era cel care trebuia doar să o protejeze de tot răul din lume şi din afara lumii, cel care se lupta cu el însuşi, spunându-şi că e anormal să o privească aşa cum ar putea să o facă un om, un bărbat, punându-şi limite, acoperindu-şi ochii, atunci când ea nu era îmbrăcată sau când făcea duş. Când a schimbat-o de hainele acelea, rănită fiind, a fost prima dată când a văzut-o goală, dar îşi spunea că era nevoit să o apere şi astfel, şi cine ar fi fost mai potrivit decât el să o facă? Stătea întins la câţiva centimetri deasupra ei, învăluind-o cu aripile, veghindu-i

somnul, conștient că pentru el, ea era îngerul lui. Din câteva mișcări, el s-a așezat apoi pe scaunul de lângă patul ei, încercând să mediteze, să facă exerciții de respirație, să o privească într-un mod mai indiferent, orice, numai să își imagineze că putea să uite că o dorea cu toată ființa lui. S-a concentrat asupra umbrei pe care a văzut-o la un moment dat, dându-i târcoale protejatei lui, reușind să o gonească.

A fost nevoit de mai multe ori decât își aducea aminte, să se lupte cu răul care voia să o rănească sau o ia de lângă el, iar cicatricile de pe spate erau o mărturie a acelor lupte dificile. Însă parcă nicio luptă nu era atât de grea, așa cum era aceea cu el însuși. Cu fiecare zi care trecea, simțea că se afla la capătul puterilor, dar și la finalul răbdării. Aproape că se ura pe sine însuși fiindcă nu era capabil să păstreze distanța față de ea. În fond, și dacă ar fi fost cu ea, ce ar fi putut să îi ofere după aceea? Risca să fie îndepărtat pentru totdeauna de ea dacă ar fi atins-o mai mult decât s-ar fi cuvenit, neaducându-i astfel decât suferință și cel mai probabil, regrete, iar în final ura față de el, lucru pe care nu l-ar fi suportat.

A privit-o, strângându-și pumnii, conștient că și un înger putea avea luptele sale interioare, atât de puternice și de dureroase, încât îl puteau pur și simplu face să își piardă calea corectă. Oare cum o putea privi fără să se simtă pârjolit pe dinăuntru, știind că a văzut-o crescând și i-a fost alături în fiecare clipă, bucurându-se alături de ea şi suferind atunci când i se întâmplau lucruri triste pe care nu le putea controla. Se luptase atâţia ani cu ceea ce simţea, încât nu ştia cât o mai putea duce astfel... până la urmă, trebuia să admită că nu era atotputernic şi că ea era cea mai puternică încercare la care fusese supus vreodată... a oftat, luând-o de mână, vindecând-o de rănile fizice. Era tot ce putea să facă până când urma să îşi adune curajul necesar pentru a sfida totul şi a-şi permite să îşi dorească mai mult decât avea voie să o facă...

— Capitolul 3 —

— Uite aici, cât de bine arată braţul tău, nu mai decât o urmă vagă de vânătaie în urma rănii... i-a spus Nathan surâzând, atingându-i braţul.

— Ai dreptate, aşa e... cum s-a întâmplat asta? Cum de m-am vindecat atât de repede? l-a întrebat ea, plăcut surprinsă, privind cum el îi examina braţul, simţind fiori stranii la atingerea lui blândă. Mai era şi chipul acela frumos, modul în care se comporta cu ea, dar şi felul în care stăteau atât de aproape unul de altul. Toate astea o făceau să se simtă dornică să-l aibă tot mai aproape. Nathan era ca un tatuaj care i se lipise de inimă, era remediul pentru toate suferinţele ei, dar şi un prieten foarte bun, care, deşi a apărut într-un mod atât de simplu în preajma ei, o făcea să vadă şi să simtă

169

frumusețea vieții. Discuțiile cu el erau neprețuite, iar felul în care o privea uneori îi dădea de gândit, făcând-o să se întrebe dacă ar fi fost posibil ca și el să o perceapă într-un fel mai special, mai mult decât ca pe o prietenă. Deși îl cunoștea de puțin timp, îl simțea atât de apropiat, de parcă l-ar fi cunoscut de o viață. El îi intuia trăirile și dorințele ca și când ar fi fost conectați printr-o legătură invizibilă. Și mai erau ochii lui. Ochii aceia frumoși, care, parcă, îi spuneau mai multe decât o făceau cuvintele... exact ca în acel moment, când o privea cu atâta intensitate încât o făcea să își simtă inima bătând mai repede, lucru care i se întâmpla oricum, de fiecare dată, numai când se gândea la el. Și se gândea des...

— Cred că e și meritul medicului, și spun asta fără să mă laud... dar și al tău, fiindcă ești o luptătoare, iar asta e foarte bine.

— Ai dreptate. Mă bucur că ești tu... medicul meu... dar și prietenul meu. Ai schimbat atât de multe lucruri în viața mea, Nathan, știi asta, nu-i așa? l-a întrebat ea, luându-l de mână, observând că el înghite cu greutate.

— Cred că am o oarecare idee... dar e la fel și în cazul tău, Angie. Și tu ai schimbat anumite lucruri, poți să fii sigură de asta... i-a răspuns el, mângâindu-i mâna, pierzându-se din nou în ochii ei.

— O, mi-ai spus Angie... mă răsfeți prea mult, dar să știi că deja mă simt mult mai bine, iar pentru asta, meriți ceva bun... i-a zis ea, privindu-l cu drag, întinzându-i o bucăţică de ciocolată, pe care, spre surprinderea ei, el i-o luase direct din mână, depunându-i un sărut uşor pe vârfurile degetelor, în timp ce o privea pofticios.

— Angela, am o veste bună pentru tine, i-a spus el terminând de mâncat.

— Spune-mi... i-a cerut ea, surprinsă de gestul său dulce de mai devreme, dar şi de lejeritatea tonului pe care îl folosea acum, de parcă nu i-ar fi făcut nimic, de parcă nu ar fi ştiut că o făcuse să se cutremure în interior.

— Te voi externa imediat ce termin de scris actele. Nu fi atât de zâmbitoare, nu ai voie să mergi la librărie azi. Poate mâine, dar azi mergi frumos acasă şi te odihneşti. Ştii că am dreptate, nu?

— Bine şi da, ştiu... îţi place asta, nu, să ai mereu dreptate şi să fii altfel. Să fii bun, amabil şi drăguţ, nu ca mulţi alţii, care au un comportament cu totul diferit, i-a zis ea, fâstâcindu-se, negăsindu-şi locul. Pentru ea, Nathan era unic, dar nu putea să-i spună asta... însă putea să-l privească, încercând să-i transmită tot ce simţea.

— Ei bine, mă bucur că ai o părere atât de bună despre mine. Te las acum, poate vrei să te schimbi, până termin eu de scris actele. Mă întorc în zece minute, bine? i-a spus Nathan, fericit că ea gândea astfel despre el. Ştia şi ce gândise ea mai devreme, iar asta îl făcea să-i vină să zboare, până departe, aproape de cer, numai pentru a se reîntoarce de fiecare dată la ea, acolo unde îi era locul. Şi pentru

el, ea era unică. Era tot ce îşi putea dori mai mult, chiar dacă ar fi trebuit să o privească doar cu bunătate. În schimb, el o privea cu mult mai mult decât atât, simţindu-se consumat de ceea ce simţea pentru ea. A ieşit repede din salon, reprimându-şi dorinţa de a o îmbrăţişa. Va veni şi clipa aceea, îşi spunea el de fiecare dată.

Angela s-a ridicat încet din pat şi şi-a luat hainele pe care Cindy i le-a adus în dimineaţa aceea. Numai după ce a fost gata, s-a privit în oglindă, adunându-şi curajul, sperând să nu arate chiar atât de rău. A expirat prelung, surâzând. Pe faţă nu avea nicio vânătaie, iar în rest se simţea bine, cu excepţia unor uşoare dureri de spate şi braţ, în privinţa cărora a fost avertizată. Abia aştepta să ajungă acasă, iar din ziua următoare să meargă din nou la librărie, locul ei preferat. Şi-a pieptănat încet părul, simţindu-se nerăbdătoare să plece de acolo.

O bătaie uşoară în uşă a făcut-o să tresară. S-a întors spre uşă, văzându-l pe Nathan intrând.

— Se pare că eşti ca nouă... şi gata de plecare. Cindy te aşteaptă afară, ea te va conduce acasă. Aici ai actele tale, i-a zis el, lăsându-le pe masă.

— Mulţumesc, mă bucur că nu merg singură. Şi nu sunt ca nouă, mai trebuie să fac nişte lucruri pentru a mă simţi aşa...

— Nu ai fi mers oricum singură. Dacă ea nu putea să vină după tine, te duceam eu acasă. Să ai grijă de tine. Ne vedem mai târziu pentru prima şedinţă de fizioterapie, utilă pentru spatele şi bra-ţul tău.

— Serios? Chiar te pricepi la toate? Adică poţi să faci şi asta? l-a întrebat ea, surprinsă.

— Nu mă pricep la toate, dar asta nu e mare lucru. Acum, vino aici şi strânge-mă în braţe cât poţi de puternic, asta ca să văd că ţi-ai revenit... a invitat-o el, deschizându-şi braţele, neputând re-zista tentaţiei.

— Chiar vrei asta? Te asigur că sunt bine şi că tu vei fi cel care va avea nevoie de şedinţe de recu-perare dacă te strâng în braţe.

— Dovedeşte-mi... a provocat-o Nathan, zâm-bindu-i în felul acela ameţitor, convingând-o să vină lângă el şi să îl îmbrăţişeze.

— E suficient aşa? l-a întrebat ea, lăsându-şi capul pe pieptul lui. Nu-şi amintea să se fi simţit vreodată mai bine ca în acel moment. Se simţea de parcă acolo, în braţele lui era locul ei, deşi era prima dată când îl îmbrăţişa atât de mult.

— Dacă doar atât poţi, vom avea mult de lu-cru... i-a răspuns el, savurând felul în care o sim-ţea în braţele lui.

— E timpul să plec, i-a zis ea privindu-l cu drag, desprinzându-se apoi încet de el.

— Ai dreptate... să ai grijă, Angie.

— Voi avea. Ne vedem mai târziu, să nu uiţi...

— Nu aş putea... du-te odată, ştiu că de-abia aştepţi să ajungi acasă, i-a spus el zâmbind, con-ducând-o până în hol, acolo unde o aştepta Cindy.

— E, aşa mai merge, asta e Angie a mea, i-a spus Cindy zâmbitoare, îmbrăţişându-şi prietena. Iar tu, se vede că ai avut grijă de ea...

— Am încercat... vă las, fetelor, trebuie să vizi-tez şi alţi pacienţi. Ne mai vedem, le-a zis el seri-os, după care a plecat, încercând să îşi regăseas-că echilibrul şi să se concentreze asupra misiunii sale. Constata tot mai mult că era mai concentrat decât ar fi trebuit să fie, când venea vorba de ea.

Odată ajunse acasă, Cindy a pregătit un ceai pentru ele două, după care a venit lângă ea, po-vestind despre ultimele noutăţi, dar şi despre li-brărie.

— Totul e bine acolo? a întrebat-o Angela, cu-rioasă.

— Da, nu-ţi face griji. Nathan are dreptate, să nu cumva să te gândeşti să mergi acolo prea cu-rând.

— Voi încerca... ştiu că trebuie să mă refac la capacitate maximă, pentru mine, în primul rând. Nu fac vreun bine nimănui dacă merg acolo şi nu mă simt bine. În plus, trebuie să-i dovedesc lui Nathan că sunt puternică şi pot să îl surprind, strângându-l foarte tare în braţe.

— Ce? Cum ţi-a venit ideea asta? a întrebat-o Cindy, surâzând.

— El mi-a spus aşa. E un fel de provocare pe care mi-a propus-o mai devreme.

— Cred şi eu, după felul în care se uită la tine...

— Nu începe, Cindy. Sunt sigură că nu e ceea

174

ce pare a fi... vrea doar să mă ajute să fiu mai puternică şi reuşeşte. A făcut asta încă de când a început să vină la librărie şi ştii că suntem prieteni buni. Mă face să mă simt bine, iar asta e cel mai important.

— Înţeleg ce spui, dar asta trece dincolo de o simplă prietenie şi ştii asta. În plus, nu e nimic rău în asta. Aţi face o pereche frumoasă. Sunteţi tineri, frumoşi, singuri, ce vă opreşte? În plus, vă priviţi atât de frumos, încât în mintea mea sunteţi deja împreună.

— Nu ştiu ce să spun. Timpul va decide ce va fi cu noi... eşti sigură când spui că... nu ţi se pare? Adică Nathan e amabil şi drăguţ cu toată lumea, e normal să fie aşa, doar e medic.

— Aşa e, dar cu tine e mai mult decât atât. Rar mi-a fost dat să văd atâta căldură în ochii unui bărbat când se uită la o femeie. Ei bine, draga mea, eu te las, trebuie să plec, am o întâlnire cu un bărbat cel puţin la fel de fermecător ca Nathan al tău. Ne mai vedem, să ai grijă de tine, i-a zis Cindy, îmbrăţişând-o.

— Nu e Nathan al meu... oricum, succes la întâlnire şi mulţumesc pentru tot.

— Mai vorbim... ceva îmi spune că nu mă înşel în privinţa voastră... pa, Angela!

— Pa, Cindy!

După ce Cindy a plecat, Angela a făcut un duş, relaxându-se. Mai târziu, s-a întins în pat, adormind destul de repede, obosită fiind.

175

— Angela, trebuie să vorbim...

Angela a deschis ochii şi l-a văzut înaintea ei pe Nathan. Acesta înainta spre ea, zburând printr-o ceaţă densă, oprindu-se în faţa ei. Arăta superb îmbrăcat în alb, însă părea frământat de ceva anume, ceva dificil şi chinuitor. Putea vedea lucrurile acestea pe chipul lui frumos, în timp ce îşi deschidea braţele şi aripile, invitând-o să-l îmbrăţişeze.

— Ştiu că visez, dar e atât de frumos să te visez, Nathan... i-a zis ea, observând nuanţa gri a aripilor lui. Nu mi-ai mai vorbit până acum, îngerul meu frumos. Tot ce făceam era să ne îmbrăţişăm şi să rămânem aşa până mă trezeam, însă acum e diferit... aripile tale... ce s-a întâmplat cu ele?

— E mai mult decât un vis, Angela. E ca în cazul nostru: e mai mult decât ar trebui să fie... i-a răspuns Nathan, zâmbindu-i şi îmbrăţişând-o. Spera să nu-i fie smulsă din braţe chiar în clipa aceea. Voia să o aibă lângă el cât mai mult timp posibil, o eternitate chiar...

— Vrei să îmi spui că toate astea... noi îmbrăţişându-ne astfel, sunt reale?

— Da, la fel de real ce ceea ce îţi voi spune în continuare: am fost alături de tine încă din prima clipă de când ai venit pe lume. Am fost lângă tine în fiecare moment din viaţa ta, iar, pe parcurs, mi-am dat seama că mă leagă de tine mult mai mult decât datoria de a te proteja.

M-am luptat chiar şi cu mine însumi pentru a mă convinge de imposibilitatea acestui lucru, dar, deși sunt îngerul tău păzitor, trebuie să recunosc că mă simt învins: sunt îndrăgostit de tine, Angela. Deși nu ar trebui să simt asta, sentimentul ăsta mă consumă, pur și simplu, și oricât de mult m-aș opune, nu-i pot rezista. Nu-ți pot rezista... sunt pierdut, știu, și risc atât de mult fiind aici și vorbindu-ți astfel, însă, pur și simplu, nu mă mai pot minți pe mine însumi. Nu am nici cea mai mică idee ce anume se va întâmpla în continuare, însă știu că vreau să fiu cu tine, lângă tine, mai mult decât orice altceva, iar dorința asta depășește dorința pur fizică pe care un bărbat o simte pentru o femeie. Ai intrat în sufletul meu la fel cum eu am intrat în al tău, fără ca tu să mă vezi sau să știi cu ce mă confruntam. Îți amintești toate căutările tale și încercările de a mă vedea și de a-ți vedea visul împlinit? Eram chiar acolo, lângă tine, la fiecare pas pe care îl făceai. Iar acum sunt aici, spunându-ți toate astea, fiindcă pur și simplu, ceea ce mi se întâmplă cu tine e mai puternic decât mine, și fiindcă ești tot ce îmi doresc, mai presus de orice...

— Ar trebui să fiu speriată în clipa asta, și chiar sunt puțin, însă... dacă ceea ce se întâmplă acum e real, nu pot decât să cred că e minunat. Asta e chiar mai mult decât mi-am imaginat, Nathan. Știi că și eu simt aceleași lucruri pentru tine, nu-i așa? l-a întrebat ea, privindu-l cu drag. Se simțea copleșită de destăinuirea lui.

— Da, știu... i-a răspuns Nathan, mângâindu-i părul și ținând-o strâns în brațe, de parcă s-ar fi

temut să nu dispară sau să-i fie luată de lângă el.

— Oricât ar fi de frumos ceea ce simțim unul pentru celălalt, nu vreau să îți dăunez în vreun fel. Nu vreau să fiu vreo ispită care să îți facă mai mult rău decât bine, Nathan. Nu aș suporta să ți se întâmple ceva din cauza mea...

— Nici eu nu aș suporta să te pierd, dar pur și simplu nu pot să renunț la tine, la noi... știu că avem niște alegeri de făcut, însă eu am ales deja. Te-am ales pe tine și tot ce îmi doresc este ca, orice s-ar întâmpla între noi, să nu ajungi vreodată să mă urăști sau să îți dorești să mă uiți. Nu aș putea îndura asta, Angela. Pentru mine, tu ești îngerul meu, vreau doar să știi asta...   i-a zis el, mângâindu-i obrazul, în timp ce o iubea din priviri.

— Trebuie să îți spun ceva, înainte de orice. Îți mulțumesc pentru toată grija pe care mi-ai purtat-o și fiindcă mi-ai fost mereu alături. Cuvintele nu pot exprima în totalitate ceea ce simt pentru tine, Nathan, îngerul meu frumos.

— Nu ai pentru ce să îmi mulțumești, frumoasa mea. Îmi pare rău fiindcă nu am reușit să previn să fii accidentată, dar, din păcate, nu am control absolut asupra a tot ceea ce se întâmplă.   Nu pot să te protejez de tot răul din lume, așa cum ar trebui și așa cum mi-aș dori, fiindcă nu sunt atotputernic. Nu sunt decât un înger. Îngerul tău păzitor, care e prea tulburat de tine pentru a mai fi așa cum ar trebui să fie: corect, echilibrat și imparțial.

— Ai dreptate: nu ești decât un înger, dar ești

îngerul meu și nu pot să fiu altfel decât recunoscă-
toare pentru acest lucru. Nu aș putea avea un în-
ger păzitor mai bun decât tine, Nathan... i-a spus
ea, mângâindu-i chipul, zâmbind când văzuse că și
el îi zâmbește, topind-o cu frumusețea și bunăta-
tea, dar și cu dragostea lui.

Nathan i-a acoperit buzele cu ale lui, nemaire-
zistând tentației puternice de a o simți.

— Nathan... sunt pe cale să fac dragoste cu un
înger? Chiar facem asta? l-a întrebat ea, surprinsă
și dornică în același timp.

— Da... nu îmi pot dori ceva mai mult de atât în
acest moment... în plus, crezi că ar fi diferit de fe-
lul în care ai face dragoste cu un bărbat obișnuit?

— Nu spune asta... cunoști răspunsul la între-
barea asta... și știi că nu te pot minți, nu pe tine.

Și nici nu vreau să o fac... nu știu cum e să...
fiu cu un bărbat obișnuit, dar știu că îmi doresc să
fac asta cu tine, Nathan. Chiar dacă știu că, într-un
anumit fel, e greșit ce facem, vreau să simt totul ală-
turi de tine. Nu am simțit asta pentru nimeni până
acum, dar când vine vorba de tine, nu mai contează
nimic altceva. Vreau doar să îmi promiți că, orice
s-ar întâmpla cu noi de acum înainte, nu vei uita cât
de mult te iubesc, Nathan. Poate pentru cineva nu
ești decât un înger, însă pentru mine ești întregul,
partea care mă completează... ești tot ce contează
mai mult... i-a mărturisit ea, mângâindu-i aripile.

— Știu, Angela, știu... și tu ești la fel pentru
mine... și îți promit că nu voi uita ce mi-ai spus,

dar mai trebuie să stabilim un lucru: nu vom regreta ce se întâmplă acum, bine? E prea frumos ce ni se întâmplă pentru a ne părea rău apoi... și să nu ne gândim la consecințe, oricât de irațional ar părea... am fost destul timp raționali. Acum e timpul să fim noi, împreună și să ne bucurăm de asta...

— De acord... i-a răspuns Angela, oftând și acceptând ceea ce îi spusese el. L-a privit cu o ușoară ezitare, punându-și în același timp toată încrederea în el. Nici nu putea fi altfel...

— Știu că ți-e puțin teamă, dar aș vrea să nu-ți fie... sunt cu tine, știi asta, nu-i așa? i-a zis el, privind-o cu o tandrețe infinită.

În loc de răspuns, Angela l-a sărutat, punându-și brațele în jurul gâtului îngerului ei. Știa că face ceva care putea schimba totul, dar își dorea foarte mult să fie cu el în felul acela. Îi simțea buzele explorându-i-le, gustându-i-le, făcând-o să își dorească mai mult, în timp ce stăteau strâns lipiți unul de altul.

Nathan îi gusta buzele protejatei sale, simțind o dorință cutremurătoare în tot corpul.   A sărutat-o, coborând apoi pe gât, dorindu-și tot mai mult, în timp ce își găsea drum cu mâinile spre talia ei, dându-i halatul la o parte, lăsând-o în cămașa de noapte albă pe care o purta. Îl înnebunea felul în care ea îi răspundea la sărutări, lăsându-l să se bucure de tot ceea ce avea ea de oferit, dăruindu-i la rândul lui, tot ceea ce simțea... el și-a retras aripile şi i-a cuprins uşor sânii în palme, gemând când ea şi-a strecurat mâinile sub tricoul lui şi i-a mângâiat spatele, trecându-şi palmele pe toată suprafaţa acestuia, pentru ca apoi să îi mângâie pieptul tare şi abdomenul puternic.

Angela se simţea sărutată întruna, în timp ce era purtată în braţe spre pat, acolo unde Nathan a eliberat-o de cămaşa de noapte care fusese ca o barieră între ei. Felul în care el o săruta, îi alinta şi îi răsfăţa trupul, o făcea să îşi dorească mai mult, tot mai mult, iar modul prin care ea îi arăta că e de acord cu acţiunile lui ispititoare, dulci şi irezistibile, arcuindu-se sub el, îi confirma lui faptul că Angela era pregătită să ofere şi să primească la rândul ei.

Răvăşit de dorinţă, Nathan s-a desprins din îmbrăţişare pentru câteva secunde, numai cât să revină lângă ea, gol şi din ce în ce mai dornic. Voia să cunoască împlinirea alături de ea, la fel cum şi pe ea voia să o împlinească, făcând-o a lui. Şi-a trecut mâinile de-a lungul formelor ei apetisante, mângâind, strângând, sărutând şi atingând, în timp ce ea îi mângâia spatele şi chipul. Buzele lui îi aduceau alinare şi o făceau să respire tot mai greoi, făcând-o să simtă că meritase efortul şi aşteptarea. Totul era prea frumos şi bun ca să fie greşit sau rău...

Vârtejul emoţiilor şi al senzaţiilor era tot mai puternic, cuprinzându-i pe amândoi în amploarea aceea delicioasă, de nestăvilit. Nu se mai săturau

unul de celălalt, de felul în care se simțeau făcându-și unul altuia toate acele lucruri care nu aveau legătură nici cu rațiunea, nici cu regulile, dar nici cu așa-zisa moralitate. Nu erau decât ei doi, iubindu-se și desfătându-se unul pe celălalt, femeie și bărbat, surprinși în manifestarea cea mai frumoasă a sentimentelor pe care și le purtau.

În momentul în care Nathan a făcut-o a lui, Angela a deschis ochii și l-a sărutat, încercând să alunge senzația de disconfort pe care o simțea, lăsându-se pradă dorinței lui, dar și fiorilor de plăcere pe care el i-a oferit mai apoi, simțindu-se de parcă plutea împreună cu îngerul ei spre înălțimi, spre cele mai frumoase înălțimi... era, în sfârșit, împlinită, alături de singurul pe care îl iubea și îl dorea cu adevărat: îngerul ei frumos... trăia cea mai frumoasă experiență lângă cel care îi tulbura visele, simțurile și viața, încât se simțea în deplină armonie cu ceea ce i se întâmpla.

— Te iubesc, Angela, frumoasa mea... amintește-ți asta ori de câte ori vei avea nevoie, fiindcă și eu voi face același lucru... i-a zis Nathan, privind-o cu dragoste, în timp ce se mișca ușor în ea, mângâindu-i mijlocul.

— Și eu te iubesc, Nathan, îngerul meu dulce și frumos... i-a răspuns ea, mișcându-se sub el, abandonându-i-se total. Nu s-a simțit nicicând mai fericită ca în acele clipe, absolut magice și unice. Nu și-a dorit nicicând ceva, așa cum o făcea cu ardoare în momentele acelea, iar acum, că îl avea, se simţea norocoasă şi recunoscătoare, nebănuind că şi el simţea exact aceleaşi lucruri, fiind la fel de încântat ca şi ea.

Angela s-a cuibărit apoi la pieptul lui, conştientă de faptul că acolo era locul ei, iar simplul fapt de a se afla în braţele lui îi aducea cea mai mare bucurie.

— Sunt fericit... dar tu? l-a auzit ea întrebând-o, în timp ce o ţinea în braţe.

— Şi eu sunt fericită, Nathan. Mi-am dorit să mă simt aşa, însă nu îmi imaginam cât de bine va fi să mă simt astfel, aşa ca acum... te rog doar să încerci să nu pleci de lângă mine, atât timp cât se va putea... vreau să te ştiu aici... poate cer mult, dar îmi doresc să nu te pierd vreodată... i-a mărturisit ea, cuprinsă de teamă, dintr-o dată.

— Din proprie voinţă nu aş face-o, poţi să fii sigură de asta, iubito. Dar şi dacă voi fi nevoit, voi găsi mereu o cale prin care să mă întorc lângă tine, sau, oricum, voi face tot posibilul să fie aşa... nici eu nu sunt dispus să te pierd... i-a spus el, mângâindu-i chipul. Acum... ceva îmi spune că te simţi uşor confuză, dezorientată şi că ai o oarecare suferinţă, atât fizică, cât şi mentală. Vrei să vorbeşti despre asta?

— Sunt lucruri normale, bănuiesc... dar sunt bine, nu-ţi face griji... oricum e bine că tu nu eşti nevoit să simţi ceea ce simt eu, din punct de vedere fizic, mă refer... e ezitat ea, roşind.

— Sunt nevoit să îţi spun că te înşeli... şi ca să

îţi mărturisesc totul, până la capăt, am să îţi spun că şi eu am fost la fel ca tine: inocent, să spunem...

— Dar, cum se poate? Tu, fiind bărbat, îmi imaginam că... i-a zis ea, surprinsă.

— Pe scurt, am să-ţi spun că eu... am părăsit lumea aceasta, a oamenilor, pe când aveam şase ani, în urma unui accident de maşină. Am ajuns să fiu înger păzitor, iar tu mi-ai fost încredinţată, să te protejez şi să fiu un fel de umbră a ta, şi spun umbră în sens bun...   pe parcurs, m-am apropiat tot mai mult de tine şi mi-am dorit să depăşim graniţele dintre noi... iar, în final, am ajuns aici, lângă tine, şi nu regret asta nicio secundă.

— Asta e... uimitor... aşa cum e tot ce se întâmplă între noi... dar cum ai făcut să fii doctorul meu?

— Ca înger păzitor am dreptul să fac asta şi orice cred de cuviinţă pentru ca tu să fii în siguranţă... atât că nu pot să îţi schimb destinul, adică nu pot interveni mai mult decât îmi e permis să o fac, şi de aceea, nu te-am putut scoate din faţa maşinii când ai fost accidentată.

Nu am puterea de a schimba anumite lucruri... însă mi-am dorit atât de mult să fim împreună, încât am sfidat totul pentru asta. Într-un univers alcătuit din reguli, eu le-am încălcat pe toate, iubindu-te... i-a spus el, luând-o de mână.

— Ştiu... şi totuşi, vreau atât de mult să faci parte în continuare din viaţa mea, Nathan...   i-a zis ea, oftând şi sărutându-i pieptul. Mă faci fericită, iar ceea ce simt pentru tine e mai mult decât

pot să exprim în cuvinte...

— Ştiu, şi pentru mine e la fel...

— Vei mai fi aici, lângă mine, dimineaţă, când mă voi trezi? l-a întrebat ea, privindu-l neliniştită.

— Sincer, nu ştiu... dar îmi doresc... i-a spus Nathan, oftând, sărutând-o pe frunte, iar apoi pe buzele acelea moi şi dulci, care erau ca un nectar pentru el, unul de care nu se sătura oricât ar fi gustat...

— Asta înseamnă că nu voi dormi, doar ca să te văd... i-a zis ea cu determinare, îmbrăţişându-l.

— Nu, nu trebuie să faci asta. Trebuie să te odihneşti, de dragul meu, bine?

— Mi-e teamă că dacă adorm, atunci când mă voi trezi nu vei mai fi aici... şi nu vreau asta. Eşti îngerul meu şi te vreau lângă mine, mereu... i-a mărturisit ea, cu ochii în lacrimi.

— Nu face asta, iubito, te rog... lacrimile tale mă dor... ţi-am spus: voi găsi o cale să te văd, să nu ai nicio îndoială în privinţa asta, dar nici în legătură cu ceea ce simt pentru tine...

— Nathan... eşti tot ce îmi doresc şi vreau să cred că dragostea noastră e mai puternică decât orice altceva... decât ordinea sau haosul... înţelegi?

— Înţeleg, Angela... şi eu vreau să cred acelaşi lucru... i-a spus el, lipindu-şi palma de abdomenul ei, făcând-o să simtă căldură.

— Ce faci? l-a întrebat ea, curioasă, însă răspunsul a venit imediat, căci a simţit cum el îi alina

185

durerea pe care o simţea în zona aceea sensibilă a corpului, făcând-o aproape insesizabilă.

— Vreau să îţi fac cât de mult bine pot, cât mai mult cu putinţă. Nu pot să ştiu că ţi-am cauzat durere şi că nu am făcut nimic să te ajut...

— Nathan... e posibil să ne iubim atât de mult? l-a întrebat ea, înduioşată de gestul lui.

— Este... şi mai cred cu tărie că e cu neputinţă ca ceva atât de frumos să fie oprit... ascultă-mă cu atenţie, iubito: te voi iubi mereu, indiferent de spaţiu şi timp, de reguli şi raţiune, de orice... să nu uiţi asta... i-a promis Nathan, mângâindu-i chipul, fascinat de iubirea de neclintit pe care i-o putea citi în privire.

— Şi eu voi face acelaşi lucru, Nathan. Să nu-i laşi să te ia de lângă mine, te rog... l-a rugat ea, sărutându-l, în timp ce lăcrima. Ar fi vrut să oprească timpul şi să rămână mereu aşa, îmbrăţişaţi. Împreună.

— Îmi voi da toată silinţa... i-a răspuns el, acoperindu-i buzele cu sărutările lui, făcând apoi din nou dragoste cu ea, în timp ce îi şoptea cât de mult o iubea şi îşi dorea să fie cu ea... pentru ca, mult mai târziu, să o vadă adormind în braţele lui, în timp ce o privea cu un surâs.

În dimineaţa următoare, Angela s-a trezit, având o presimţire sumbră. A privit în jurul ei, constatând că era singură. Şi-a luat din nou cămaşa de noapte, simţind nevoia să se acopere. Temerile ei erau tot mai puternice, căci asta nu putea să însemne decât că el plecase sau fusese nevoit să o facă, însă, indiferent de motiv, nu se putea abține să nu se simtă pierdută și nefericită. A început să plângă, fiind copleșită de amintirea nopții trecute, iar apoi a făcut singurul lucru la care se putea gândi în acele momente: s-a rugat pentru ca totul să se termine cu bine, iar Nathan să se întoarcă la ea. Își dorea asta mai mult decât orice. Nu își putea imagina o viață fără el, lipsită de prezența lui binefăcătoare. Nimeni nu o tratase și o iubise astfel, ca pe o ființă demnă de asta, lucru exterm de important pentru ea. Însă acum patul ei era gol, ca și când ar fi trebuit să fie astfel. Numai amintirea a ceea ce se petrecuse între ei și ceea ce el îi promise, o făcea să fie puțin mai liniștită și să înțeleagă că totul fusese real, că nu visase toate acele lucruri.

A luat oglinda de pe noptieră, privindu-se în ea. Și-a văzut buzele roșii, ca și când fuseseră sărutate îndelung, iar privirea îi era visătoare și pierdută în același timp. A auzit clar ticăitul ceasului și cântecul păsărilor de afară. S-a ridicat din pat, mergând spre fereastră, privind soarele care răsărea într-un fel atât de frumos, încât i-au dat lacrimile. Viața continua să existe în jurul ei, neschimbată, ca și când nimic nu s-ar fi întâmplat, însă ea se simțea cuprinsă de teamă. Totul se schimbase pentru ea, însă pentru universul din jur, era ca și cum nu ar fi contat. A deschis fereastra, inspirând aerul răcoros al primăverii, închizând ochii

în acelaşi timp, meditând la Nathan, sperând să-i transmită că se gândea la el. Era singurul lucru pe care îl putea face, fiindcă, oricum, nu se putea opri din plâns. Aproape că îi putea simţi atingerea pe umăr, iar asta făcea durerea mai uşor de suportat. Îndoiala i se strecura în inimă ca un şarpe veninos, făcând-o să îşi pună tot felul de întrebări şi să se gândească la tot felul de lucruri sumbre.

A început să-i strige numele, în speranţa că el o va auzi. Voia atât de mult să ştie de ce a plecat şi o lăsat-o singură. Poate că i s-a întâmplat ceva şi nu-l va revedea vreodată, însă voia răspunsuri la întrebările pe care le avea. Poate că totuşi starea prin care trecea era una nejustificată, iar el urma să apară din clipă în clipă, zâmbindu-i şi liniştind-o.

După câteva minute care i s-au părut infinit de lungi, ea a deschis ochii, privind din nou ceasul, realizând că a stat timp de jumătate de oră la fereastră, cufundată într-o stare de agonie care nu o părăsise nici acum. A alungat gândul care îi şoptea că Nathan nu era pentru ea, sperând ca totul să se lămurească repede. Nu avea de gând să renunţe la el, indiferent de consecinţe, deşi erau multe lucruri pe care nu le cunoştea.

S-a schimbat într-o pereche de pantaloni scurţi, la care asortase un tricou lejer, lăsându-şi părul desfăcut. Privirea i-a ajuns din nou spre pat, apropiindu-se de acesta, văzând ceva pe pernă, în locul unde a stat el. Inima i-a tresărit când a văzut despre ce era vorba. O pană era aşezată pe pernă. A luat-o în mână, privind-o cu atenţie. S-a aşezat pe marginea patului, ţinând pana în mână, începând să plângă din nou. Îi lăsase totuşi ceva... o pană gri, la fel ca aripile lui, care au devenit astfel din cauza ei. Numai ea era responsabilă pentru căderea lui în păcatul acela al dorinţei... poate că, până la urmă, vina pentru ceea ce avea să urmeze îi aparţinea. Gândul că îngerul ei frumos ar putea fi pedepsit pentru ceea ce s-a întâmplat, o durea enorm. Poate că trebuia să i se împotrivească şi să-l facă să renunţe la ideea de a fi împreună, însă nu mai putea da timpul înapoi pentru a încerca să repare ceva. Ceea ce se petrecuse între ei era atât de real şi de frumos încât o durea... raţiunea îi spunea că ar trebui să mănânce ceva, însă nu putea. Numai poftă de mâncare nu avea în momentele acelea. Tot ce îşi dorea era el, Nathan. De ce nu a putut să iubească un bărbat obişnuit, unul căruia să nu îi dăuneze în felul în care probabil o făcea acum cu el. Dacă era vorba de vreo pedeapsă, atunci simţea că şi ea ar trebui să fie pedepsită, nu numai el.

S-a aşezat din nou în pat, aducându-şi genunchii la piept, plângând în continuare, în timp ce ţinea pana strâns în palmă, rugându-se din toată inima pentru el.

A fost întreruptă din starea aceea de soneria telefonului, care o făcuse să se oprească din plâns, cel puţin pentru câteva minute, atât cât a vorbit cu Cindy, încercând să o convingă că era bine şi că nu era nevoie să vină să o viziteze. Nu voia şi nu

putea să vadă pe nimeni în starea în care se afla. Voia să fie singură și să aștepte. Să îl aștepte. Doar îi promise că va găsi o cale să o revadă, orice ar fi. A început să se roage din nou pentru ca Nathan să fie bine și să se întoarcă la ea. Oare fiecare clipă de fericire trebuia să o coste o parte din inima ei, trebuind să plătească în modul acela, suferind astfel?

S-a întins din nou în pat, pe partea lui, inspirându-i aroma întipărită pe pernă. I-a venit o idee: poate că dacă adormea, urma să îl revadă în visul ei, cel puțin până se va întoarce. Astfel, a plâns până a adormit din nou, mistuită de dorința de a-l revedea și de a-l simți aproape.

Angela s-a trezit câteva ore mai târziu. Nu simțea nimic nou: aceeași angoasă, aceeași senzație de gol, care o făcea să simtă cu totul pustie și neputincioasă. A mers lipsită de entuziasm spre bucătărie, acolo unde și-a făcut un ceai, pe care l-a băut cu înghițituri mici, încercând să se mai liniștească, privind la pana pe care a așezat-o pe masă. Poate că era absurd, însă îi simțea lipsa lui Nathan enorm de mult. Nu știa de ce iubirea trebuia să fie astfel: să doară și să fie minunată în același timp... a simțit că îi apar din nou lacrimi în ochi, în timp ce o adiere a făcut ca fereastra din camera ei să se trântească puternic, închizându-se. Tresărind, s-a ridicat de pe scaun și a mers în cameră, acolo unde a deschis din nou fereastra, constatând surprinsă că vântul nu bătea, iar cerul era senin. În timp ce aranja perdeaua, a auzit soneria de la ușă.

A tresărit, gândindu-se că Cindy a venit să o viziteze, deşi i-a spus să nu o facă. Nu voia să îi spună adevărul şi să i se destăinuie. Nu voia să vadă decât o singură persoană, pe îngerul ei.

A deschise uşa, moment în care inima i s-a oprit, de parcă nu mai avea nevoie să bată. Nathan se afla acolo, în faţa ei, îmbrăcat în alb, din nou, privind-o cu determinare.

— Nathan! a strigat Angela, aruncându-i-se în braţe. I se părea că inima îi va ieşi din piept, într-atât îi bătea de puternic. Unde... unde ai fost? Mi-am făcut atâtea griji... ai dispărut pur şi simplu... te rog spune-mi că suntem bine, că putem fi împreună... te rog... a adăugat ea, îmbrăţişându-l cu putere, aşa cum i-a cerut acesta acum câteva zile.

Nathan nu i-a răspuns imediat, ci a ridicat-o în braţe, înaintând ţinând-o astfel, lipind-o de perete, în timp ce i-a pus picioarele în jurul său. A sărutat-o apoi, flămând de buzele ei, de ea toată. S-a împins uşor, lipindu-se astfel şi mai puternic de ea, făcând-o să-l simtă. Ar fi devorat-o cu totul, dacă ar fi fost posibil...

— Trebuie să ne oprim, iubito... cel puţin deocamdată... i-a spus Nathan, desprinzându-şi cu greu buzele de ale ei, însă nelăsând-o să se îndepărteze de el.

— Nu ar trebui să stau în picioare? l-a întrebat ea, simţind că se sufocă de fericire.

— Nu, stai foarte bine aşa, în jurul meu... de fapt, aşa mi-aş dori să stai cât mai mult... i-a zis

el pe un ton irezistibil, zâmbindu-i cu înflăcărare.

— Te rog, Nathan... spune-mi ce s-a întâmplat... unde ai dispărut? i-a spus ea, nerăbdătoare.

— Să spunem că am purtat niște negocieri puternice în ceea ce ne privește...

— Și? Faptul că ești aici e un lucru bun, nu-i așa?

— Și... am obținut promisiunea de a fi lăsați să fim împreună... i-a explicat el ezitant.

— Ce trebuie să faci pentru asta? Nu se poate să fie atât de ușor... i-a zis ea, simțind neliniștea care o cuprindea din nou.

— Nu fi tristă, nu e chiar mare lucru...

— Spune-mi... vreau să știu...

— Ei bine, nu mai pot fi îngerul tău păzitor, la asta a trebuit să renunț. Asta înseamnă că nu te mai pot apăra decât așa cum o face un om obișnuit, iar asta mă chinuie într-o oarecare măsură, însă merită. Ți s-a desemnat un alt înger păzitor. Cum ți se pare, nu ești dezamăgită, nu?

— Nathan... să fiu cu tine e tot ce îmi doresc... nu-mi pasă de nimic altceva, atât timp cât ești cu mine... pentru mine vei fi mereu îngerul meu păzitor, să nu uiți asta vreodată... am crezut că-mi pierd mințile când am văzut că nu mai erai lângă mine... am fost asaltată de tot felul de gânduri, care mai de care mai triste, dar și de remușcări că ți-am făcut asta...

— Tu mi-ai făcut asta? Aici te înșeli, amândoi am vrut să fim împreună, nu a existat vreo îndo-

ială în privința asta... dar de ajuns cu toate astea acum. trebuie să ne bucurăm că am reușit să rămânem împreună, asta e tot ce contează. Bine?

— Ai dreptate, Nathan, l-a aprobat ea, înconjurându-i gâtul cu brațele. Asta înseamnă că vei fi în continuare medic?

— Măcar atât, dacă nu pot să fiu mai mult de atât... sper doar să fiu la fel de important pentru tine, chiar dacă nu te mai pot proteja și în alt mod...

— Nimeni nu e mai important decât tine, Nathan. Nimeni... te iubesc, asta e tot ce contează... i-a zis ea, apropiindu-se de buzele lui, nerăbdătoare să îl sărute.

— Și eu te iubesc, Angela. Ce-ar fi să îți respecți promisiunea și să mă strângi în brațe cu toată forța? a întrebat-o el, zâmbitor.

— Numai dacă ești dispus să faci același lucru, Nathan, îngerul meu dulce și frumos... i-a răspuns ea, sărutându-l apoi, nemaiputând aștepta. L-a așteptat destul timp atâția ani, nu mai era dispusă să amâne să fie cu el nici măcar un minut.

Angela l-a strâns în brațe, demonstrându-i forța iubirii ei, știind că, la rândul ei, primește același tratament miraculos, de nerefuzat, unul prescris de cel mai iubitor înger.

Scriitorul

— Capitolul 1 —

Dannielle Morgan era mai fericită ca niciodată. Nu avea cum să fie altfel, din moment ce văzuse un anunț ce avea legătură cu un post dorit de mult timp. Dacă totul mergea bine, avea șansa să lucreze pentru nimeni altul decât Mark Cohn, scriitorul ei favorit. Ar fi fost o ocazie unică în viață pentru ea. Își dorea ca, în timp, să dețină propria ei editură, însă până atunci, mai avea de muncit. Până când avea să i se îndeplinească dorința aceea, se pregătea pentru a merge la interviul pentru postul de tehnoredactor. Nici nu se putea gândi la faptul că, în mod sigur, urma să aștepte la rând pentru acest lucru. Cu siguranță, multe alte persoane își doreau să lucreze alături de Mark. Cât despre el, nu știa decât ceea ce, de-a lungul celor trei ani de când a apărut în lumea editorială, s-a publicat în diverse ziare și reviste. Acestea îl prezentau ca fiind un bărbat cuceritor, devotat carierei de scriitor. De asemenea, era și un perfecționist, care voia ca ceea ce apărea în fața cititorilor să fie impecabil din toate punctele de vedere. Fotografiile îl înfățișau adesea alături de tinere frumoase, despre care se presupunea că erau iubitele lui. Ea știa numai că îi place felul în care scrie. Cumpărase toate romanele de dragoste scrise de el și avusese ocazia să participe acum trei ani la o lansare a primului

roman scris de el, moment în care obţinuse autograful lui, dar şi o fotografie cu el, una pe care o păstra la loc de cinste, pe noptiera de lângă pat. Era conştientă de faptul că acesta nu era un lucru tocmai obişnuit, însă nu se putea abţine. Făcuse o pasiune pentru Mark, una pe care o ţinea ascunsă de cunoscuţii ei, care în mod sigur ar fi ridiculizat-o aflând acest lucru. Desigur că, la vârsta ei, ca orice tânără, se ataşa foarte repede de diverşi actori sau cântăreţi pe care îi vedea la televizor, însă lucrurile stăteau cu totul altfel când venea vorba despre el. Îl adora pur şi simplu pentru felul în care scria, dar dacă era să fie cu totul sinceră, mai erau nişte lucruri care o atrăgeau la el: frumuseţea, dar şi inteligenţa.

În timp ce se afla în taxiul care o ducea spre locul unde urma să aibă loc interviul, Dannielle şi-a amintit surâzătoare de cutiile întregi pe care le avea acasă şi care conţineau articole despre Mark, dar şi cărţile scrise de el. În cei trei ani de când publicase, Mark a ajuns să se bucure de notorietate şi de admiraţie din partea femeilor din întreaga ţară, însă publicul lui s-a extins tot mai mult, ajungând să depăşească graniţele ţării. Cariera lui era într-o continuă ascensiune, iar în cadrul lansărilor cărţilor lui, mulţimea de admiratoare aştepta răbdătoare ore întregi pentru a-i obţine autograful.

Odată ajunsă în faţa clădirii de birouri, Dannielle s-a încurajat din nou, după care a intrat într-o încăpere în care se mai aflau câteva zeci de per-

196

soane care aşteptau acelaşi lucru ca şi ea. Spera doar ca nivelul ei de pregătire să fie suficient pentru exigentul şi fermecătorul scriitor.

După ce a aşteptat aproximativ o oră, Dannielle a fost invitată să intre în biroul lui Mark, ceea ce şi a făcut, având nişte emoţii pe care nu le putea descrie în întregime. Îşi dorea din toată inima să fie acceptată, mai ales că până şi prietenele ei nu îi dădeau vreo şansă în acest sens. Ştia însă că trebuia să încerce. În fond, nu avea nimic de pierdut.

A intrat în birou, încercând din răsputeri să îşi controleze bătăile inimii. Nu se putea comporta ca o adolescentă emoţionată dacă voia să îşi atingă scopul. A merse spre el, adunându-şi curajul şi întinzându-i mâna.

— Bună, sunt Dannielle Morgan, mă bucur să vă cunosc, i-a spus ea, lăsându-şi mâna în mâna lui într-o strângere uşoară, dar fermă.

— Mark Cohn, dar ştii asta deja. Ia loc, eşti ultima pe ziua de azi, i-a răspuns el aşezându-se la rândul lui, atingându-şi în treacăt fruntea. Îi studiase dosarul, încercând să facă un efort să se concentreze, un ultim efort în ziua aceea.

Dannielle s-a aşezat, încercând să-l privească într-un mod cât mai detaşat, deşi simţea că putea foarte bine să stea să îl privească ore întregi. Se mustra în gând pentru atitudinea ei visătoare, însă nu se putea abţine. Şi-a dorit atât de mult să-l revadă, să aibă ocazia să fie la câţiva metri de el, încât orice altceva nu mai conta. A surâse uşor

197

privindu-l, în timp ce el îi studia dosarul. Părul lui șaten era strâns ca de obicei, într-o coadă, dându-i un aer rebel, dar organizat în același timp. Din punctul ei de vedere, el era un om al contrastelor. Avea un look ce era în contradicție cu vestimentația sobră și rigidă pe care o purta în acel moment. De fapt, de obicei, arăta impecabil, îmbrăcat la costum, stârnind admirație în rândul femeilor.

— De ce te afli aici, Dannielle? a întrebat-o el, privind-o cu seriozitate, făcând-o să se întrebe dacă nu cumva era o întrebare capcană.

— Din același motiv pentru care s-au aflat toate celelalte persoane aici: din dorința de a lucra alături de dumneavoastră, domnule Cohn, dar și fiindcă vreau să acumulez experiență în domeniul acesta. Intenționez ca în viitor să am propria editură și pentru asta, trebuie să lucrez în domeniu, i-a explicat ea cu sinceritate.

— Interesant... nu pot decât să îți doresc succes încă de pe acum.

— Mulțumesc, domnule Cohn.

— Pentru puțin. Apreciez sinceritatea atunci când o întâlnesc și mi se pare că deții această calitate destul de rară în zilele noastre. Știi... toți cei care au intrat aici au început să-mi spună cât de mult îmi admiră munca de scriitor și alte lucruri de genul ăsta, însă eu vreau să lucrez cu cineva care nu intră în categoria asta. Nu aș suporta să aud în fiecare zi aceleași lucruri.

— Dacă pot să spun asta, recunosc faptul că am

auzit de numele dumneavoastră și știu că sunteți scriitor, însă nu am citit nimic din ceea ce scrieți și nici nu intenționez să fac asta. Nu suport să citesc romane de dragoste, mi se par dezgustătoare. De fapt, nu știu cum se poate scrie despre acest subiect, i-a spus ea, fără să stea prea mult pe gânduri. Mă aflu aici fiindcă am nevoie de o slujbă, nu din alte motive... a adăugat ea, venindu-i să-și muște limba pentru minciunile sfruntate pe care le spunea. Avea însă un scop și trebuia să îl atingă.

— În sfârșit, o femeie lucidă. Nu pot decât să mă bucur că te afli aici. Te rog, încetează să-mi mai spui domnule Cohn, cred că avem vârste apropiate, i-a propus el, privind-o surprins.

— Bine, Mark... l-a aprobat ea, sperând că el nu îi sesizase tremurul vocii.

— M-am săturat ca cei din jurul meu să aibă numai cuvinte de laudă la adresa mea și mai ales să mintă în privința asta. Vreau ceva diferit de data asta, pe cineva diferit, care să mă provoace să devin tot mai bun în ceea ce fac. Devine plictisitor la un moment dat să tot aud: da, Mark, cum spui tu, Mark... poate crezi că e ciudat, dar ăsta e adevărul meu, Dannielle. Al tău care e?

— Voi face tot posibilul să te provoc să fii mai bun, fiindcă ai nevoie de asta, i-a răspuns ea, surprinsă de ea însăși și de curajul pe care îl afișa. Dar ești bun în ceea ce faci, ești foarte bun, și-a spus în sinea ei.

— În cazul ăsta ești angajată, Dannielle. Înce-

până de mâine mă aştept să lucrăm împreună, iar dacă ai vreodată ceva de zis în mod direct, te rog să o faci. Nu te voi concedia pentru asta, promit, a asigurat-o el, zâmbind în sfârşit. Se simţea dornic şi curios în privinţa acestei colaborări dintre ei. În sfârşit avea ocazia să lucreze cu cineva care nu risca să se ataşeze de el, din simplul motiv că nu îi agreea stilul literar. Nu avea să mai audă fraze nesfârşite despre opera lui.

— De ce scrii despre subiectul ăsta dacă nu crezi în el? l-a întrebat ea, curioasă, continuând să joace rolul pe care l-a început, în timp ce îşi simţea inima bătându-i cu putere în piept. Fusese acceptată să lucreze pentru el, alături de el, ceea ce era minunat.

— Nu am zis că nu cred. Îmi place ceea ce fac, numai că m-am săturat de caracterul unor oameni care aştepată ceva în schimb pentru faptul că mă laudă de fiecare dată.

— Cum se poate să nu-ţi placă aşa ceva? De obicei oamenilor le place să fie lăudaţi.

— Nu mă înţelege greşit, îmi plac cei care îmi apreciază cu adevărat romanele, însă nu şi cei care mint în privinţa asta. Detest să fiu folosit pentru diverse interese, ca de exemplu, cele mediatice. Îţi spun asta fiindcă mi s-a întâmplat de mai multe ori şi m-am simţit dezamăgit. Cine nu s-ar simţi astfel? Oricum, lucrurile sunt mai complicate de atât, însă poate vom mai discuta despre asta cu altă ocazie. Ne vedem mâine, Dannielle. Mi-a făcut plăcere să stau de vorbă cu cineva care nu se comportă ca o fiinţă linguşitoare şi înşelătoare. Sigur că vreau să faci ceea ce îţi spun, însă în acelaşi timp, vreau să-mi spui dacă ai obiecţii în ceea ce priveşte ideile mele. Nu vreau să mă mai simt sufocat de prea multă supunere, aşa cum am fost până acum de către cei din jurul meu.

— Mulţumesc. Unde voi lucra? l-a întrebat ea, curioasă.

— În biroul alăturat. Vino, te conduc acolo, îţi va plăcea, sunt sigur, i-a zis el, invitând-o să intre în cealaltă încăpere.

— Pot să spun că eşti o fiinţă extrem de ciudată? Cel puţin asta e prima mea impresie, i-a mărturisit ea, forţând nota, testându-i reacţia. Dacă voia să fie directă, nu avea decât să suporte. Va fi sinceră cu el, mai puţin într-o privinţă...

— Poţi să spui asta, nu mă deranjează. Ştiu şi eu asta... Dannielle... am impresia că ne vom înţelege minunat...

— Sunt de acord, însă nu trebuie să uităm scopul meu principal: trebuie să te ajut să scrii lucruri mai bune decât cele pe care le scrii deja. Trebuie să oferi admiratoarelor tale mai mult decât o faci în momentul ăsta... i-a cerut ea, privindu-l cu severitate, în timp ce abia reuşise să vadă câte ceva din biroul în care urma să lucreze. Totul pălea în comparaţie cu el. Îi dădea dreptate în anumite privinţe, însă nu se aştepta să fie aşa cum era. Mark era într-adevăr un bărbat al contrastelor, imprevizibil

și ciudat. Să fi fost asta o caracteristică specifică laturii lui de scriitor? Nu avea decât să încerce să afle...

— Ai dreptate, îmi place cum gândești. Voi încerca să privesc lucrurile și din punctul tău de vedere și să scriu bazându-mă și pe observațiile tale. Sunt curios la ce rezultat vom ajunge, i-a spus el, cu sinceritate.

— Vom ajunge la rezultatul dorit de tine, dar și de mine. De amândoi, i-a răspuns ea, zâmbindu-i.

— Foarte bine spus. Abia aștept să ne confruntăm ideile, Dannielle... i-a propus el, încrucișându-și brațele.

— Va fi o confruntare pe cinste, sunt sigură de asta... i-a promis ea zâmbitoare, privindu-l cu admirație. Ar fi vrut atât de mult să-i strige cât de mult îi plăcea ce scrie, dar și de el, însă nu putea să riște să piardă ceea ce obținuse. Nu îi putea mărturisi că a plâns de fericire de fiecare dată când i-a citit vreun roman, bucurându-se pentru fericirea personajelor și că i-a dăruit niște stări pe care voia să le prelungească chiar și după lecturarea acelor pagini minunate. Ca să nu mai spună de faptul că atunci când citea părțile acelea care o făceau să roșească, imaginația ei bogată îi plasa pe ei doi în locul personajelor, trăind ceea ce trăiau ele, de parcă ar fi fost vorba despre ei. În mintea ei, își imagina de multe ori că va ajunge să-i spună ceea ce simte pentru el, într-o zi. Știa că era o nebunie să gândească astfel, însă nu se putea abține. Nu mai simțise lucrurile acelea pentru nimeni altcineva, iar acum era nevoită să lucreze alături de el și să continue să le simtă și să le țină numai pentru sine, chiar dacă acestea o vor tulbura zi de zi tot mai mult. Oare el nu era conștient de ceea ce îi spuneau ochii ei în fiecare secundă în care îl privea? Nu putea decât să spere că, în final, lucrurile vor fi așa cum își dorea ea, oricât de nebunesc părea acest gând acum, în prezent.

Dannielle a plecat din biroul lui, mergând spre casă, gândindu-se la șansa nesperată pe care destinul i-a oferit-o. Aștepta cu nerăbdare clipa în care va putea să se bucure cu adevărat în preajma lui, dar și de el în același timp, iar dorința de a fi alături de Mark să devină realitate.

— Capitolul 2 —

În dimineața următoare, Dannielle a venit la birou, pregătită să înceapă să scrie la calculator ceea ce Mark avea notat pe foi. Și-a luat răgazul de a privi pe fereastră timp de câteva minute, în timp ce aștepta să fie chemată în biroul lui. Priveliștea era uimitoare: se afla la etajul al zecelea al unei clădiri impozante, care atrăgea privirile trecătorilor, dar și a celor care își desfășurau activitatea în interiorul acesteia. Iar ea se afla acolo, în clădirea aceea, în Toronto, orașul ei natal, așteptând să lucreze cu Mark. Ce putea fi mai frumos de atât?

Nişte bătăi uşoare în uşă au făcut-o să îşi îndrepte atenţia asupra persoanei care intra în biroul ei. Era secretara lui Mark.

— Domnişoară Morgan...

— Da?

— Domnul Cohn vă aşteaptă în birou. Vă rog să mă urmaţi.

Dannielle a făcut întocmai, simţind din nou o bucurie imensă fiindcă urma să-l revadă. Avea impresia că merge pe calea către viitorul ei, sau cel puţin, aşa îi plăcea să îşi imagineze. Timp de câteva luni, cât va lucra pentru Mark, va avea ocazia să fie aproape de el şi să îşi exprime opinia în legătură cu ceea ce scria el, însă fără să îşi dezvăluie entuziasmul şi sentimentele. Numai atât avea de făcut. Ar trebui să fie foarte simplu. Nu trebuia decât să îl privească cu o indiferenţă aparentă şi să fie cât de critică putea la adresa romanului său. Şi să continue să-l adore numai din priviri şi în mintea ei, aşa cum a făcut-o şi până atunci.

A intrat în biroul lui, observând că era întors cu spatele, privind pe fereastră, exact aşa cum fusese ea mai devreme, în biroul ei. A vrut să-i rostească numele, însă şi-a acordat câteva secunde în plus pentru a-l privi în voie. Oare cum ar fi arătat cu părul acela frumos, desfăcut, dar şi îmbrăcat altfel decât la costum? Emana atât de multă masculinitate şi lejeritate, chiar şi aşa, stând şi admirând peisajul care i se înfăţişa înaintea ochilor lui căprui şi frumoşi. Dacă exista un răspuns la întrebarea cât de frumos putea fi spatele unui bărbat, atunci Mark putea foarte bine să fie răspunsul, singurul răspuns pentru ea. Avea o vagă impresie că, după cele câteva luni în care va lucra alături de el, ea nu va mai fi vreodată aceeaşi. Deşi conştiinţa ei o avertiza că nu era normal să fie atât de fascinată de cineva pe care nu îl cunoştea, inima ei nu accepta asta. În ultimii trei ani de când i-a citit cărţile, simţea că a ajuns să cunoască măcar o mică parte din tot ceea ce însemna el. Nu voia decât puţin mai mult, doar puţin. Minţea, desigur. Se minţea pe sine în momentele acelea. Voia să ajungă la inima lui, aşa cum nu a mai reuşit altcineva. Era un plan îndrăzneţ, imposibil chiar, însă era ceea ce îi dădea speranţă, iar ei îi era de ajuns. Nimeni nu o putea opri să viseze, chiar dacă şi-a spus ei însăşi de mai multe ori că, în final, va avea de suferit în faţa realităţii care nu era de fiecare dată ca într-o poveste de dragoste.

— Mark... i-a spus Dannielle încet. A rămas pe loc, privindu-l în timp ce el se întorcea spre ea.

— Bună, Dannielle. Scuze, eram concentrat, nici nu am auzit că ai intrat, i-a răspuns el, făcând câţiva paşi spre ea. Mă gândeam la replici pentru personajele mele, iar când sunt într-o asemenea stare, aproape că nu mai ştiu ce se întâmplă în jurul meu.

— Asta trebuie să facă un scriitor bun. Să se implice total în ceea ce face... i-a spus ea surâzând.

Mark a mers lângă birou, de unde a luat un do-

sar pe care i l-a pus în mână.

— Ai dreptate, iar eu încerc să fac asta. Nu aş putea să scriu ceva care să nu îmi placă mie în primul rând. Uite, asta e ceea ce am reuşit să scriu până acum. Nu te grăbi să transcrii totul azi, e foarte mult. Ai timp. Dacă ai obiecţii de făcut, le aştept cu interes. Nu mă deranjează să am o perspectivă feminină asupra poveştii. Din contră, poate fi chiar un lucru bun...

— Şi dacă nu vei fi de acord cu ideile mele?

— Vom ajunge la un acord în final, sunt convins.

— De ce trebuie eu să fiu cea care decide lucrurile astea? Nu o putea face altcineva, secretara ta de exemplu? E una dintre persoanele care te cunoaşte şi ştie cum să te abordeze.

— Tocmai asta e problema, Dannielle. Am nevoie de părerea cuiva care nu mă cunoaşte şi nu mă apreciază. Dacă te voi putea convinge şi pe tine în privinţa ideilor mele, voi considera că am devenit şi mai bun la treaba asta, i-a descris el situaţia, privind-o cu seriozitate.

— Şi nu ai tendinţa să ai un comportament ostil faţă de cei care îţi critică opera?

— Nu, atât timp cât acea critică e făcută într-un mod civilizat, fără injurii şi alte lucruri asemănătoare. Cred cu tărie că dicuţiile pot duce la soluţii foarte bune pentru toată lumea şi că nu e nevoie de lucruri exagerate în niciun sens.

— Mă duc să văd despre ce vorba. Ne vedem

mai târziu, Mark. Îţi doresc multă inspiraţie, doar fiindcă aşa e frumos să-ţi spun... i-a urat Dannielle, deşi îi dădea dreptate în gândul ei.

— Mulţumesc. Apreciez asta, venind din partea ta. Abia aştept să vedem ce roman va ieşi în urma colaborării noastre.

— Cel mai bun pe care l-ai scris până acum... i-a mai spus ea, privindu-l cu o siguranţă şi o indiferenţă aparentă. Reuşise numai să-i surprindă zâmbetul irezistibil, care i-a învăluit inima, înainte să plece grăbită din biroul lui.

Odată ajunsă în biroul ei, Dannielle s-a lipit de uşă timp de câteva secunde, strângând dosarul la piept. Era prima care avea acces la cel mai recent roman scris de el, iar emoţia aceea o copleşea. Lucrul acesta ar fi stârnit invidie printre admiratoarele lui, cu siguranţă, însă ea se putea considera norocoasă. Pentru a rămâne însă la stadiul de norocoasă, trebuia să îşi ascundă sentimentele şi să se bucure în tăcere de zâmbetele lui care îi bucurau inima.

S-a aşezat apoi pe scaun şi a început să citească. Povestea a captivat-o încă de la primele pagini. Era minunată, la fel ca toate cele scrise de el. Mark era minunat, acesta era adevărul ei, adevăr pe care trebuia să-l păstreze ascuns în inimă. Pe măsură ce lectura, se integra în poveste şi trăia alături de personaje emoţiile acestora, participând la întâmplările care le marcau existenţa. Era vorba despre Collin Maxwell, un tânăr om de afa-

ceri, care se îndrăgostise de Erica Weisz, rivala lui în domeniu, o tânără ambiţioasă, care voia să îşi depăşească întru totul concurenţa, încercând să realizeze cel mai bun produs de pe piaţa vinurilor, şi pentru care o relaţie cu fermecătorul Collin nici nu putea să intre în discuţie. Întâlnirile lor avute în cadrul unor expoziţii de vinuri erau presărate cu momente amuzante, cu discuţii în contradictoriu, dar şi cu săruturi savuroase şi intense.

Romanul era în curs de scriere, astfel că mai dura ceva timp până când urma să fie finalizat, dar deja o cucerise. Ceea ce o nedumerea era faptul că personajele nu erau descrise din punct de vedere fizic, ci erau conturate numai din punct de vedere al trăsăturilor comportamentale. Îi mai plăcea felul în care Collin se gândea la Erica. Desigur că era atras de Erica şi o dorea, şi chiar mai mult de atât, o iubea, însă nu putea să-i dezvăluie prea mult din ceea ce simţea pentru ea, fiindcă ar fi riscat să fie respins. Ea nu voia cu niciun chip să accepte să aibă o relaţie cu el, deoarece credea că el urmăreşte numai interese de afaceri şi voia în felul acela să o facă să renunţe la visul ei. Erau rivali, nu prieteni, şi aşa trebuia să rămână lucrurile.

Era realizată o analiză atât de minuţioasă a sentimentelor lui, încât îi aducea aminte de ceea ce simţea ea pentru Mark. Era ca şi cum Mark ar fi redat, fără să ştie, sentimentele ei pentru el.

Dannielle a terminat de citit primele capitole şi s-a sprijinit de spătarul scaunului. A închis ochii, gândindu-se la Mark. Cât de mult ar fi vrut să-i spună că îl iubeşte, atât ca bărbat cât şi ca scriitor. Spera ca totuşi să poată să facă acest lucru într-o zi. Îşi dorea atât de mult să-l îmbrăţişeze şi să-l sărute, dar mai presus de toate astea, voia să îi atingă inima şi să-l facă să înţeleagă cât de mult însemna pentru ea. Totul era atât de nebunesc, însă pentru o visătoare cum era ea, imaginaţia era extrem de importantă. Se agăţa de o iluzie, însă avea nevoie de asta, aşa cum avea nevoie de el.

S-a ridicat de pe scaun şi a luat dosarul în mână, mergând în biroul lui. L-a văzut aşezat pe scaun, în timp ce scria pe foi. Cu siguranţă scria continuarea romanului.

— Deranjez? l-a întrebat ea, intrând şi închizând uşa.

— Nu, dar şi dacă ai face-o, ăsta ar fi rolul tău. Trebuie să mă determini să scriu ceva cu adevărat bun, i-a zis el ridicându-se de pe scaun. Şi-a trecut mâna prin păr, iar ea putea observa că nu era într-o stare prea bună.

— Ai îndoieli în privinţa acestui roman? l-a întrebat ea, strângând dosarul în mână.

— Vreau doar să fie bun şi parcă nu mă mai pot concentra. Cred că ar fi cazul să iau o pauză sau să mă opresc din scris. Poate ar trebui să mă dedic altui domeniu de activitate. Inspiraţia mea lasă de dorit zilele astea... a oftat el, privind-o neliniştit.

— Nu poţi să faci asta, Mark! Gândeşte-te la toate admiratoarele tale, la cele care aşteaptă cu

209

nerăbdare un nou roman scris de tine. Nu le poți dezamăgi și nu poți să faci asta nici cu tine însuți. Adică... toți scriitorii se confruntă cu îndoieli și cu lipsa inspirației la un moment dat. Nu e nicio problemă cu asta. Cred că acest lucru rezultă dintr-o oboseală acumulată și că ai nevoie de relaxare. Când a fost ultima dată când ai făcut altceva în afară de a scrie? Uneori trebuie să ieși din mediul tău obișnuit pentru a reveni apoi cu forțe proaspete și cu idei noi.

— Ai dreptate, Dannielle. Cum de nu m-am gândit la asta? a întrebat-o el, luând-o ușor de braț, privind-o cu determinare. Ochii îi sclipeau de parcă ea i-ar fi oferit soluția pentru toate problemele lui. Trebuie să mă ajuți, Dannielle.

— Trebuie să te ajuți în primul rând singur, Mark, i-a zis ea, tresărind la atingerea lui blândă, privind cum își ia mâna de pe ea.

— Știu, dar tocmai mi-ai dat o idee foarte bună. Trebuie să vii cu mine...

— Unde?

— În singurul loc în care merg atunci când mi se întâmplă să nu am inspirație. E un loc uimitor, îți va plăcea, sunt sigur, dar nu vreau să-ți spun până când nu ajungem acolo. Ne vom întoarce în câteva ore, nu-ți face griji.

— De ce trebuie să vin cu tine?

— Fiindcă mă poți ajuta la scrierea romanului. Sunt convins că îmi vei da niște idei foarte bune și cu ocazia asta ne mai și plimbăm.

— Aşa, deodată? Cu mine? Ce ar spune vreo eventuală iubită de-a ta despre asta?

— Nu am o iubită în momentul ăsta şi nu e decât o plimbare între doi oameni care discută despre afaceri. Bine, despre ceva mai mult decât asta, fiindcă a scrie nu e o afacere pentru mine, foloseam doar un termen general... tu ai?

— Ce?

— Pe cineva care ar putea interpreta greşit relaţia profesională dntre noi.

— Nu... i-a răspuns ea, privindu-l surprinsă.

— Atunci să mergem. Ne va face bine să luăm aer şi să vedem un peisaj care cu siguranţă îţi va tăia răsuflarea...

— Mă faci foarte curioasă...

— Aşa şi trebuie. Ai să vezi că va merita.

Dannielle l-a urmat, ţinând în continuare dosarul în mână.

— Cât timp facem până acolo? l-a întrebat ea privindu-l, în timp ce îşi aranja centura.

— Cam o oră. Ai să vezi că odată ajunsă acolo, nu vei mai vrea să te întorci... cel puţin asta simt eu de fiecare dată când hoinăresc pe acolo. Între timp, poţi să-mi spui impresia ta despre ceea ce ai citit până acum... cum ţi se par personajele? i-a spus el curios, în timp ce şi-a pus haina de la costum pe bancheta din spate.

— Am observat că nu le-ai descris trăsăturile fizice. De ce? Mi se pare puţin neobişnuit... i-a zis ea, privind cum Mark îşi ridică mânecile cămăşii

211

înainte să pornească motorul maşinii.

— Fiindcă am vrut să mă axez pe descrierea acţiunii şi a ceea ce simte fiecare dintre ele. Până la urmă, fiecare cititor şi le imaginează în felul său. Vreau să fac altceva decât ceea ce am făcut până acum.

— Cred că e important să dai totuşi nişte repere...

— Mă mai gândesc, dar mă bucur că îmi spui ceea ce crezi. Ce părere ai despre Collin?

-Ă... e minunat personajele sunt bine conturate, însă acţiunea mi se pare că ar trebui să fie mai prezentă. Ai pagini întregi scrise despre ceea ce simte Collin pentru Erica, fără ca el să facă ceva în privinţa asta, în afară de câteva priviri pe care i le aruncă pe furiş şi unele săruturi care o deranjează... mult prea scurte... ar fi vrut să-i spună că începutul romanului era minunat şi că a atras-o încă de la prima pagină citită, însă trebuia să se abţină.

— Dar e normal să fie aşa. Adică nu poate să forţeze prea mult lucrurile, nu-i aşa? a întrebat-o el privind-o cu atenţie timp de câteva secunde, după care şi-a îndreptat atenţia asupra drumului.

— Desigur, în privinţa asta sunt de acord...

— Pot să te întreb de ce eşti atât de înverşunată împotriva romanelor de dragoste? E ceva legat de o întâmplare din trecutul tău? Întreb doar fiindcă e puţin neobişnuit... adică, în general, femeile sunt captivate de genul acesta de literatură.

— Iar eu pot să te întreb de ce scrii despre asta?

— Sigur că da. Îţi voi răspunde după ce o faci tu, i-a propus el zâmbindu-i.

— Prefer să citesc romane de suspans şi de groază, decât să-mi pierd vremea cu astfel de lecturi uşoare... a minţit ea. Detesta filmele şi romanele de groază, însă trebuia să mintă pentru ca el să o accepte în preajma lui. Trebuia să pară o femeie puternică, neimpresionată de astfel de lucruri şi în niciun caz de el.

— Uşoare? Ai idee de cât de greu e să creezi o poveste de dragoste care să ajungă la inimile cititorilor?

— Viaţa reală nu se potriveşte cu poveştile de dragoste.

— Dar dragostea face parte din viaţa reală, Dannielle. Nu eşti de acord cu asta?

— Cred că foarte puţini oameni ajung să aibă parte de una reală. Pentru cei mai mulţi dintre ei, dragostea e doar un pretext pentru atingerea diverselor scopuri.

— Sunt de acord cu asta, însă sună de parcă respingi cu totul ideea în sine.

— E rândul tău, Mark. De ce scrii despre asta? Adică, eşti bărbat, şi de obicei scriitorii scriu un cu totul alt gen de cărţi. Nu ţi-a fost teamă să faci asta şi de criticile colegilor tăi?

— Ei bine, nu. Dacă mi-aş trăi viaţa în funcţie de preferinţele altora, nu aş ajunge nicăieri.

E singurul subiect despre care îmi place să scriu. Nu aş putea să scriu despre altceva. Să nu înţelegi

greşit, respect munca tuturor celor care scriu şi e minunat că putem să ajungem la inimile oamenilor prin artă, iar în cazul nostru, prin scris, însă fiecare are preferinţele sale în ceea ce priveşte tema abordată, astfel încât tema mea preferată e iubirea.

— Unii ar putea spune că scrii despre asta numai ca să ai succes şi fiindcă e o temă care sensibilizează femeile.

— Crede-mă când îţi spun că există şi bărbaţi care citesc astfel de cărţi. Unii recunosc, alţii nu, însă am întâlnit astfel de cazuri. Veneau bărbaţi chiar şi în cadrul lansărilor cărţilor mele. În privinţa sensibilizării, ştii ce mai rău? Atunci când nu te mai sensibilizează nimic.

E inuman să ajungi să trăieşti ca un robot, lipsit de sentimente, indiferent de natura lor. Sigur că ideal ar fi ca sentimentele care predomină să fie pozitive...

— Cred că bărbaţii veneau doar fiindcă soţiile lor erau la serviciu şi nu puteau să vină ele personal la eveniment... l-a provocat ea, zâmbindu-i şi privindu-l cu drag. Numai aşa putea să-l iubească momentan: din priviri.

— Cât îţi place să fii împotriva mea... i-a răspuns el, zâmbindu-i la rândul lui.

— Nu sunt împotriva ta, Mark. Doar că am propriile opinii în legătură cu anumite subiecte, iar ăsta e un lucru foarte bun. Diversitatea e bună. Tocmai de asta m-ai primit în echipa ta, să lucrăm împreună: pentru diversitate.

— Sunt de acord cu tine, Dannielle. Și uite cum se poate ca doi oameni atât de diferiți să ajungă la un rezultat comun și bun...

— Așa e... dacă am gândi cu toții la fel, unde ar mai fi diversitatea? Monotonia e ceva atât de plictisitor...

— Numai tu o puteai spune atât de bine... închide ochii, Dannielle, ajungem imediat.

Ea l-a ascultat și a închis ochii, simțindu-se curioasă și nerăbdătoare să afle despre ce loc era vorba.

Mark a ajutat-o să iasă din mașină, iar apoi i-a ținut chiar el mâinile la ochi pentru a-i acoperi cât mai bine, în timp ce o conducea spre destinație.

— Unde suntem, Mark? Lasă-mă să mă uit, i-a cerut ea, simțindu-se atât de bine în preajma lui. Îl simțea în spatele ei, în timp ce îi ținea mâinile la ochi. Ar fi vrut ca brațele lui să fie în jurul ei, iar ea să îi răspundă în același mod. Imposibilitatea acelui lucru a făcut-o să lăcrimeze, în timp ce el și-a luat mâinile din fața ochilor ei, lăsând-o să privească în jur.

— Ei, ce spui? E ăsta locul potrivit pentru căutarea inspirației? a întrebat-o el, analizându-i reacțiile.

Dannielle a privit cu încântare în jurul ei. Apa era atât de curată și curgea atât de frumos, încât locul părea un refugiu binefăcător. Peisajul mirific era învăluit în razele strălucitoare ale soarelui de sfârșit de primăvară.

— Mark! Asta e... ce cred eu că e? l-a întrebat ea, privindu-l cu încântare.

— Da, Dannielle. Suntem la cascada Niagara. Nu-i aşa că e un loc minunat?

— E absolut magic, Mark... mereu mi-am dorit să ajung aici... nu am cuvinte să descriu cât e de frumos aici... i-a dezvăluit ea, zâmbitoare.

— Mă bucur că îţi place. Şi eu simt la fel în legătură cu locul ăsta. Haide, să ne plimbăm puţin, nu sta acolo... a îndemnat-o el, zâmbindu-i.

Dannielle l-a urmat, mergând alături de el de-a lungul malului cascadei, care era uimitor de frumoasă.

— E ca într-o poveste, Mark. Cadrul ăsta natural e locul perfect pentru căutarea inspiraţiei... i-a zis ea, ascultând cu atenţie susurul apei. A închis ochii, continuând să asculte sunetele apei şi ale naturii care îşi dezvăluia frumuseţea sublimă în faţa lor. Erau numai ei doi acolo, ei şi natura, ei şi cascada, ei şi inspiraţia.

Dannielle a deschis ochii, auzind un sunet făcut de telefonul lui Mark. L-a văzut cu telefonul în mână, fotografiind-o fără să o avertizeze.

— Nu-ţi face griji, a ieşit foarte bine. Să nu te superi, nu m-am putut abţine. Arătai atât de contemplativă şi de fericită, încât a trebuit să imortalizez asta. Uite, dacă nu îţi place, şterg poza de faţă cu tine... s-a scuzat el, privind-o cu sinceritate, apropiindu-se de ea şi arătându-i fotografia.

Dannielle l-a privit neştiind cum să reacţioneze. I-ar fi spus câteva, însă, privind fotografia, s-a răzgândit. Arăta atât de bine, încât nu se putea îndura să-i spună să o şteargă. Era înfăţişată atât de frumos, într-un cadru natural superb, încât nu-i venea să creadă că era chiar ea cea din fotografie. A zâmbit, privindu-se. Era fericită, iar asta se putea observa pe chipul ei.

— Să înţeleg că îţi place? a întrebat-o el, privind-o cu atenţie.

— Da, foarte mult. Mulţumesc, Mark.

— Ţi-o trimit chiar acum, i-a spus el, făcând acest lucru în câteva secunde, după care a pus telefonul în buzunar şi continuase plimbarea alături de ea.

— Spune-mi câte ceva despre tine, Mark, dacă nu sunt prea indiscretă, desigur. De ce ai vrut să devii scriitor?

— Nu eşti, dar vreau să faci şi tu acelaşi lucru, după aceea. Nu e mare lucru de zis. Am fost singurul copil al părinţilor mei. Am devenit scriitor din dorinţa de a-i demonstra tatălui meu că pot să fac asta şi că am talent, dar şi fiindcă asta mi-am dorit cu adevărat. Am vrut să obţin aprobarea lui şi să îl fac mândru de mine, însă nu am reuşit. Când i-am arătat prima carte scrisă de mine, mi-a spus că ăsta e lucru de femei, nu de bărbaţi adevăraţi. A murit acum doi ani, la fel de decepţionat de drumul pe care mi l-am ales. Pentru mine însă, nu e nimic mai frumos decât să fac ceva care să îi bucure pe cei din jur, ceva care să rămână în urmă

atunci când nu voi mai fi... i s-a destăinuit el, luând o pietricică de pe jos și aruncând-o în apă.

Dannielle îl asculta, privindu-l cu atenție. Îi părea rău pentru suferința lui, însă se bucura fiindcă și-a urmat pasiunea și nu a renunțat la scris numai dintr-un capriciu al tatălui său.

— Care e povestea ta, Dannielle? a întrebat-o el, așezându-se pe un loc acoperit cu iarbă.

— Nu am nicio poveste...

— Haide... toată lumea are una...

Dannielle s-a așezat la rândul ei pe iarbă, iar în timp ce privea apa, începuse să vorbească.

— Nici în cazul meu nu e mare lucru de zis, Mark. Ca și tine, și eu am fost singurul copil al familiei, familie care mi-a purtat de grijă și m-a îndrumat de-a lungul vieții. Am fost un copil liniștit, care nu făcea probleme. La școală, preferam materiile umane, ca să spun așa, în locul celor exacte. Cu mare drag scriam o compunere în locul unui exercițiu complicat. Am început să îmi doresc să am propria mea editură, un loc în care să ofer o șansă de a publica celor care ar avea nevoie de asta.

— Scrii și tu? a întrebat-o el curios.

— Obișnuiam să fac asta, însă am renunțat. Nu mi se părea că sunt destul de potrivită pentru treaba asta. Oricum, îmi plăcea foarte mult... i-a răspuns ea, oftând.

— Nu ar trebui să renunțăm la ceea ce ne place să facem, doar fiindcă ne inducem singuri ideea că

218

nu e bine sau că nu va plăcea cuiva. Aş fi curios să citesc ceva scris de tine.

— Nu cred. Sunt lucruri prosteşti pe care le scriam când eram în liceu şi pe care speram să le public într-o zi.

— Pot să întreb ce anume scriai?

— Nu. Ai râde şi nu vreau asta, mai ales că acum nu mai cred în ceea ce scriam atunci...

— De ce?

— Fiindcă e exact subiectul despre care scrii tu. Culmea, nu? s-a autoironizat ea, neîndrăznind să-l privească.

— Nu, deloc. Dacă nu am face şi lucruri care ne plac cu adevărat, unde am ajunge? Sper să-mi arăţi într-o zi ce ai scris. M-ai făcut curios...

— Sper să nu fac asemenea prostie, a respins ea ideea, amintindu-şi că atunci când a terminat liceul, el a publicat primul său roman. Povestea pe care ea a scris-o în perioada aceea era despre ei doi. Nu putea să-i arate asta.

— De ce, ţi-e teamă de vreo eventuală reacţie critică din partea mea?

— Poate...

— Trebuie să avem curaj să ne expunem gândurile şi ideile în faţa celor din jur. Care e rostul vieţii dacă nu putem spera că ne vom îndeplini visurile? Nu trebuie să încetăm să facem asta, Dannielle.

— Pentru tine e simplu de zis. Tu eşti deja consacrat, dar eu nu ştiu dacă aş avea vreo şansă în lumea asta a ta.

— Crezi că mi-a fost simplu la început? Te în-şeli. Scriam şi rescriam pasaje întregi, în încerca-rea de a face un lucru cât mai bun. Să nu mai spun despre prima lansare de carte pe care am avut-o. Credeam că nu voi putea fi capabil să spun două cuvinte, însă când am văzut încurajările celor care erau prezenţi acolo, am început să mă adun şi să vorbesc liber despre ceea ce scrisesem.

— Sunt convinsă că femeilor nu le place numai cum scrii, ci şi farmecul tău... i-a zis ea, muşcân-du-şi limba fiindcă a spus prea multe.

— Dannielle... spui că sunt fermecător? a între-bat-o el râzând.

— Nu-mi spune că nu ţi s-a mai spus. În plus ai şi tu oglindă, nu? Faptul că recunosc asta nu în-seamnă nimic altceva...

— Desigur. Nici nu am spus asta... Mi s-a mai spus că sunt frumos, dar nu şi fermecător. Asta e ceva nou...

— Nu râde de mine, Mark... i-a cerut Dannielle, râzând la rândul ei. Nu ţi se pare că s-a făcut cam târziu şi că ar trebui să ne întoarcem? a adăugat ea, în încercarea de a schimba subiectul, mai ales că el o privea atât de atent.

— Ai dreptate, hai să mergem, i-a zis el ridi-cându-se şi întinzându-i mâna pentru a o ajuta să se ridice.

— Ştii... am o curiozitate...

— Ce e? a întrebat-o el, mergând lângă ea.

— Părul tău. Îl ţii mereu strâns?

— Nu, dar de cele mai multe ori mi-e mai comod aşa.

— Mă întrebam cum ai arăta cu el desprins...

— Vei vedea asta în ziua în care îmi vei arăta ceea ce ai scris. În plus, nu cred că îmi stă foarte bine cu el desprins. Cineva îmi spunea că arăt ca o fată astfel, însă mie îmi place. Ştiu că pot părea arogant spunând asta, însă mi s-a mai spus că îmi stă bine cu părul lung... i-a explicat el zâmbind, privind-o discret.

— E nevoie de curaj pentru a înfrunta opiniile celorlalţi, nu? l-a întrebat ea, ştiind la cine s-a referit el când a spus cineva.

— Da, am învăţat asta în timp. Trebuie să învăţăm să fim liberi şi să ne asumăm propriile alegeri, însă fără a restrânge libertatea celuilalt. Mă refer aici la cei care nu au altceva mai bun de făcut decât să să le facă rău în mod gratuit celorlalţi.

Dannielle l-a privit, dându-i dreptate în sinea ei. Era înţelept, în ciuda vârstei pe care o avea. I-a plăcut mereu să îşi imagineze că nimeni nu l-ar putea iubi în felul în care o făcea ea, însă nu se putea gândi prea mult la asta în acel moment. La un moment dat, în timp ce mergea pierdută în gânduri, s-a împiedicat.

— Te-am prins. Eşti bine? a întrebat-o el, ţinând-o în braţe.

— Acum da. Scuze, nu ştiu unde mă gândeam, i-a zis ea minţind din nou. El era singurul lucru la care se putea gândi, mai ales când erau unul în

221

prejma celuilalt. Iar acum, erau atât de aproape, la numai câţiva centimetri unul de altul, privindu-se intens unul pe celălalt ...

— Păreai pierdută în gânduri. S-a întâmplat ceva? i-a zis el, luându-şi mâinile din jurul ei.

— Nu, nimic. Admiram peisajul şi... în fine, lucrurile astea se mai întâmplă... i-a răspuns ea, furioasă pe ea însăşi. Nu se împiedicase intenţionat şi ar fi vrut să nu pară neajutorată în faţa lui.

— Ei bine, sper că ţi-a plăcut plimbarea de azi. Poate mai venim pe aici cândva, i-a propus el, urcând în maşină.

— Poate... cum stai cu inspiraţia? Te simţi mai bine?

— Să spunem că mi-a făcut bine să vin aici, ca de obicei, de altfel. E aproape întuneric, vrei să te conduc acasă?

— Nu, mulţumesc. Voi lua un taxi şi voi fi bine. Mulţumesc încă o dată fiindcă m-ai adus aici, e un loc minunat, i-a spus ea recunoscătoare.

— Nu ai pentru ce. Ai dreptate, chiar e un loc foarte frumos.

— Şi util pentru recuperarea inspiraţiei, i-a zis ea, zâmbind.

— Aşa e.

În scurt timp, cei doi au ajuns în faţa clădirii biroului.

— Staţia de taxi e mai în faţă. O seară frumoasă să ai, Dannielle, i-a urat el privind-o cu atenţie, realizând că strângea cam puternic volanul în mâini.

— Mulţumesc, la fel, Mark. Ne vedem mâine... i-a răspuns ea, privindu-l cu drag şi zâmbindu-i, limitându-se la asta. Te iubesc, i-a spus ea în gând, după care a ieşit din maşină, îndreptându-se spre staţie. Spre surprinderea ei, nu se afla niciun taxi acolo. A sunat la o firmă, însă fără noroc. A observat apoi maşina lui Mark apropiindu-se de ea.

— Se pare că nu ai noroc în seara asta. Haide, pot să te duc eu acasă, i-a propus el zâmbind.

— Bine... mulţumesc... cum de nu ai plecat imediat? l-a întrebat ea, urcând în maşină.

— Am vrut să văd dacă reuşeşti să găseşti un taxi, dar dacă nu ai reuşit, mi-am zis să fac o faptă bună pe ziua de azi.

— E foarte drăguţ din partea ta, Mark...

— E-n ordine... nu puteam să te las acolo singură, la ora asta, i-a explicat el, privind înainte, la drum.

— Poţi să mă laşi aici. Mulţumesc! Ne vedem mâine... i-a zis ea, ajungând în faţa casei.

— Bine. Noapte bună! i-a spus el zâmbind.

— Noapte bună! i-a urat ea, coborând. Îşi simţea inima bătându-i cu putere, în timp ce mergea spre casă. Ce zi... fusese atât de bine să petreacă ore întregi cu el, nu doar un minut, nu doar o oră. Ci ore întregi... după ce el a plecat, Dannielle a făcut o piruetă, învârtindu-se de fericire, singură, în curte. Era atât de norocoasă... şi totuşi trebuia să fie atât de precaută... a mers apoi în casă cu gândul că a avut parte de o zi minunată, alături de Mark.

223

— Capitolul 3 —

După aproximativ o lună...

A trecut aproape o lună de când Dannielle co-labora cu Mark la scrierea romanului acestuia, timp în care a reuşit să îl cunoască mai bine şi să se apropie mai mult de el. Se simţea însă tot mai neplăcut din cauza faptului că era nevoită să îl mintă zilnic în legătură cu opiniile despre ceea ce scria, dar şi a sentimentelor pe care trebuia să şi le reprime. Nu ştia cât timp va mai putea face asta, cât se mai putea preface că îi era indiferent, când îi venea să-i strige din toată inima cât de mult îl iubeşte. Se abţinea numai fiindcă era convinsă că reacţia lui la aflarea secretului ei ar fi una nega-tivă şi în mod sigur s-ar face de râs în faţa lui, iar acesta era ultimul lucru pe care şi l-ar fi dorit. Din moment ce îşi dorea cu ardoare să fie în preajma lui, trebuia să continue astfel, nu avea nicio altă soluţie.

În timp ce privea cu tristeţe ecranul compute-rului, Dannielle a fost întreruptă din gânduri de o bătaie uşoară în uşă.

— Pot să intru? Sper că nu deranjez, i-a zis Mark, aşteptând în pragul uşii.

— Da, sigur, intră. Nu m-ai putea deranja nicio-dată, frumosul meu...

Mark a intrat entuziasmat şi a închis uşa, după

care s-a apropiat de biroul ei, luând loc pe scaun.

— Mi-a venit o idee... e cam ciudată, dar mi se pare totuşi una foarte bună...

— Despre ce e vorba? Porţi ochelari? l-a întrebat ea surprinsă, privindu-l cu drag. Ochelarii îi dădeau un aer atât de sexi... nu că el nu ar fi fost deja astfel. O atrăgea din toate punctele de vedere, nu putea nega asta...

— Da, câteodată... uneori scriu atât de mult, încât uit să-i scot după aceea, i-a răspuns el, dându-i jos repede.

— Ce idee ai în minte, Mark?

— Mă gândeam... pentru a scrie un roman într-adevăr bun, ar trebui să intru mai mult în pielea personajelor...

— Credeam că faci asta de fiecare dată când scrii...

— Fac asta, dar acum vreau şi mai mult. Crezi că ai fi acord să intrăm în pielea personajelor şi să-mi spui ce ar gândi Erica în situaţiile respective? Eu aş face acelaşi lucru în privinţa lui Collin.

— Cred că da, de ce nu? i-a zis ea, însă observându-i strălucirea din privire, avea o vagă impresie că e ceva ciudat la mijloc.

Mark s-a ridicat de pe scaun şi a mers până în dreptul ei, acolo unde s-a oprit, privind-o atent.

— Facem asta de dragul artei, bine? Hai să ne prefacem pentru o clipă că suntem în locul personajelor mele şi să ne comportăm aşa cum ar face-o ele. Vreau să descriu cât mai bine acţiunile

și trăirile celor doi, iar pentru asta am nevoie de ajutorul tău, ca de obicei...

— La ce te gândești, mai exact? l-a întrebat ea, ridicându-se în picioare.

— La un sărut mai complex între cei doi. Cum crezi că ar reacționa ea? a întrebat-o el, privind-o atent, cu ochii lui de culoarea ciocolatei, și cu străluciri aurii.

Dannielle l-a privit surprinsă, inspirând adânc. Nu se aflau de multe ori atât de aproape unul de altul, însă când acest lucru se întâmpla, inima ei o lua razna, ca de obicei. Și-a strâns mâinile pe lângă corp pentru a-și reprima dorința de a-i atinge conturul buzelor cu degetele.

— Tu... vrei ca Erica să îl placă pe Collin, nu-i așa?

— Bineînțeles, asta e ideea, ca în final cei doi să fie împreună... i-a explicat el, vorbindu-i cu lejeritate, în timp ce o privea concentrat.

— Cred că... dacă l-ar plăcea, ar fi de acord cu asta, însă deocamdată nu e conștientă de faptul că simte ceva pentru el...

— O va face să fie... Dannielle, adică... Erica, s-a corectat el tușind ușor, putem încerca asta acum?

— Sigur, nu e nicio problemă, adică e doar un sărut, nimic mai mult și e pentru artă. E pentru un scop nobil... cum poți să-mi faci asta? Cum poți măcar să te gândești la asta, când eu îmi doresc atât de mult să mă săruți? Nu ai idee de cât timp îmi doresc asta, Mark...

— Bine... i-a zis el oftând uşor, după care şi-a pus mâinile pe chipul ei şi a început să o sărute, neştiind că o făcea să se topească.

Dannielle a închis ochii, dorindu-şi ca sărutul acela să nu se mai termine vreodată. Una dintre dorinţele ei devenea realitate chiar în acel moment, iar ea se simţea ca o floare care se deschidea în lumina puternică a soarelui. Îi simţea degetele mângâindu-i cu tandreţe chipul, iar ea a mai făcut un pas spre Mark, pentru a se lipi cu totul de el, punându-şi mâinile în jurul taliei lui. În sfârşit, îl simţea aşa cum nu a mai făcut-o până atunci, şi avea un sentiment minunat. Deşi îşi spunea că el nu pe ea o sărută cu adevărat şi nu făcea asta fiindcă ar fi atras de ea, Dannielle nu mai voia să ştie de nimic altceva în afară de buzele lui captivante, cel puţin în minutele acelea, care erau pur şi simplu magice pentru ea. Mark era tot ceea ce ea avea nevoie, nu avea nicio îndoială în privinţa asta.

Mark a continuat să o sărute, în timp ce şi-a coborât mâinile pe corpul ei, îmbrăţişând-o. La un moment dat, s-a desprins de ea, privind-o ciudat, într-un fel în care nu a mai făcut-o până atunci. A făcut doi paşi înapoi, încercând să-şi recapete suflul şi... mintea limpede, fiindcă numai clar nu a mai fost în stare să gândească mai devreme.

— Eşti bine? Adică, Erica e bine? a întrebat-o el, încrucişându-şi braţele şi privind-o atent.

— Desigur, de ce nu aş fi? i-a zis ea zâmbindu-i pentru a-l linişti, însă îl privea la fel de captivată.

227

— Care ar fi reacția Ericăi la sărutul lui Collin? Ce crezi?

— Cred că... ar începe să accepte că simte ceva pentru el şi l-ar surprinde...

— Cum?

— Aşa... i-a răspuns ea, apropiindu-se de el, preluând inițiativa şi sărutându-l. Avea atât de multă nevoie să-l simtă din nou, încât nu mai putea să asculte de raţiunea supărătoare.

De data aceasta, ea a fost cea care i-a mângâiat chipul, făcându-l să-şi deschidă braţele pentru a o primi la pieptul lui. Realitatea pe care o simțea în braţele lui depăşea cu mult imaginaţia ei. Îşi imaginase de atâtea ori cum ar fi un sărut între ei doi, iar acum chiar i se întâmpla asta. Nu putea decât să se bucure, trăind clipa pe care şi-ar fi dorit-o nesfârşită.

La un moment dat, Dannielle a fost cea care s-a retras din braţele lui, privindu-l, aşteptându-i reacția. I-a observat privirea întunecată şi nu putea decât să bănuiască faptul că, cel puţin în acel moment, Mark o dorea. Gândul că ea era responsabilă pentru asta o bucura, dar o şi surprindea.

— Mark... spune ceva, te rog... nu mă lăsa să cred că am făcut ceva nepotrivit... adică, ştiu că am făcut, dar...

— Taci puţin. E în regulă. Nu sunt furios din cauza a ceea ce ai făcut. Voiam doar să-ţi spun că ... e o abordare interesantă a Ericăi, una la care nici nu m-am gândit... eşti genială, Dannielle. Chiar te descurci la treaba asta, adică mă faci să fiu tot mai mulţumit de faptul că faci parte din echipa mea... i-a explicat el, entuziasmat, prinzând-o uşor de braţ, după care i l-a eliberat.

— Şi... ce părere are Collin despre sărutul Ericăi de mai devreme?

— Ei bine, nu poate să aibă altă părere decât asta... i-a răspuns Mark sărutând-o din nou, pasional şi tulburător, folosindu-şi toată puterea de atracţie în sărutul acela.

În mod sigur, asta era ziua ei norocoasă, şi-a spus ea, lăsându-l să o sărute în voie. Şi dacă ar fi vrut, nu i s-ar fi putut împotrivi. Nu lui. Nu când îl iubea din toată inima. Adică, să aibă parte de trei săruturi într-o zi din partea lui? Nu putea fi decât minunat...

Dannielle şi-a încolăcit braţele în jurul gâtului lui Mark, răspunzându-i la sărut cu toată pasiunea de care era capabilă. Timp de câteva minute, sărutul lor a continuat, neîntrerupt de nimeni şi nimic, până când el s-a desprins încet de ea. Dacă nu ar fi făcut-o atunci, nu ar fi avut puterea să oprească ceea ce nu trebuia să continue.

-Ăsta a fost într-adevăr un răspuns surprinzător, dar foarte bun pentru eroina romanului tău... i-a zis ea, abia respirând, privindu-l cu drag. Ar fi putut să-l sărute întruna şi nu s-ar fi săturat.

— Am o singură nelămurire. De ce Erica nu i se împotriveşte în vreun fel lui Collin?

— Poate fiindcă simte că a ajuns la capătul răb-

dării şi nu i se mai poate împotrivi, Mark... în sfâr-şit, poate să recunoască faţă de sine însăşi că îl iu-beşte şi să i-o spună direct, fără să se mai ascundă... i-a spus Dannielle, roşind, privindu-l direct în ochi. Îşi simţea corpul tremurând. Pur şi simplu, prin intermediul Ericăi, ea îi spunea lui Mark o parte din adevărul ei, cea mai importantă parte, de altfel.

— Hmm... bună idee. Ce ar trebui să facă acum Collin? a întrebat-o Mark, privind-o curios.

— Să-i spună la rândul lui că o iubeşte şi să o sărute din nou. Să nu renunţe şi să lupte pentru ea, fiindcă nu va avea decât de câştigat. Cât des-pre tine, trebuie să oferi un final fericit poveştii de dragoste dintre ei. Admiratoarele tale vor fi încân-tate... i-a explicat ea, realizând din nou cât de mult îi venea să-l sărute.

— Dannielle, pari puţin cam tensionată. Te simţi bine? Vrei să te aşezi, iar eu să-ţi masez pu-ţin umerii. Te-ai simţi mai bine, te asigur...

— Ar fi Collin cel care o masează pe Erica sau ai fi tu, făcându-mi mie asta? l-a întrebat ea, în-torcându-se cu spatele la el, simţindu-se într-un pericol tot mai mare. Numai o ultimă fărâmă de raţiune o oprea să-i spună ce simte într-adevăr pentru el.

— Suntem noi, de data asta... haide, ia loc şi re-laxează-te. Poate ţi-am cerut prea mult, insistând să jucăm jocul ăsta... promit să nu mai aduc în dis-cuţie propunerea asta vreodată, în timpul cât vom lucra împreună... i-a promis el, începând să-i ma-

seze uşor umerii.

— E de ajuns, Mark... poţi să te opreşti... i-a răspuns ea, deschizând ochii pe care i-a ţinut închişi în timpul cât el i-a masat umerii.

— Bine... nu am vrut decât să te fac să te simţi puţin mai bine, i-a spus el, luându-şi mâinile de pe ea.

— Sunt bine, am nevoie doar de un pahar cu apă... i-a zis ea, vrând să se ridice de pe scaun, însă el i-a pus mâna pe umăr, oprind-o.

— Îţi aduc eu apă, tu doar stai aici. Eşti sigură că nu te supără ceva, arăţi de parcă ai vrea să-mi spui anumite lucruri şi totuşi te reţine ceva.

— Mulţumesc, i-a spus Dannielle, luând paharul din mâna lui. E timpul să plec acasă, a adăugat ea, privindu-şi ceasul. Vreau atât de mult să mă vrei, Mark. Să mă vrei pentru cine sunt cu adevărat, chiar dacă ai afla totul...

— Ai dreptate, s-a făcut târziu. Mulţumesc pentru ajutorul oferit azi. Mi-am dat seama ce trebuie să fac în continuare cu personajele mele.

— Ce pot să spun... mă bucur că am putut fi de ajutor... i-a zis ea, zâmbindu-i, simţindu-şi inima sfâşiată în acelaşi timp. La ce se aştepta, ca el să-i declare că o iubeşte, numai fiindcă s-au sărutat de câteva ori?

— Ai fost... a lămurit-o el, privind-o atent. Îţi doresc o seară frumoasă, Dannielle.

— Mulţumesc, la fel... un ultim lucru vreau să te întreb...

— Spune...

— Ce am făcut noi azi, ai mai făcut cu altcine-va?

— Adică dacă am mai sărutat o femeie? a între-bat-o el amuzat.

— Oh, știi prea bine la ce mă refer... la jocul de rol...

— Nu.

— Și atunci... de ce eu? De ce ai făcut asta cu mine?

— Fiindcă... ți-am spus de ce, încă de când am venit în biroul tău. Voiam să încerc ceva nou și să-mi dau seama în ce fel mă poate ajuta acest lucru la terminarea romanului.

— Bine... am înțeles... îți mulțumesc și eu fiind-că mi-ai oferit șansa de a lucra alături de tine. Îți doresc ca romanul tău să aibă un real succes.

— De ce simt într-un mod puțin ciudat ceea ce-mi spui? Aproape că o spui de parcă ți-ai lua ră-mas-bun. Poți continua să lucrezi alături de mine și la celelalte romane pe care le voi scrie.

— Mă voi gândi la asta... la revedere, Mark... i-a promis ea, privindu-l cu atenție înainte de a des-chide ușa.

— La revedere, Dannielle.

Dannielle a plecat grăbită din birou. Nu rămă-sese decât un singur lucru de făcut, fiindcă nu mai putea continua situația aceea. Nu mai suporta să fie în preajma lui fără să-l îmbrățișeze și să-l săru-te. Trebuia să ia decizia vieții ei și să fie curajoasă, aşa cum a îndemnat-o el mai demult, dacă voia să îşi găsească liniştea, odată pentru totdeauna.

În dimineaţa următoare, Mark a primit un colet. L-a deschis şi a văzut un caiet pe care era desenată o inimioară în care erau iniţialele D&M, un bileţel şi o scrisoare. A luase biletul în mână şi l-a citit:

Te rog, citeşte pentru început povestea scrisă în caiet şi apoi scrisoarea. Dannielle.

Mark a făcut întocmai, începând să citească povestea scrisă de ea în caietul acela. Pe măsură ce citea, realiza că era vorba despre o poveste de dragoste care îi avea ca personaje principale tocmai pe ei doi.

Când a terminat de citit povestea, a început să citească scrisoarea aceea, tot mai surprins de cuvintele care erau înşirate în faţa ochilor lui.

Dragă Mark,

În primul rând, dă-mi voie să îţi mărturisesc adevărul în ceea ce mă priveşte. Tot ce te rog e să nu mă urăşti, atunci când vei citi şi vei afla totul. Încearcă doar să mă înţelegi.

Te-am minţit: ador romanele de dragoste, la fel cum ador felul în care scrii. Eşti un scriitor şi un bărbat extraordinar. Am absolvit liceul acum trei ani, când a apărut primul roman scris de tine. Am citit toate romanele scrise de tine. Sunt poveşti minunate, care m-au făcut să sper, să cred şi să iubesc.

Să te iubesc. Nu sunt numai o admiratoare naivă sau o persoană care te laudă pentru a obține ceva în schimb.

Timpul pe care l-am avut la dispoziție alături de tine m-a făcut să te cunosc mai bine și să-mi dau seama că ești mult mai mult decât un scriitor foarte bun. Nu ai idee de câte ori mi-am imaginat că îți voi scrie și că tu chiar vei citi aceste rânduri.

Am ales modalitatea aceasta de a-ți mărturisi totul, fiindcă pur și simplu nu o pot face personal. Mi-e teamă de reacția ta. Mi-e mai ușor să mă exprim în scris, decât să îți vorbesc despre ceea ce simt pentru tine.

Mi-am dorit atât de mult să am ocazia să te întâlnesc... s-a întâmplat asta acum trei ani, în cadrul lansării primului roman scris de tine, atunci când am făcut o fotografie împreună. Nu poți să îți imaginezi cât de fericită am fost în ziua aceea, numai fiindcă am avut ocazia să fiu aproape de tine și să te privesc în ochi.

Îmi amintesc scepticismul pe care l-am avut când ți-am cumpărat cartea. Un bărbat care scrie romane de dragoste?! Să fim serioși, mă gândeam... ei bine, pe măsură ce citeam cartea, părerea mi se schimba tot mai mult, astfel că, în ziua aceea, am decis că tu, dragul meu Mark, ești scriitorul meu preferat. Acest lucru nu s-a schimbat și nici nu se va schimba, indiferent de ceea ce se va întâmpla între noi în continuare.

Această scrisoare conține pe lângă sentimentele mele și demisia mea. Nu mai pot continua să lucrez alături de tine și să tânjesc la tine în felul în care o fac. Nu mai pot să mă prefac că nu simt nimic pentru tine. Astăzi, când m-ai sărutat, nu ți-am răspuns în calitate de personaj al tău, așa cum ți-ai dorit. Nu m-am gândit niciun moment la Erica și nici la Collin.

Eram doar eu, o femeie îndrăgostită, care trăia cele mai frumoase momente din viața ei, căci asta mi-ai oferit tu, Mark, iar pentru asta îți sunt recunoscătoare.

Îți doresc mult succes în scrierea romanului. Sunt sigură că va fi minunat, la fel ca toate celelalte pe care le-ai scris. Să nu încetezi vreodată să scrii. Să nu-mi faci asta, fiindcă scrii foarte bine, iar ceea ce scrii ajunge la inimile oamenilor, așa cum îmi spuneai că îți dorești. Sunt mândră de tine, Mark, și îți doresc numai bine, atât ca scriitor, cât și în viața personală. Meriți tot ceea ce e mai bun, frumosul meu. (iartă-mă, nu m-am putut abține, trebuia să-ți spun așa, cel puțin în scris...)

Ai grijă de tine, Mark, și nu lăsa convingerile celorlalți să îți schimbe deciziile și sufletul.

Tot ce îmi doresc e să păstrezi tot ce ți-am trimis, ca pe o amintire din partea mea, o femeie care se bucură pentru simplul fapt că exiști.

Vei fi mereu în inima mea, Mark, oricât de ciudat și de nebunesc ți s-ar părea asta.

Te iubesc mai mult decât pot să exprim în cuvinte și mai mult decât pot să exprim în scris.

Cu dragoste,
Dannielle.

Mark a terminat de citit scrisoarea și a așezat-o înapoi în cutia în care i-a fost adusă, alături de caiet și de fotografia care în care apăreau ei doi împreună, acum trei ani, în cadrul lansării primului său roman.

S-a ridicat de pe scaun și a început să se plimbe prin birou, încercând să își adune gândurile. Se simțea tulburat de ceea ce a citit. Nu i s-a mai întâmplat așa ceva.

A mai primit scrisori de la admiratoarele sale, însă aceasta parcă avea ceva special. Pe lângă faptul că era furios fiindcă ea îl mințise în tot acest timp, era impresionat de sinceritatea pe care o simțea expusă în scrisoarea aceea și de sentimentele ei pentru el. Se simțea năucit de tot ceea ce i se întâmpla în momentele acelea. Pentru prima dată, nu știa cum să reacționeze, iar asta îl făcea să fie confuz, furios și meditativ.

După o săptămână...

— Doamnelor și domnilor, vă mulțumesc fiindcă v-ați făcut timp să participați în număr atât de mare în cadrul acestei lansări, atât de importan-

te pentru mine. Vreau să-mi exprim recunoştin-
ţa faţă de toată echipa care a fost alături de mine
pe parcursul scrierii şi publicării acestei cărţi. De
asemenea, vreau să transmit un lucru foarte im-
portant, pe care nici cea în cauză nu îl ştie: acest
roman de dragoste, Pasiune secretă, îi este dedi-
cat persoanei care a avut o contribuţie enormă la
scrierea lui, şi anume domnişoarei Dannielle Mor-
gan.

În acest mod, ţin să-mi exprim în mod public
recunoştinţa faţă de ajutorul nepreţuit pe care mi
l-a oferit. Fără ideile ei, acest roman nu ar fi avut
forma şi consistenţa trăirilor, trăsături atât de ne-
cesare în realizarea unei poveşti de dragoste de
succes.

Închei discursul meu prin a vă dori să aveţi
parte de dragostea la care speraţi şi să nu renun-
ţaţi vreodată la visurile voastre. Lectură plăcută!

Aplauzele au răsunat în sala în care avea loc
lansarea, iar oamenii se înghesuiau să ajungă la
rând pentru a obţine autograful scriitorului lor
favorit.

Mark a început să scrie autografe şi să facă fo-
tografii cu cei care erau prezenţi acolo, având o
răbdare şi o emoţie care i se puteau desluşi foar-
te uşor în privire. La un moment dat, în timp ce
vorbea cu cineva, a fost bătut uşor pe umăr. S-a
întors şi a văzut-o pe Dannielle, care îl privea cu
îngrijorare.

— Aş putea să sper că îmi vei oferi şi mie un

autograf? l-a întrebat ea, simțindu-și corpul tremurând de emoție. Fusese nevoie de mult curaj să aibă puterea de a se prezenta acolo, și să riște să fie respinsă de Mark.

— De ce nu? Haide cu mine, să ne așezăm acolo, la masă, i-a cerut el. Îi vorbea cu amabilitate, însă privirea îi era îngustată, de parcă i-ar fi reproșat faptul că era o mincinoasă.

Dannielle l-a urmat, așezându-se pe scaun, în fața lui.

— Mark... vreau să-ți mulțumesc pentru dedicație... nu mă așteptam să faci asta... de asemenea, vreau să sper că mă poți ierta pentru minciunile pe care ți le-am spus... i-a mărturisit ea recunoscătoare și îngrijorată în același timp. O durea să-l vadă privind-o astfel, ca pe o ființă îngrozitoare.

— Citește-o... a îndemnat-o el, oferindu-i cartea.

— Cu siguranță o voi face...

— Știu asta. Mă refeream să deschizi cartea acum, în prezența mea, i-a cerut el privind-o cu atenție.

— Bine... i-a spus ea, deschizând-o. În carte a văzut o hârtie împăturită în patru. Ce e asta?

— Deschide-o și vei vedea, i-a răspuns el serios.

Dannielle a luat hârtia și a deschis-o. Aproape că nu mai respira. Ținea în mâini contractul de publicare pentru povestea scrisă de ea.

-Ăsta e... real? Nu e vreo păcăleală prin care să

te răzbuni fiindcă te-am mințit în tot timpul ăsta? l-a întrebat ea cu glasul tremurat.

— E real, la fel ca și dedicația din carte. Citește-o, i-a pretins el, la fel de serios.

Dannielle a deschis din nou cartea și a citit:

Dedicată Danniellei, muzei mele...
Mulțumesc și te iubesc!
Cu dragoste, Mark.

Ochii Danniellei s-au umplut de lacrimi în timp ce citea cuvintele acelea. Erau cele mai frumoase cuvinte pe care avusese ocazia să le citească. Și-a ridicat privirea spre el și l-a văzut ducându-și mâinile la spate, dezlegându-și părul, lăsându-l liber pe umeri, pentru ea.   Era frumos și arăta minunat. Și era al ei. Dannielle și-a simțit inima bătându-i cu putere, în timp ce îl privea. Nici nu putea fi altfel. El avea de fiecare dată efectul acela asupra ei.

— Te iubesc, Dannielle, i-a declarat el, zâmbindu-i în sfârșit, lăsând-o fără replică.

— Cum? Când? a fost tot ce reușise ea să-i spună în acel moment.

— Nu știu exact, dar s-a întâmplat... numai că nu puteam să-ți spun adevărul. Nu te numărai printre cele care mă plăceau, nici ca scriitor, dar nici ca bărbat. De fiecare dată când voiam să-ți spun asta, îmi aduceam aminte de părerea ta despre mine și renunțam.

Aşa că... m-am lăsat ajutat de personajele din romanul meu pentru a încerca să mă apropii de tine. Într-o mare măsură, povestea Ericăi şi a lui Collin e şi povestea noastră. De aceea, ţi-am propus acel joc de rol, îţi aminteşti? Fiindcă nu am avut curajul să fiu eu însumi şi să-ţi spun ce simţeam.

— Dacă îmi amintesc? Cum poţi să spui asta? Ziua aceea în care m-ai sărutat a fost unică pentru mine. Cum se poate ca un bărbat atât de sigur pe sine să nu îşi găsească puterea să-mi spună adevărul? l-a întrebat ea emoţionată. Credea că va înnebuni de fericire în clipele acelea.

— Ştii ce se spune: unele persoane se exprimă mult mai bine în scris decât verbal...

— Nu-mi vine să cred... tu... mă iubeşti... pe mine... e incredibil... trebuie să recunoşti...

— E adevărat, Dannielle. Acum... ai de gând să stai acolo sau îmi vei da sărutul pe care îl merit? a întrebat-o el, luând-o de mână.

— Te iubesc, Mark! Oh, cât e de bine să ţi-o pot spune personal... a recunoscut ea, fericită.

— Şi eu te iubesc, Dannielle... şi îţi mulţumesc fiindcă mă iubeşti în felul în care o faci. Nimeni nu a mai făcut asta, nimeni nu mi-a spus că mă iubeşte, fără să aştepte ceva în schimb... i-a mărturisit el îmbrăţişând-o.

— Ştii... chiar şi eu aştept ceva în schimb...

— Ce anume?

— Să mă iubeşti şi să mă săruţi... i-a cerut ea,

privindu-l cu drag. Acum putea să facă asta în voie, nemaifiind nevoită să se ascundă.

— Da? Şi cum preferi să fac asta: verbal sau în scris? a întrebat-o el, zâmbind.

— În toate felurile posibile, dar cel mai mult vreau să simt asta pe pielea mea... şi aş vrea să mă săruţi de mai mult de trei ori. Cred că aş vrea să mă săruţi la infinit şi tot nu m-aş putea sătura...

— În cazul ăsta, nu pot decât să mă conformez, începând de acum... i-a spus Mark, începând să o sărute, captivat de puterea şi de frumuseţea sentimentelor pe care şi le purtau, ştiind că numai infinitul putea să fie o noţiune suficient de cuprinzătoare pentru dragostea lor.

Puterea iubirii

— Capitolul 1 —

Era o dimineață de sfârșit de iunie atunci când el s-a urcat din nou în trenul care urma să-l ducă în oraș, la serviciu. S-a așezat din nou în compartimentul în care se afla ea, fata care îi acaparase gândurile încă din februarie, de când o văzuse pentru prima dată.

O vedea în fiecare dimineață, retrasă și cuminte, așteptând trenul. După multe încercări, a făcut-o să îi răspundă la salut, deși i-a observat privirea neîncrezătoare care nu zăbovea mai mult de câteva secunde asupra lui.

Deși a constatat surprins faptul că locuiau la câteva străzi distanță unul de celălalt, nu a știut de existența acesteia, fiindcă ea nu ieșea mai deloc din casă. Numele i l-a aflat întâmplător, într-o zi, în gară, în timp ce mergea spre casă cu un amic și a strigat un nume la întâmplare. Și acum și-a amintit privirea încruntată pe care i-a oferit-o fata, timp de câteva secunde, după care și-a continuat grăbită drumul.

Îl intriga felul ei de a fi, diferit de al celorlalte fete. Dacă multe altele preferau compania apropiată a băieților, sărutându-se din plin cu aceștia, ea stătea de fiecare dată în același loc, citind fascinată romane de dragoste, ignorând ceea ce se întâmpla în jurul ei.

În timp, tot căutând să îi fie aproape, a intrat în vorbă cu ea, și încet, încet, a făcut-o să-i răspundă la întrebări și să vorbească puțin mai mult cu el. A aflat astfel faptul că era la finalul ultimului an de liceu și că se pregătea pentru examen.

— Bună, ce faci? a întrebat-o el, așezându-se lângă ea, în compartiment.

— Bună. Azi am examenul scris la mate... i-a răspunse ea, așezându-și ochelarii mai bine.

— Succes!

— Mulțumesc. Chiar am nevoie, mai ales că materia asta nu îmi e deloc dragă...

— Va fi bine, vei vedea... i-a zis el zâmbindu-i, încurajând-o.

— Mulțumesc... i-a spus ea, privindu-l surprinsă. Nu înțelegea de ce un băiat atât de frumos ca el, brunet și cu ochii căprui, căuta mai mereu un motiv să vorbească tocmai cu ea, o fată atât de simplă și de nesemnificativă față de alte fete care erau atât de aranjate și care atrăgeau atenția. Adevărul era că avea o slăbiciune pentru băieții bruneți, frumoși, cu ochii căprui, iar el se încadra perfect în preferințele ei. A observat că nu fumează și că nu are comportamente asemănătoare cu cele ale amicilor săi.

— Cu plăcere.

Ea era intrigată de comportamentul lui față de ea, dar și de ceea ce se întâmpla cu ea atunci când el era în preajmă. Dacă era să aibă un amic băiat, cu siguranță că numai el putea fi acela, însă nici nu putea să spere la aşa ceva. În plus, era convinsă că băieţii aduc numai necazuri şi se obişnuise să aibă o părere negativă despre ei. Numai că, în ultima vreme, el a făcut-o să ajungă la ideea că nu erau toţi la fel şi că, din fericire, mai existau şi băieţi buni pe lume.

El era aşezat tocmai lângă ea, şi, deşi în compartiment mai erau şi alţi amici de-ai lui, dar şi o altă fată, ea şi-a făcut curaj şi i-a vorbit din nou, surprinzându-se chiar şi pe sine însăşi.

— Pot să stau cu capul pe umărul tău? l-a întrebat ea, roşind, realizând cât de ciudat îi era comportamentul. A făcut acest lucru fiindcă ceva din privirea lui îi transmitea nişte lucruri, care, deşi erau ciudate, erau şi frumoase, dar şi încurajatoare.

— Da... i-a răspuns el, având o strălucire puternică în privire. A privit-o în timp ce ea îşi punea capul pe umărul lui. Îi venea să o ia de mână, însă se abţinea. Nu voia să o sperie şi să piardă ce a câştigat până atunci. A închis ochii, bucurându-se de senzaţia de a o simţi aproape de el.

Ea a privit în jurul ei, observând privirile întrebătoare şi surprinse ale celor din jur, însă a închis ochii, încercând să se bucure de apropiera dintre ei doi. Ceva în inima ei îi spunea că aşa trebuia să fie lucrurile între ei: spontane şi naturale, şi fără să ţină cont de ceilalţi. Deşi nu îi venea să creadă ce făcea, ceva în interiorul ei îi dădea o senzaţie de bine, lucru pe care nu-l avea în preajma oricui şi cu atât mai puţin în preajma unui băiat. Era ca şi cum o altă parte din ea ar fi preluat controlul asupra acţiunilor pe care le făcea.

La coborârea din tren, ea s-a grăbit pentru a ajunge la timp la examen.

— Unde e liceul la care eşti? l-a auzit întrebând-o, ajungând-o din urmă.

— În centru, i-a răspuns ea, privindu-l uimită.

— Şi eu merg tot în centru. Putem merge împreună... i-a propus el, mergând alături de ea.

— Bine... dar ce vor spune prietenii tăi?

— Lasă-i pe ei... hai să mergem, doar ne grăbim... i-a zis el, zâmbindu-i.

Pe drum, cei doi au vorbit despre şcoală, despre serviciu, iar în scurt timp au ajuns la destinaţie.

— Eu... nu ştiu cum să ajung de aici până la liceu... i-a mărturisit ea cu timiditate.

— E simplu. Mergi la dreapta şi apoi tot drept şi ai ajuns, ai să vezi...

— Mulţumesc, i-a zis ea recunoscătoare. Începea să aibă tot mai multă încredere în el, cu fiecare zi care trecea. L-a sărutat apoi pe obraz dintr-un impuls neaşteptat, urându-i să aibă o zi bună, în timp ce îşi simţea inima bătând cu putere.

— Mulţumesc şi eu. Succes! Va fi bine, vei vedea... a încurajat-o el zâmbitor, după care a plecat grăbit spre serviciu.

Ea a plecat grăbită la rândul ei, urmându-i îndrumările, observând bucuroasă că el a avut dreptate: a ajuns cu bine în fața liceului. El îi purta noroc, și era atât de frumos... aceasta era concluzia la care a ajuns în cele câteva zile de când l-a întâlnit pentru prima dată.

După câteva zile...

Într-o duminică de iulie, el a venit la ea acasă pentru a-i aduce cd-ul cu desene animate pe care i-l promisese zilele trecute. Văzându-l intrând, ea s-a înroșit, simțindu-se în același timp fericită fiindcă el își respectase promisiunea de a-i aduce cd-ul. L-a invitat să ia loc, iar apoi l-a servit cu suc. Orele au trecut uimitor de repede în timp ce ei doi au vorbit despre diverse lucruri, astfel că era deja seară.

— Ai vrea să faci skanderberg cu mine? sunt puternică, l-a avertizat ea zâmbindu-i.

— Da... a acceptat el, surprins. Cu siguranță era o propunere neobișnuită din partea ei, pe care o acceptase însă fără să ezite.

Astfel, ea și-a unit mâna cu a lui, încercând să reziste forței masculine care a doborât-o până la urmă.

— Ei, asta e, mie mi-a trebuit... i-a spus ea, surâzând, acceptându-și înfrângerea.

— Oricum, ești puternică, i-a zis el zâmbitor.

Ea a pornit apoi televizorul pe un canal de muzică, acolo unde a început o melodie lentă.

— O... îmi plac melodiile astea, a mărturisit ea visătoare.

— Şi mie...

— Ai vrea să dansezi cu mine? l-a întrebat ea cu timiditate, însă dorindu-şi cu ardoare să facă asta. La cei încă şaptesprezece ani pe care îi avea, nu mai dansase cu un băiat şi voia să ştie cum e. Şi voia să danseze cu el. Doar cu el.

— Da... i-a răspuns el zâmbitor.

S-a ridicat de pe scaun şi a îmbrăţişat-o, lipind-o apoi de corpul lui. Îi plăcea să o simtă astfel lângă el şi i se potrivea atât de bine în braţe.

Ea şi-a înfăşurat braţele după gâtul lui, închizând ochii şi lăsându-se în voia melodiei. Era una dintre melodiile în vogă la acea vreme, Just one last dance, cântată de Sarah Connor, melodie care îi plăcea foarte mult. Deşi inima îi bătea cu putere, sentimentul pe care îl avea în braţele lui nu se putea compara cu nimic altceva. Părea că acolo e locul ei, în braţele lui.

Mai târziu, când melodia s-a terminat, ea l-a condus la ieşire. Pentru câteva secunde a privit cerul. Era o noapte liniştită, senină şi înstelată, iar băiatul pe care ajunsese să îl placă în secret era lângă ea. Ce putea fi mai frumos de atât?

— Se pare că mi-ai purtat noroc. Am luat cu bine şi proba la matematică... i-a mărturisit ea, zâmbindu-i. Abia aştepta să meargă la facultate, să studieze domeniul ei preferat.

— Mă bucur, felicitări! ... ă... aş vrea să-ţi spun ceva... ai vrea să fii prietena mea? a întrebat-o el, aşteptând cu nerăbdare răspunsul ei.

— De ce ai vrea ca o fată simplă ca mine să fie prietena ta? În plus, port ochelari, iar ăsta e un defect uriaș... cum se poate să îți placă de mine? i-a zis ea neîncrezătoare, deși inima îi bătea cu putere.

— Tocmai fiindcă ești diferită de celelalte fete îmi place de tine. Și, doar ca să știi, ești foarte frumoasă, iar ochelarii îți sporesc aerul de fată inteligentă pe care îl ai deja. Faptul că porți ochelari nu e o piedică penru mine. Ești o fată frumoasă, inteligentă și liniștită, iar eu am nevoie de așa ceva, de o fată ca tine, de tine... i-a explicat el sincer, privind-o cu drag în timp ce o îmbrățișa. Pot să te sărut? Doar puțin... i-a promis el, apropiindu-se de chipul ei.

— Doar dacă vrei să fie ceva serios între noi... l-a avertizat ea, privindu-l cu seriozitate.

— Vreau asta... a recunoscut el, capturându-i buzele într-un sărut care nu a durat mult, dar care a fost de o intensitate copleșitoare pentru amândoi. El s-a desprins apoi de ea, privind-o cu drag. Noapte bună! i-a urat el, zâmbindu-i.

— Noapte bună! i-a răspuns ea, privindu-l cum pleca spre casă. Și-a atins apoi buzele, conștientă de faptul că i s-a întâmplat ceva important. Foarte important. Avea atât de multă nevoie să se simtă iubită și avea încredere că el o va face să se simtă astfel, încât el avea să facă să-i dispară toate temerile legate de defectul ei, dar și de relația dintre ei doi.

— Capitolul 2 —

După doisprezece ani...

Privind în urmă, ea îşi aducea aminte cu drag de povestea de dragoste dintre ei doi. Erau împreună de doisprezece ani, încă de când fusese în ultimul an de liceu. Îşi aducea aminte şi acum primul sărut, primul buchet de trandafiri roşii pe care i-a primit cu ocazia aniversării de optsprezece ani, chiar la două săptămâni de când erau împreună, de răbdarea şi blândeţea care au precedat prima dată când fusese a lui, lucruri care au continuat chiar şi după aceea, dar şi de diverse evenimente familiale la care au participat împreună.

Îi legau atâtea lucruri frumoase, dar şi lucruri mai triste, cauzate de influenţe exterioare legate de familia ei. Trecuseră prin atâtea lucruri şi totuşi erau împreună şi acum, iubindu-se cu aceeaşi intensitate sau chiar mai mult.

Făcând o incursiune în trecut, ea îşi amintea cum au ajuns la un acord foarte important în ceea ce privea relaţia dintre ei chiar din primele zile, şi anume că trebuie să comunice, să vorbească despre orice şi să facă tot posibilul ca relaţia lor să fie una frumoasă.

Îşi amintea cu tristeţe de momente din trecut, de divorţul părinţilor ei, care avusese loc când ea era mai mică, dar şi cum, mai târziu, când a crescut şi l-a întâlnit pe el, mama ei a încercat să-i despartă, folosindu-se de diverse mijloace şi minciuni în acest scop. Dacă atunci când ea era prezentă, mama sa o lăuda, spunându-i băiatului cât e de harnică, el îi mărturisise, la un moment dat, faptul că mama ei a spus despre ea că e o leneşă care nu face nimic. Era numai unul dintre lucrurile pe care aceasta le-a făcut împotriva ei, lucruri care au durut-o enorm, făcând ca, în final, să rupă orice legătură cu aceasta, dar şi cu sora ei. Mama ei i-a cerut să se despartă de iubitul ei, iar atunci nu a mai putut suporta. Nici măcar în sora ei mai mică nu a găsit un sprijin, aceasta sprijinindu-şi întru totul mama. Cele două surori erau atât de diferite... era un adevăr pe care mai mulţi oameni l-au observat, în timp. Până şi cu tatăl ei rupsese orice legătură, fiindcă îl acuza în sinea ei că a plecat şi nu a vorbit cu ea înainte să facă asta şi să îi explice motivele lui. Pe el îl iubise cel mai mult din familie şi tocmai el plecase în felul acela... A trăit în minciună şi într-un fel de supunere oarbă ani întregi până atunci, considerând că a avut o familie perfectă, însă timpul i-a dovedit, din păcate, că lucrurile nu au fost deloc aşa. I-ar fi plăcut ca lucrurile să fi fost cu totul altfel, însă realitatea era una dureroasă şi trebuia să îşi continue viaţa, să îşi găsească puterea de a merge mai departe.

Auzise atâtea minciuni şi cuvinte urâte, lucruri dureroase care proveneau chiar de la cei care trebuiau în mod normal să-i ofere susţinere, încât încrederea ei în sine, dar și în ceilalți oameni se zdruncinase enorm.

Până să îl întâlnească pe el, ea și-a găsit refugiul în cărți, muzică și prietena ei cea mai bună. Desigur că ea știa faptul că nu există băiatul perfect, însă își dorea atât de mult să fie iubită și apreciată pentru ceea ce era... se gândea că nu e posibil ca în întreaga lume să nu fie cineva numai și numai pentru ea, cineva care să o iubească și să o prețuiască cu adevărat, în ciuda faptului că era o fată retrasă și timidă, complexată de faptul că purta ochelari.

Avea atât de multă iubire de oferit, însă cine putea să o iubească, într-o societate în care aparențele contează atât de mult?

Cineva i-a spus într-o zi cum era posibil să încapă atât de multă emoție într-o ființă atât de delicată, iar ea i-a răspuns că nu putea să fie altfel. Pur și simplu, așa era ea și nu putea schimba acest lucru.

De-a lungul anilor, a devenit o fată care nu a căutat compania oamenilor, sau cel puțin nu a multora, ci doar a celor în preajma cărora se simțea bine. Nu avea decât o singură prietenă foarte bună, pe care a întâlnit-o tot în tren, în penultimul an de liceu, însă mai câștigase una, pe sora acesteia, considerând că e mai bine să aibă prietene mai puține și adevărate, decât multe și false.

Și-a amintit și faptul că, atunci când era mică, a refuzat să poarte ochelarii, din cauza cuvintelor oribile pe care le auzea de la colegii ei, şi astfel dioptriile i-au crescut. A suferit enorm fiindcă nu putea să vadă şi ea normal, la fel ca ceilalţi oameni, şi, de fiecare dată când vedea acel panou cu litere când mergea la controlul oftalmologic, îi venea să plângă, iar inima i se strângea de tristeţe şi de neputinţă. Purta ochelari de la vârsta de şase ani, continuând să-i poarte în adolescenţă, apoi la vârsta adultă, până când, la vârsta de douăzeci şi şapte de ani, datorită tatălui ei, cu care a reluat legătura, a reuşit să-şi împlinească dorinţa de a vedea fără a avea nevoie de ochelari, printr-o operaţie de corectare a vederii. Când s-a ridicat de pe masa de operaţie şi i-a văzut ochii asistentei, i-a venit să o îmbrăţişeze şi să-i spună ce ochi frumoşi are, dar s-a stăpânit, privind spre cer şi mulţumind în gând fiindcă operaţia a reuşit.

În urma experienţelor de viaţă prin care a trecut, ea a ajuns la concluzia că, de multe ori, o persoană străină putea oferi o vorbă bună, mângâietoare, mai mult decât i s-a oferit de către propria familie.

Era conştientă, în prezent, de faptul că toate lucrurile prin care a trecut au fost nişte lecţii de viaţă din care a avut de învăţat. Zâmbea, gândindu-se la faptul că, dacă ar scrie despre toate acele lucruri, ar părea incredibile. Chiar şi ei i se păreau astfel, după atâta timp... însă ceea ce era cel mai important, era faptul că, cea mai importantă lecţie pe care a învăţat-o era aceea a puterii iubirii. S-a

rugat atât de mult să întâlnească dragostea adevă-rată, şi din fericire, rugăciunile i-au fost ascultate. A simţit pe propria piele faptul că dragostea a fost cea care a avut puterea să schimbe totul în viaţa ei.

Ea zâmbea din nou, amintindu-şi că, la început, şi-a dorit ca el să o accepte ca şi amică, sperând ca, mai târziu să îl poată cuceri, însă el i-a luat-o îna-inte, propunându-i încă de la prima întâlnire să fie prietena lui, nu doar o amică.

Ea ştia că viaţa nu înseamnă numai fericire, însă... el îi arăta în fiecare zi că fericirea face parte din viaţă.

Ea se simţea de parcă iubirea lui a făcut-o să renască din propria cenuşă, la fel ca pasărea Pho-enix.

Iubirea venise în viaţa ei la momentul potrivit, în momentul în care avea atâta nevoie...

El a făcut-o să fie mai puternică şi să înfrunte mai uşor toate problemele.

El i-a redat încrederea în sine, chiar şi atunci când fata nu mai avea încredere nici în ea însăşi, fiindcă îşi găsea o mulţime de defecte, atât fizice, cât şi morale.

El i-a spus că ea nu a fost de vină pentru ceea ce a făcut propria familie, şi, chiar dacă lucrurile nu vor fi mereu uşoare, îi va fi alături, fiindcă nu mai era singură.

El a salvat-o din întunericul în care a trăit până să îl întâlnească, făcând-o să îi dăruiască inima, bunul ei cel mai fragil şi mai de preţ. De asemenea, a făcut-o să înţeleagă că nimeni nu e perfect, şi că anumite defecte şi complexe de inferioritate nu pot reprezenta o piedică în calea celui care e pregătit să iubească.

El era îngerul ei, cavalerul ei, dar şi amicul, prietenul, iubitul, soţul la care a visat şi nu putea decât să fie recunoscătoare fiindcă a primit ceea ce şi-a dorit.

Ea şi el se sprijineau reciproc, indiferent de situaţie, oferindu-şi unul altuia tandreţea şi alinarea de care amândoi aveau atâta nevoie.

Ea şi el reprezentau două jumătăţi ale aceluiaşi întreg, întreg pe care era sigură că vor face eforturi să îl menţină astfel pe parcursul întregii vieţi, reuşind în acest mod să aibă parte de o poveste de dragoste nesfârşită.

Ea şi el se vor iubi mereu, fiindcă au în inimi cea mai importantă comoară: IUBIREA.

Povești de dragoste/ *Lorena Lenn*
Timișoara: Stylished 2018
ISBN: 978-606-94670-6-0

Editura STYLISHED
Timișoara, Județul Timiș
Calea Martirilor 1989, nr. 51/27
Tel.: (+40)727.07.49.48
www.stylishedbooks.ro

Tipar: Artprint București

www.ingramcontent.com/pod-product-compliance
Lightning Source LLC
Chambersburg PA
CBHW031942010726
47493CB00007B/2037